徳間文庫

愛されすぎた女

大石　圭

徳間書店

プロローグ

その男がわたしを見つめる。体に冷たい血の流れる爬虫類《はちゅうるい》みたいな目で、瞬きもせず、じっと見つめる。

その瞬間、強い恐れがわたしの肉体を走り抜ける。

かつてのわたしは、その目に見つめられるたびに、大きな喜びを感じたものだった。恍惚《こうこつ》となりさえしたものだった。

それなのに……今のわたしは、見つめられるのが怖い。その男の視線が恐ろしくて恐ろしくてたまらない。

今度は何を求めるのだろう？　いったい何をしろと命じるのだろう？

その男は、いつもわたしに求める。『もっと、もっと、もっと、もっと』と、果てしなく求め続ける。そうすることで、彼が理想としている女の姿に、わたしを近づけようとしているのだ。

そんな彼の様子はまるで、自分が作曲した交響曲をさらによいものにしようとしている音楽家のよう……あるいは、自分が作った彫刻をさらに理想の形に近づけようとしている彫刻家のようだ。

彼はそれを愛だと言う。わたしを愛しているから、だから、わたしに彼の理想に近づいてほしいのだ——と。

わたしはいつも、何とかその要求に応じようとして来た。わたしの場合は、愛からではなく、打算から……彼が理想とする姿に近づこうとして来た。

だけど、わたしは彼の交響曲ではない。彼が彫った彫刻でもない。

もう無理だ。もう限界だ。


今度はわたしに、彼はどうしろと言うのだろう？

全身の皮膚に般若心経《はんにゃしんぎょう》の刺青を彫れと命じるのだろうか？　豊胸手術を受けて乳房を大きくしろと言うのだろうか？　オーラルセックスの時に邪魔にならないように、すべての歯を抜けと命じるのだろうか？　それとも……わたしが逃げ出せないように、両方の脚を切断するのだろうか？

その男がわたしを見つめる。体に冷たい血の流れる爬虫類みたいな目で、瞬きもせず、じっと見つめる。

もう、やめて！　もう、見ないで！　わたしにこれ以上を求めないで！

わたしは心の中で悲鳴を上げる。

第一部

第一章

1

1日に何度もそうしているように、彼女はまた深い溜め息をつく。そして、誰にともなく、低く呟《つぶや》く。

「嫌だなあ……もう嫌だなあ……」

今ではすっかり、それが口癖になってしまっている。

何が嫌なのかと問われても、すぐに答えることはできない。いろいろなことが、少しずつ嫌なのだ。つまり彼女の人生は、かつての彼女が思い描いていたようにはいっていないのだ。

ルージュに彩られた柔らかそうな唇が小さく動く。そこから低い声が漏れる。

「嫌だなあ……もう嫌だなあ……」

彼女の名は三浦加奈。3月中旬に30歳になった。

このわたしが30歳になるだなんて……。

誕生日から10日近くが過ぎた今も、加奈にはその事実が受け入れられない。

いろいろとあったけれど、20歳から30歳の10年は、あっと言う間だった。ということは……きっと、30歳から40歳までの10年はもっと、あっと言う間なのだろう。そんなふうにして、あっと言う間に50歳になり、あっと言う間に60歳、70歳、80歳になり、あっと言う間に、人生は終わってしまうのだろう。

こんなはずじゃなかった……。

毎朝、化粧のために鏡に向かい、そこに映った顔を見るたびに彼女は思う。

そう。こんなはずではなかったのだ。わずかばかりの金を稼ぐために、つまらない仕事に追われ、心も体もくたくたになってベッドに倒れ込むような毎日には、もう、うんざりだった。

どうしたら、こんな暮らしから逃げ出すことができるのだろう?

鏡に向かい、毎日のように彼女は考える。けれど、いい考えは何も浮かばない。

わたしは普通の女たちとは違うのだ。わたしは光の中にいるべき女なのだ。わたしはいつも、人々の視線を独占し続けているべき特別な存在なのだ。

ごく幼い頃から、三浦加奈はそう思っていた。

彼女がそう思うようになった原因のひとつは、おそらくその容姿にあったのだろう。

幼い頃から加奈は、数え切れないほど多く人々に『可愛い』と言われて育った。道を歩けば、何人もの人々が彼女をじっと見つめた。年上の少女たちが自分のことを、『お人形さんみたい』と囁《ささや》き合っている声も耳に入った。

ごく普通の容姿をもって生まれた姉が、妹である自分にずっと、妬《ねた》みと嫉《そね》みの感情を抱いていることを、ごく幼かった頃から加奈は感じていた。そんな姉のことを、両親や祖父母が不憫《ふびん》に思っているのも感じていた。

幼稚園でも小学校でも、中学校でも高校でも、加奈は男たちの憧れの的だった。中学・高校では、何人もの男子生徒たちから交際を求められたし、街を歩けばいろいろな男たちに声をかけられた。大学の学園祭のコンテストではミス・キャンパスにも選ばれた。

そう。三浦加奈は抜きん出て美しかったのだ。誰もが視線を向けるほどに素敵なスタイルをしていたのだ。そして、だからこそ、普通の女たちとは違う、特別な人生を送れるはずだと感じていたのだ。

けれど、その抜きん出た美貌《びぼう》は加奈に、思っていたほどのものは与えてくれなかった。少なくとも、期待していたほどのものを与えてはくれなかった。

こんなはずじゃなかった……。

大学を卒業してからの三浦加奈は、いつも心のどこかでそう考えていた。最近ではますます強く、そう思うようになっていた。

2

加奈は群馬県の伊勢崎市近くの農村に、三浦公平・美加子の次女として生まれた。

彼女の実家である三浦家は昔から続く農家で、加奈の祖父母は農作業に従事していた。

加奈の母の美加子はそんな農家の長女として生を受けた。

三人姉妹の長女だった美加子は、地元の高校を卒業後は就職をせず、華道や茶道を習いながら家で家事手伝いのようなことをしていた。そして、25歳の時に2歳年上の石橋公平と見合い結婚をした。

加奈の父の公平は、すぐ隣町の農家の次男だった。彼は地元の高校を卒業したあと、自宅近くの筆記具工場に勤務していた。三浦美加子との結婚後、彼は石橋から三浦へと姓を変え、妻の両親の家のすぐ隣に家を建てて暮らすようになった。だが、農作業には携わることなく、その後も筆記具工場で働き続けた。

加奈には三つ上の有加という姉がいた。地味で無口で柔順な姉は、地元の県立高校を卒業後、両親や祖父母に言われるがまま、父親と同じ筆記具工場の工員となった。両親や祖父母はその長女に婿を迎え、三浦家の土地と家屋を継がせるつもりだったらしい。けれど、姉は加奈が高校生の頃に自動車事故で死んでしまった。

加奈の両親や祖父母は、跡取りとなるはずだった長女の死をひどく嘆いた。祖父はそれが原因で体調を崩し、そのわずか3カ月後に他界した。

加奈も姉の死が悲しくなかったわけではない。けれど、両親や祖父母ほどには嘆かなかった。性格が大きく違う姉とは、昔から、そんなに仲がいいわけではなかった。

高校を卒業したら、都内の大学に進学したいと加奈は切望していた。けれど、両親と祖母は、加奈の進学に反対し、姉と同じように筆記具工場に就職させようとした。姉の代わりに、彼女に婿養子を迎えて家を継がせるというのが彼らの腹づもりだった。

だが、加奈にとって、それは決して受け入れることのできないものだった。

たった一度きりの人生を、こんな田舎の片隅で、工場の労働者として生きるぐらいなら死んだほうがマシだった。

加奈は必死になって両親と祖母を説得した。そして、大学を卒業後は地元に戻って婿養子を迎えるという約束をした上で、東京の大学への進学を果たした。


東京の賃貸マンションでの暮らしは、言葉にできないほどに楽しいものだった。美しくてスタイルのいい加奈の周りには、何もしなくても男たちが群がって来た。そんな男たちに囲まれて、彼女は東京でのひとり暮らしを満喫した。

あれは大学に入ってすぐの頃だった。友人たちと渋谷の街を歩いている時に、芸能プロダクションのスカウトマンに声をかけられた。何人かの女友達が一緒だったというのに、加奈だけがスカウトされたのだ。

芸能界――光に照らされたその場所は、自分にうってつけの場所のように思われた。

加奈はすぐにそのプロダクションに所属した。そして、演技やダンスや歌のレッスンを受けながら、イベントコンパニオンをしたり、レースクィーンをしたり、ボクシングのラウンドガールをしたりした。

大学を卒業後は家に戻るというのが、両親や祖母との約束だった。けれど、加奈はその約束を守らなかった。そのことで彼ら、特に父は激怒し、加奈に『親子の縁を切る』とまで言い渡した。

だが、そんなことでは加奈の決意は揺るがなかった。

実家からの仕送りが打ち切られ、生活に窮した加奈は、それまで暮らしていた世田谷区の賃貸マンションを引き払った。そして、やはり世田谷区内にあった木造のアパートに引っ越した。築30年以上のボロボロのアパートだった。

水商売を含む様々なアルバイトで生活費を稼ぎながら、加奈は芸能界での成功を夢見て何年も頑張った。そのあいだにはいくつかの映画やテレビドラマに端役として出演した。水着姿や下着姿で雑誌のグラビアを飾ったことも何度かあった。

けれど、それだけだった。結局、本格的な芸能界デビューをすることなく、25歳だった5年前に、加奈は所属していたプロダクションを辞めた。その社長がアダルトビデオへの出演の話を持って来た時に、『もう潮時だ』と思ったのだ。

その後の加奈は、派遣社員として大手製菓メーカーで事務の仕事をした。それは誰にでもできる、やり甲斐《がい》のない仕事だった。けれど、東京で生活を続けるためには働かなくてはならなかった。今さら両親に泣きつくわけにはいかなかった。

そんな今の加奈にとって、ほとんど唯一とも言える希望は結婚だった。

結婚したい。ハンサムで、背が高くて優しくて、上品でお金のある男と……いや、たとえハンサムでなくても、たとえ背が低くても、あまり優しくなくても、多少は下品なところがあっても……とにかく、たっぷりとお金を持っている男と結婚したい。綺麗《きれい》でスタイルのいい自分になら、それができるかもしれない……いや、絶対にできるはずだ。

最近の加奈は、そんなことばかりを考えて暮らしていた。

3

金持ちと結婚して有閑マダムになる——。

それは思っていたほど簡単なことではなさそうだった。加奈の周りには金持ちの男はほとんどいなかったし、たとえいたとしても、彼らとの接点は何もなかった。

そうするうちにも、時間は冷酷に過ぎていった。自分が1日ごとに年を取っていくことを考えると、加奈はいつも強い焦りを感じた。

中年になり、今の美しさが衰えてしまったら、金持ちの男たちは振り向いてくれなくなるかもしれない。だから1日も早く、輝くほどの美しさが保たれている今のうちに、金持ちの男の妻にならなくてはならないのだ。

深夜にひとり、古い木造アパートの自室の古くて狭いベッドの上で、加奈はしばしば暗い天井を見つめた。そして、そのたびに深い溜め息をついた。

かつては何人かの恋人がいたし、結婚を考えたことも何度かあった。けれど、結局、加奈は誰とも結婚しなかった。今は恋人もいなかった。

彼女は社内ではとても目立つ存在だったから、勤務している菓子メーカーの社員たちにしばしば食事に誘われた。交際を申し込まれたことも何度となくあった。けれど、彼女はいつも、そんな誘いや申し込みを丁重に、だが、きっぱりと断って来た。

たとえ大手企業とはいえ、サラリーマンの妻ではたかが知れていると思ったのだ。サラリーマンが会社から支給される微々たる賃金では、人生は逆転できやしないのだ。

結婚した大学時代の女友達の相手のほとんどは、サラリーマンや公務員だった。今は不幸そうにしている者はいなかったが、彼女たちの将来は見えていた。

これからの彼女たちはきっと、家事や子育てやパートタイムの仕事に追われ、住宅ローンや教育費の支払いに窮々として生きて行くことになるのだ。海外への長いバカンスに行くことも別荘を所有することもなく、エステティックサロンやネイルサロンや高級レストランの常連客になることもなく、たった一度きりの人生を、ただ浪費して行くのだ。

そんな人生は、加奈には受け入れがたいものだった。

派遣社員である加奈の年収は、同じ会社に正社員として勤めている女たちの半分ほどでしかなかった。それにもかかわらず、彼女には節約するということができなかった。欲しいものがあると、ついクレジットカードで買ってしまうのだ。

彼女は綺麗でいるのが好きだったから、美容室やネイルサロンに頻繁に行っていたし、エステティックサロンにも通っていた。そういうことにも金がかかった。

そんなこんなで、ここ数年、加奈の借金は膨らみ続けていた。複数のカード会社や消費者金融への借り入れ金の合計は、今では年収を遥かに上まわっていた。

ああっ、これからわたしはどうなっちゃうんだろう？

クッションのくたびれた古いベッドの中で目を閉じ、彼女はしばしばそう思った。

つい先日、30歳の誕生日を迎えたばかりのある日、三浦加奈はある結婚紹介所の噂《うわさ》を耳にした。それは金のある男たちだけが登録しているという結婚紹介所だった。

4

その結婚相談所に登録している男たちの年収は、最低でも1200万円ということになっていた。彼らの主な職業は実業家や自営業ということだったが、開業医や弁護士、旅客機のパイロットなども登録しているらしかった。

男性がその結婚相談所の会員になるためには、高額な登録料や納税証明書などが必要だった。だが、女性の場合は入会金も会費も無料で、年齢制限はなかったし、結婚歴さえ問われないようだった。ただ、女性が入会するためには、書類選考と面接審査を通過しなければならないらしかった。

審査と聞いて、加奈はかつて何度も受けたオーディションを思い出した。同時に、そういうオーディションに落とされるたびに、全人格を否定されたような惨めな気持ちになったことを、胸の痛みとともに思い出した。

どんな基準で会員にする女を選ぶのだろう？　こんなオンボロのアパートに暮らしていることや、芸能界を目指していたことや、ちゃんとした就職の経験がないことを理由に、不合格にされることはないのだろうか？

随分とためらったあとで、加奈はその結婚相談所に電話を入れた。

電話を受けたのは、事務的で、冷たい喋《しゃべ》り方をする中年女だった。女は加奈に、戸籍謄本と住民票、経歴書と身上書、それに全身と顔の写真を送るように指示した。

結婚相談所に電話を入れたその日のうちに、加奈は知り合いのカメラマンに連絡をした。そして、その翌日の午後、なけなしの金をはたいて、都内のスタジオで彼に何枚かの写真を撮影してもらった。

まだ早春で、外は肌寒かったけれど、加奈はロングコートの下に、黒いミニ丈のベアトップのワンピースをまとって指定されたスタジオに向かった。両肩が完全に剝《む》き出しになり、痩《や》せた体に張り付くようなワンピースで、歩いているだけで下着が見えてしまうほどに裾《すそ》が短かった。足元は踵《かかと》の高い黒いエナメルのパンプスだった。顔には時間をかけて入念な化粧を施し、栗色に染めた長い髪は直前に美容室でセットしてもらっていた。

顔見知りのカメラマンは加奈を撮影しているあいだ、「三浦ちゃんは、相変わらず綺麗だねえ」「プロダクション、辞めなければよかったのに」と何度となく口にした。

そのカメラマンが口がうまいことは知っていた。それでも、そんなふうに褒められるのを聞くと、加奈の顔は自然とほころんだ。

できあがった写真は満足のいくものだった。

どうか書類選考を通過しますように。

そう祈りながら、役所から取り寄せた書類や、何時間もかけて書いた経歴書や身上書と一緒に、加奈はその写真を結婚相談所に郵送した。

審査にはしばらく時間がかかるのだろうと思っていた。だが、結婚相談所からはすぐに、書類選考を通過したという通知が来た。

3月下旬の晴れた午後、製菓メーカーの仕事を休んだ加奈は、面接審査を受けるため新宿の結婚相談所に向かった。

その日の加奈はオフホワイトのシックなスーツと、やはりオフホワイトの踵の高いパンプスというファッションだった。面接なのだから、あまり派手にしないほうがいいだろうと考えたのだ。それで化粧やアクセサリーは控えめにしたし、伸ばした爪のマニキュアも地味な色に塗り直しておいた。香水もほんの少ししかつけていなかった。

だが、それにもかかわらず、擦れ違う男たちの多くは、加奈の顔やミニ丈のスカートから突き出した長い脚を眩《まぶ》しそうに見つめていた。中には不躾《ぶしつけ》で、あからさまな視線を向ける男もいた。

その結婚相談所は、西新宿にそびえ立つ超高層ビル群のひとつ、その上層階にあった。エレベーターを降りると、加奈は自動扉の前に立ち、巨大なガラス越しに中の様子をそっとうかがった。

ガラスの向こうに広がっている空間は、清潔で広々としていて、会社のオフィスというよりは、洒落《しゃれ》たサロンという雰囲気だった。大きなガラス扉の向こう、すぐ右には受付カウンターがあり、そこにふたりの若い女が並んで座っているのが見えた。

加奈の正面には濃い緑色のカーペットを敷き詰めた広々としたスペースがあり、そこにいくつものソファのセットが並べられ、大きな観葉植物の鉢がいたるところに置かれていた。磨き上げられた窓の外には、新宿の街が果てしなく広がっているのが見えた。

大きな自動扉の前で、加奈は物怖じしている自分を感じた。大作映画のオーディションに向かう時のような気分だった。それでも、思い切って自動扉を通り抜けると、少し胸を高鳴らせながら受付カウンターに歩み寄った。


面接をしたのは、40代半ばの冷たそうな顔立ちの痩せた女と、風采《ふうさい》の上がらない50代後半に見える太った男だった。

いったい、どんな質問をされるのだろう?

ここ数日、加奈はそのことばかり心配していた。

けれど、面接は呆気《あっけ》ないほどに簡単で短いものだった。

「はい。それでは、この結果は本日中に電話でご連絡差し上げます」

ソファに向かい合って座ってから、わずか5分ほどで太った中年男がそう言った時、はっきり言って加奈は落胆した。

加奈はこれほど美しいというのに、風采の上がらない中年男も、冷たくて事務的な中年女も、まったく驚いたふうでもなかった。加奈は一生懸命に自分を売り込もうとしたが、彼らはその言葉を聞いているふうでさえなかった。

わたしはきっと、箸《はし》にも棒にもかからなかったのだ。

加奈はそう直感した。

彼女の直感はいつも恐ろしいほどによく当たった。けれど、今回に限っては、それは当たらなかった。結婚相談所を出た加奈がまだ新宿駅に着く前に、バッグの中の携帯電話に電話がかかって来たのだ。

もう不合格の通知か。

加奈はそう思った。だが、さっき面接をしたらしい中年の女が、冷たくて事務的な口調で告げたのは、『入会審査を通過しました』という信じられないような言葉だった。

「あの……それは入会できるということですか？」

脚を止め、小さな電話を握り締めて加奈は訊《き》いた。

『そうです』

「だったら、あの……今から手続きのために、そちらに戻ってもいいんですか？　まだ近くにいるもので……」

『けっこうです』

電話の女が短く答えた。

「それじゃあ、今すぐに手続きに行きます」

『お待ちしています』

まるで長く話すことを禁止されてでもいるかのように、女が簡潔に答えた。やはり、とても冷たくて、事務的な口調だった。

けれど、女の口調はまったく気にならなかった。

これで金持ちの男と結婚できるんだ！

嬉《うれ》しさのあまり、パンプスに締め付けられた親足の痛みも忘れてしまうほどだった。

5

入会手続きを担当したのは、面接をした樫村という中年女だった。さっき電話をして来たのも彼女なのだろう。

目の前に座ったベージュのパンツスーツ姿の女は、拒食症なのではないかと思うほどに痩せていた。そして、やはり、とても冷たそうな顔をしていた。

もしかしたら、昔は美しいと言われたことがあったかもしれない。今でもその面影はわずかに残っていた。だが、その美貌の面影は、顔に浮き上がった険《けん》や、生活の疲れのようなものによって、ほぼ完全に掻《か》き消されていた。

面接と同じように、入会手続きも簡単に終わった。そのあとで、樫村という女が事務的な口調で加奈に結婚相手に望むことを尋ねた。

「できれば、ハンサムで、背が高くて、上品で優しい人がいいです」

照れて微笑みながら加奈が言い、樫村という女が加奈の顔を冷たく一瞥《いちべつ》したあとで、目の前に広げた書類に、『容姿端麗、上品で優しい人』とボールペンで書き付けた。彼女の容姿と同じように、冷たくてギスギスとした感じの文字だった。

「背が高いとは、具体的には何センチ以上ですか？」

表情のない顔を加奈のほうに向け、少し咎《とが》めるかのように女が訊いた。

「わたしが１６５センチなんで、できれば相手の男の人は１７５センチ以上がいいです。そうしないと、ハイヒールを履くと、わたしのほうが背が高くなっちゃうから……」

加奈は笑ったが、樫村という女は笑わなかった。無言で『１７５センチ以上』と書類に書き込んだだけだった。

切り詰められた女の爪には、淡いピンクのエナメルが塗られていたが、その先端部分が少し剝《は》げていた。女の顔に施された化粧は雑で、いい加減だった。肩のところで切り揃《そろ》えられた髪はパサついていて、生え際からは白髪がのぞいていた。女が着ているパンツスーツも、履いているパンプスも、左手首に嵌《は》めている時計も、耳たぶのピアスも、どれも高価なものには見えなかった。

そう。その女は金持ちではないのだ。既婚か未婚かは知らないが、もし結婚していたとしても、彼女の夫は金持ちではないのだ。そして、だから、金持ちと結婚したがっている加奈のような女に嫉妬《しっと》と軽蔑《けいべつ》を抱いているのだ。

加奈はそれを感じた。

「ええっと……それから……」

加奈はさらに言葉を続けようとした。その言葉を遮るように女が口を挟んだ。

「まだほかに、相手に望むものがあるんですか?」

冷たい目で女が加奈を見つめた。それはまるで、『金持ちと結婚したがっているさもしい女のくせに、うるさいことを言うな』と言っているかのようでさえあった。

「ええ。あります。相手の年収は、少なくとも3000万円はほしいです」

今度は微笑まず、強い口調で加奈は言った。それから、自分を見つめている樫村という女の目を、挑むように見つめ返した。

女は今度はその数字を書き込まなかった。無言で加奈を見つめていただけだった。

しばらくの沈黙のあとで、樫村という女がふーっと長く息を吐いた。それは、あからさまな溜め息のように加奈には聞こえた。

「失礼ですが……あなたが希望されているようなかたは、まずいないと思います」

蔑《さげす》みを込めた目で加奈を見つめ、さらに冷たい口調で女が言った。

「こちらの会員には、そういう男の人がひとりもいないという意味ですか？」

挑みかかるように加奈は女に尋ねた。

「いいえ。そういう男性が、あなたを選ぶ可能性はほとんどないということです」

意地悪な口調で女が言い、鼻を鳴らすようにして少し笑った。

「どうしてそんなことが断言できるんですか？」

「長年の経験からです」

意地悪な笑みを浮かべながら、女は加奈が提出した経歴書と身上書を広げた。「そういう男性は、結婚相手に若くて可愛らしいかたを求める傾向にありますから」

女の言葉に加奈はカッとなった。

その女は暗に、加奈を『もう若くない』と言っているのだ。『可愛らしくない』と言っているのだ。

女がさらに言葉を続けた。

「それから……相手の女性が、自分に釣り合うか、釣り合わないかということを気になさるかたも多いですね」

「どういう意味でしょう？」

「要するに、身分とか、家柄とかのことです」

これでもかと言わんばかりに、女が言葉を続けた。

女は加奈の実家が田舎の農家であることや、加奈が卒業したのが三流の私立大学だということを言っているのだろうか？　それとも、加奈が暮らしている安アパートのことや、派遣労働者であることや、芸能人になろうとしてなれなかった経歴のことを言っているのだろうか？

いずれにしても、結婚相手に３０００万円以上の年収を望むということが、どれほど難しいことかは、加奈にもわかっているつもりだった。もし、相手の年収が２０００万円以下でも……いや、１５００万円以下でも、妥協する気持ちはあった。

けれど、最初からハードルを下げたくはなかった。加奈の望みは、あくまで金と時間を持て余している有閑マダムだった。だからこそ、きょうまで結婚しないで来たのだ。

10代や20代前半だった頃はともかくとして……今の加奈にとって、結婚とは愛ではなく、打算だった。夫となる男が生活にどれほどの潤いを与えてくれるかだった。

「でも、いいんです。わたし、そういう男の人としか結婚したくないんです。貧乏な人と結婚して、惨めな暮らしをするぐらいなら、死んだほうがマシですから」

まるで喧嘩《けんか》でもしているかのように、女を睨《にら》みつけて加奈は言った。

「わかりました。でも、期待はしないでください」

今では憎しみさえ浮かんだ目で加奈を見つめ、樫村という女が怒ったように言った。それから、マニキュアの剝げた指で、『年収3000万円以上』と書類に書き込んだ。

結婚相談所からの帰り、世田谷のアパートの自宅に戻る前に、加奈は自宅の近くの輸入食料品店に行った。そして、そこで安物の白ワインと、いくつかの総菜を買った。ワインについては何もわからなかったけれど……あの結婚相談所の会員になれたことのお祝いを、今夜はひとりでささやかにするつもりだった。

6

加奈が暮らしているアパートは、東急田園都市線の駒沢大学という駅から徒歩で10分ほどのところにあった。10世帯が住む古い木造アパートで、どの部屋も4畳半ほどの板張りの台所と、6畳の和室と、狭いトイレと狭い浴室があるだけだった。大学を卒業してからずっと、加奈はそんなアパートの1階に暮らし続けていた。

部屋の壁はとても薄くて、左右の部屋の話し声やテレビの音、音楽などがよく聞こえた。天井の向こうで人が歩く音もした。時々ではあったけれど、性行為をしているらしい女の喘《あえ》ぎ声が聞こえることもあった。薄汚れた廊下には洗濯機が所帯臭く並んでいた。

少しお金が溜まったら、もう少しマシなところに移り住もう。

加奈はずっとそう考えていた。だが、その願いがかなうことはなかった。それどころか、今ではこの安アパートの家賃さえ負担だった。

いつもの加奈は、その狭い部屋に戻って来るたびに沈んだ気持ちになった。

けれど、きょうはそうではなかった。

「ただいま、カノンっ！」

薄汚れた木製のドアを勢いよく開け、派手なサンダルやパンプスやミュールやブーツが散乱した玄関のたたきに立つと、加奈は部屋の中に大声で呼びかけた。

その声に応えるかのように、部屋の中からピッピキピーッという甲高い声が響いた。

カノンは4歳のオスのオカメインコだった。今から4年前の26歳の誕生日に渋谷の街をうろついている時、まだ雛《ひな》だったカノンを百貨店のペット売り場で見かけて一目惚《ぼ》れしてしまったのだ。

自室に入った加奈は狭くて散らかった台所を抜け、寝室兼居間として使っている6畳間に向かった。そして、窓辺にぶら下がった籠《かご》の中の小鳥にもう一度、「ただいま、カノン」と優しく呼びかけた。

オカメインコがまた嬉しそうに、ピッピキピーッと鳴いた。

今と同じように、4年前の加奈も借金の返済に追われていて、生活にはまったく余裕がなかった。けれど、自分への誕生プレゼントのつもりで、思い切ってクレジットカードでカノンを購入した。一緒に洒落た鳥籠も買った。それは予定外の出費だったから、そのあとでは返済にかなり窮した。けれど、あの日の決断を後悔したことはなかった。

今の彼女にとって、その小鳥は何にも替えがたい心の支えだった。

「ねえ、カノン……あんたのご主人は、きっともう少しでお金持ちになるのよ」

鳥籠に顔を近づけて加奈は言った。「そうしたら、あんたにも綺麗なお嫁さんを見つけてあげるからね。だから、あと少し、ふたりで頑張ろうね」

あと少し——それがどれくらい先のことになるのかはわからなかったが、それほど遠いことではないように思われた。

カーテンを開けたままの窓ガラスには、ほっそりとした加奈の姿が映っていた。

先端に柔らかなウェイブがかかった長い栗色の髪、マスカラとアイラインとアイシャドウに彩られた大きな目、三日月型に描かれた細い眉、先の尖った形のいい鼻、グロスの光るふっくらとした唇、華奢《きゃしゃ》な顎《あご》、長くて細い首、鎖骨の浮き上がった肩、贅肉《ぜいにく》のまったくない長い腕、豊かではないけれど形のいい胸、驚くほどにくびれたウェスト、ミニ丈のスカートから突き出した長くて細い２本の脚……。

加奈はこんなにも綺麗なのだ。こんなにもスタイルがいいのだ。たとえもう若くはなくても、たとえ家柄がよくなくても……金持ちの誰かが見染めないわけがなかった。

その晩、入浴を済ませ、ナイトドレスに着替えたあとで、加奈は台所のテーブルの上に鳥籠を置いた。そして、オカメインコに取り留めのないことを話しかけながら、輸入食料品店で買って来た総菜を食べ、安物の白ワインを飲んだ。

部屋は狭く、薄汚れていて、衣類やバッグや小物類で散らかっていたし、中年の男がひとりで暮らしているすぐ隣の部屋からはテレビのものらしい音が絶え間なく聞こえた。けれど、今夜の加奈はいつになく満ち足りた気分だった。

希望のない試練には、人は耐え続けることができない。けれど、暗がりにほんの少しでも希望の光が差し込めば、どれほど辛い試練にも耐えることができるのだ。

7

結婚相談所の中年女は、期待をするなと言った。もし仮に、加奈が望むような男がいたとしても、相手は加奈を望みはしないのだ、と——。

けれど、加奈が会員になったわずか2日後に、結婚相談所から『希望の男性が見つかった』という連絡が来た。

その電話を加奈は会社の昼休みに、大手製菓メーカーの喫煙所で受けた。

電話をして来たのは、あの意地悪な中年女ではなく、榎本という声の若い女だった。きっとあの中年女は加奈に朗報を伝えるのが悔しくて、別の者に電話をさせたのだろう。

榎本と名乗った女の話によると、35歳だという相手の男は、輸入中古車販売の会社を経営しているということだった。彼は加奈が提出した書類を見て、『ぜひ会ってみたい』と言っているらしかった。

「中古車ですか……」

加奈は落胆した。それが具体的にどんな仕事かは知らなかったが、何となく、薄汚れたガレージで機械油にまみれた作業服姿の男を思い浮かべたのだ。「あの……その人、収入はどれくらいあるのでしょう？」

端的に加奈は尋ねた。男の職業は有閑マダムのイメージからはほど遠いような気もしたが、その額によっては会ってみてもいいと思ったのだ。

『提出していただいた一昨年と昨年の納税証明書によると、どちらの年も1億円を超えていますね』

「えっ？　1億円！」

加奈の心臓が、ドキンと激しく脈打った。

『はい。ええっと……一昨年が1億1500万円で、昨年は……1億2000万円ということになっています』

「1億2000万円？　それって、あの……年収ですよね？」

『はい。そうです』

電話の女が落ち着いた声で答えた。

「すごいっ！　すごすぎるわっ！」

指先で煙をくゆらせたまま、思わず加奈は叫び声を上げた。その大きな声に、周りで煙をくゆらしていた社員たちが驚いたような視線を向けた。

はしたないとはわかっていた。けれど、叫ばずにはいられなかった。その男はたった1年間で、加奈の50年分の金を稼ぐのだ。

『はい。確かにすごいですね。でも……』

榎本という女が、少し曇った声を出した。

「あの……その人……何か問題でもあるんですか？」

右手に持っていた煙草を吸い殻入れに落とし、小さな携帯電話を左手から右手に持ち直して加奈は訊いた。全力疾走の直後のように、心臓が激しく高鳴っていた。

『ええ。実は、そのかた……離婚歴が4回もあるんです』

少し言いにくそうに、榎本という女が加奈に告げた。

「ええっ！　35歳なのに4回も離婚してるんですか？　理由は何なんでしょう？」

その声にまた周りの社員が怪訝《けげん》そうな視線を向け、加奈は慌ててみんなに頭を下げ、サンダルの高い踵を鳴らして廊下へと出た。

『離婚の理由までは存じ上げませんが……もしかしたら、やはり何か問題のあるかたなのかもしれませんね』

やはり言いにくそうに女が言った。

「問題って……それは、あの……どんなことなのでしょう？」

『さあ？　わたしどもには、そこまではわかりません』

「そうですよね……」

磨き上げられた廊下の隅に佇《たたず》み、クリーム色をした壁を見つめて加奈は頷《うなず》いた。

『それで、三浦さん、この話はどうなさいます？　そのかたの資料をご覧になってみますか？　それとも、今回は縁がなかったということでお断りしますか？』

歯切れの悪い口調で女が訊いた。

だが、加奈の心は決まっていた。その男はたったの1年で、加奈の50年分の金を稼ぐのだ。たとえどんな問題があろうと、そんな男を逃すという選択があるはずはなかった。

「見ます。ぜひ、その人の資料を見せてください」

はっきりとした口調で加奈は言った。

『そうですか。それでは、すぐに相手の男性の資料と写真をお送りいたします』

「はい。よろしくお願いします」

深々と頭を下げながら言うと、加奈は電話を切った。そして、直後に、「やったーっ！」

と叫びながら、両拳を胸の前で何度も強く握り合わせた。

廊下を歩いて来たふたりの女子社員が、驚いたように加奈を見つめた。

8

すぐに結婚相談所から相手の男の書類と写真が届いた。

帰宅した加奈は、郵便受けに入っていたその書類を、薄汚れた6畳間の、小さくて薄汚れたローテーブルの上で広げた。

結婚相談所のロゴマークが印刷された大きな封筒には、A4サイズの2枚の写真が同封されていた。その男の顔写真と全身写真だった。

加奈はまず、その大きな写真を手に取った。

すごく太っていて、背が低くて、醜い男なのかもしれない。

きっとそうなのだろうと加奈は思っていた。そして、男の容姿にはある程度は目をつぶろうと覚悟もしていた。

けれど、加奈の予想は見事に裏切られた。そこに写っていた男はハッとするほどにハンサムだったのだ。

写真の男は白い歯を見せて、穏やかに微笑んでいた。よく日に焼けていて、涼しげな目は切れ長で、鼻が高く、頬がこけていて、顎のラインがすっきりとしていた。

男はその整った顔に、メタルフレームの眼鏡をかけていた。その眼鏡が男の顔に、何となく知的な雰囲気を与えていた。

グレイのスーツをまとった全身写真を見る限り、男は腕と脚がとても長く、痩せてすらりとしていた。身長は180センチ、体重は60キロということだった。

「素敵っ！　すごくハンサムだし、スタイルもいいし、それに……すごく優しそう！　ほらっ、見て！　カノンもそう思うでしょう？」

加奈は手にした写真を鳥籠の前に掲げた。

憧れのアイドルタレントのブロマイドを見る少女のように、加奈は2枚の写真をしばらく見つめていた。それから、同封されていた経歴書と身上書に視線を落とした。

男の名は岩崎一郎といった。

彼は千葉県木更津市の生まれで、去年の10月に35歳になっていた。今は横浜港を望む超高層マンションの、38階の一室に暮らしているということだった。

「素敵なところなんだろうなあ……」

息を飲むほどに素晴らしいに違いないその部屋からの眺めを思い浮かべながら、誰にともなく加奈は呟いた。それから、自分のいる部屋をぐるりと見まわした。

加奈が居間兼寝室として使っているその6畳の和室は、安物の小さなベッドと、安物のローテーブルと、やはり安物の簡易クロゼットと、同じく安物の鏡台でいっぱいで、歩くスペースはまったくなかった。壁にはいくつもの染みが浮き上がり、鴨居《かもい》には数え切れないほどたくさんの衣類がぶら下がっていた。畳は色が変わり、毛羽立っていた。

この岩崎っていう人がこの部屋を見たら、びっくりするだろうな。

そんなことを思いながら、加奈は再び書類に視線を戻した。

男の最終学歴は千葉の県立高校と書かれていたから、大学は出ていないのだろう。55歳の母親は健在のようだったが、父親については何も記載されていなかった。だから父親とは死別したか、両親が離婚したのかもしれなかった。兄弟姉妹はいないようだった。

送られて来た書類によると、その男は高校を卒業後、木更津市内の金属加工工場に就職した。その工場は1年ほどで辞めてしまったが、その後、20歳の時に東京湾の対岸の川崎市に引っ越し、京浜工業地帯にあったプラスティック成型工場や、運送会社の運転手や飲食店の従業員などの仕事を転々としたあと、今から10年前、25歳の時に横浜で現在の輸入中古車販売会社を立ち上げたということのようだった。

その会社の経営はきわめて順調のようで、今は東京都内に5つ、東京の多摩地区に3つ、そして、横浜市内に3つ、湘南地区に2つの、合計で13もの店舗があるようだった。雇用している従業員数は約70人と書かれていた。

「すごいのね」

また、誰にともなく加奈は呟いた。

結婚相談所の女が言ったように、その男には4度の離婚経験があった。

彼は23歳でひとつ年下の妻と最初の結婚をし、27歳の時に最初の離婚をしていた。次の結婚は29歳の時で、2歳下のその妻とは翌年、30歳で離婚していた。3度目の結婚は31歳で、3歳下の妻と離婚したのはやはり翌年だった。そして、33歳の時には4歳下の妻と4度目の結婚をし、その4人目の妻とも翌年に離婚していた。

つまり、最初の妻とだけは4年間の結婚生活を続けられたが、ほかの妻たちとはいずれも、わずか1年前後で離婚したということだった。

「ねえ、カノン、この岩崎さんっていう人、大金持ちなのに、どうして4回も離婚してるんだろう？　もしかしたら、性格がすごく悪いのかしら？」

加奈は書類から視線を上げると、またオカメインコに話しかけた。

オカメインコはキョトンとしたように、真っ黒な目で加奈を見つめていた。

その男には最初の妻とふたり目の妻とのあいだに、それぞれひとりの娘がいた。最初の妻が産んだ娘は11歳、ふたり目の妻とのあいだの娘は5歳になっているらしかった。男はそのふたりの娘に、月々の養育費を支払っているようだった。だが、その金額については記載されていなかった。

書類の趣味の欄には『国内外の古いスポーツカーの収集、自己所有のモータークルーザーでのクルージング』と書かれていた。そして、前年の収入の欄には『1億2000万円』という数字が躍っていた。

次女に婿養子を迎え、『三浦』という家を守ってもらいたがっていた両親や祖母は、加奈が結婚すると聞いたら反対するかもしれない。だが、彼女はすでに、その男の妻になることを切望していた。

たとえその男にどんな問題があろうと、1億2000万円という天文学的にも思える数字の前では、すべては取るに足らない、どうでもいいことのように思われた。

「わたしは岩崎加奈になるんだ……岩崎加奈……岩崎加奈……岩崎加奈……」

声に出して加奈はその名前を繰り返した。


ふと壁の時計を見上げると、間もなく午後9時になろうとしていた。あの結婚相談所の営業時間は午後9時までのはずだった。

慌ててバッグから電話を取り出すと、加奈は結婚相談所に電話を入れた。電話に出たのは、樫村というあの意地悪な中年女だった。

『ああ。三浦さんですね。こんばんは』

投げやりな声で女が言った。

本当はその女に何か嫌みを言ってやりたかった。だが、加奈は挨拶《あいさつ》もそこそこに、岩崎一郎と会いたいと女に告げた。

加奈の言葉を聞いた女は、ほんの少しのあいだ沈黙した。それから、あの冷たくて事務的な口調で言った。

『わかりました。岩崎さんのほうからあなたに連絡をしていただくことにします』

「はい。岩崎一郎さんに、くれぐれもよろしくお伝えください」

勝ち誇った気分で加奈は言った。

そう。加奈は勝ったのだ。間もなく加奈は大金持ちの妻となり、有閑マダムとして暮らすのだ。そして、樫村というその女は、定年を迎えるまであの会社に勤務し、朝から夜まで働き続けるのだ。定年後はきっと、わずかばかりの年金を頼りに惨めでつましい暮らしを送るのだ。

『三浦さん、くれぐれも5人目の離婚相手にならないように気をつけてください』

電話を切ろうとした加奈に、とても憎々しげな口調で女が言った。

「はい。お気遣い、ありがとうございます」

加奈もまた、憎々しげな口調で女に応じた。そして、すぐに電話を切った。

その瞬間、加奈の心に最初の不安が浮き上がった。

確かに、4度の離婚というのは気にかからないわけではなかった。一度や二度ならともかく、岩崎一郎という男は4人も妻《めと》を娶り、その全員との結婚に失敗しているのだ。

どう考えても、それは普通のことには思えなかった。

9

結婚相談所に電話を入れた翌日の晩——いつもそうしているように、百貨店の地下で買って来た総菜をつまみに、加奈が自宅で缶入りのカクテルを飲んでいると、テーブルの上の携帯電話が鳴った。

電話のディスプレイに表示されていたのは、登録されていない電話番号だった。

彼だ！

加奈はそう直感した。そして、口の中のものを慌てて飲み下すと、鳴り続けている電話を取った。

「はい。三浦です」

首を傾げるようにして微笑みながら、加奈はかつて芸能プロダクションで練習したよそ行きの声を出した。

『三浦加奈さんですか？　僕は岩崎といいます。岩崎一郎です』

小さな電話から男の声が聞こえた。加奈が考えていたよりずっと爽《さわ》やかで、ずっと歯切れのいい声だった。

「こんばんは、岩崎さん。三浦加奈です。お電話、お待ちしていました」

相手に顔が見えるわけでもないのに、満面の笑みを浮かべて加奈は言った。

『僕の電話を待っていてくれたんですか？　嬉しいなあ。それじゃあ、さっそくなんですが、三浦さん、近いうちにどこかでお会いできませんか？』

とても親しげに、とても気さくに、そして、とても無邪気に男が言った。

そう。その男はたった1年で1億円を超える金を稼ぎ出すやり手なのだから、少し気難しいのではないかと加奈は考えていた。あるいは、成り金によくあるように、気取っていて、鼻につく男なのではないかと危惧《きぐ》していた。

けれど、もしかしたら、それは違っていたのかもしれなかった。

「ええ。いいですよ。わたしも岩崎さんにお会いしたいです」

なおも微笑み続けながら加奈は言った。心臓が激しく高鳴っていた。異性と電話で話をしていて心臓が高鳴るなんて、久しくないことだった。

『そうですか。それじゃあ……今週の土曜日の夕方はいかがですか？　きょうが木曜だから、明後日の夕方ですね。三浦さん、ご都合はいかがです？』

「ちょっと待ってください。ええっと……土曜日、土曜日……」

土曜日には何の予定もないことはわかっていた。それにもかかわらず、加奈は予定を確認するフリをした。

『明後日なんて、急すぎますか？』

よく通る爽やかな声で、とても無邪気に岩崎一郎が尋ねた。

「いいえ。大丈夫でした。土曜日は空いていました」

明るい声で加奈は言った。

『そうですか。よかった。それじゃあ、明後日の夕方……午後6時頃にお会いできませんか？　一緒に晩飯でも食べましょう』

男が言った。

そう。男は『夕食』でも『食事』でも『ディナー』でもなく、『晩飯』と言った。その気取らない言葉遣いに、加奈は好感を覚えた。

「明後日の午後6時ですね。はい。けっこうです」

にこやかに微笑み続けながら、加奈は頷いた。心臓が相変わらず高鳴っていたし、掌は噴き出した汗でぬるぬるとしていた。

待ち合わせの場所として男が指定したのは、横浜港に隣接した超高層ホテルの最上階のラウンジだった。

『そのラウンジには一般の客は上がることができません。ですから、ホテルに着いたらスタッフに僕の名前を言ってください』

「はい。あの……フロントで岩崎さんのお名前を言えばいいんですね」

『ええ。フロントでもいいし、エレベーターボーイでもいいし、客室係でもいいし……ホテルのスタッフなら誰でもいいです。そうしたら、誰かが案内してくれるはずです』

事もなげに男が言った。

「わかりました。そうします」

『それから……もし差し支えなければ、三浦さんの左の薬指のサイズを教えていただけますか？』

岩崎一郎が言い、加奈は期待に胸を膨らませながら、「6号です」と即答した。

『6号ですか？　三浦さん、随分と指が細いんですね』

今度は男が驚いたような声を出した。

加奈は物怖じしていたのだが、その男の声で一矢を報いたような気分になった。

「ええ。わたし、昔から指がすごく細くて長いんです。指だけじゃなく、腕も脚も細くて長いんですよ」

『そうですか？　それじゃあ、お会いするのがますます楽しみだな』

男が嬉しそうに笑い、加奈もまたそっと微笑んだ。

男との電話を切ったあとで、加奈はベッドにごろんと寝転んだ。くたびれたスプリングが鈍く軋《きし》んだ。

薄汚れた天井、薄汚れた壁、薄汚れた畳、薄汚れたカーテン、散らかった室内……今、彼女の目に入って来るものは、何もかもが薄汚れていて、何もかもが貧乏臭かった。けれど、今ではもう、そんなことはまったく気にならなかった。

「ねえ、カノン、こんなにうまくいっていいのかな?」

首だけをもたげ、ローテーブルの上の鳥籠のオカメインコに加奈は尋ねた。それから、サイドテーブルに腕を伸ばし、そこに置いてあった煙草を咥《くわ》えた。

岩崎加奈……岩崎加奈……岩崎加奈……。

心の中で、加奈は何度もその名を繰り返した。強烈な喜びが、胸にゆっくりと広がっていった。

第二章

1

その金曜日の朝も、三浦加奈は耳元で鳴る目覚まし時計の音に重い瞼《まぶた》を開いた。その針はいつものように、午前6時15分を指していた。

会社の始業時間は午前9時だった。だが、派遣社員の加奈は8時半には出社し、同じ課の30人の社員のデスクを濡《ぬ》れ雑巾で拭《ふ》き、彼らのためにコーヒーをいれなければならなかった。加奈は朝食はとらなかったが、身支度にはかなりの時間がかかったから、この時刻に起きなければ遅刻してしまう計算だった。

いつもの加奈は、目を覚ましたあともベッドの背もたれに寄りかかり、ぼんやりしているのが常だった。身も心も重たくて、すぐにはベッドを出ることができなかったのだ。けれど、今朝はそうではなかった。目を覚ました瞬間に、体の隅々にまでエネルギーが行き渡っているような気がした。

時計のベルを止めるとすぐに、加奈はベッドから勢いよく飛び出して窓辺に歩み寄ると、分厚いカーテンをいっぱいに開けた。

狭く散らかった部屋に、朝の光が深く差し込み、首の後ろに嘴《くちばし》を入れて眠っていたオカメインコがびっくりして目を覚ました。

「おはよう、カノン！　きょうも1日、お互いに頑張りましょう！」

眩しそうに自分を見ている小鳥に、加奈は元気よく呼びかけた。

意味もなく、わくわくと心が弾んでいた。いつもは食欲なんてまったくないのに、今朝はすでに空腹を感じた。


オフィスでの加奈は、いつもできるだけ元気に働こうとしていた。

仕事は単純で単調で、やり甲斐なんてまったくなかったけれど、少ないながらも給料をもらっているのだから、明るく元気に働くべきだと考えていたからだ。

それにもかかわらず、いつもの加奈は気がつくと、パソコンの画面を見つめてぼんやりとしていることが少なくなかった。無意識のうちに、「嫌だなあ……嫌だなあ……」と呟いていることもしばしばだった。

けれど、その金曜日の加奈は元気いっぱいだった。

そんな彼女の姿を見た年上の女子社員が、「三浦さん、きょうはすごく元気ね。何かいいことでもあったの？」と訊いたほどだった。

休憩時間に喫煙所に行った時には、仲のいい派遣の女子社員に「加奈、きょうは何だか綺麗みたい」と言われた。

「失礼なこと言わないでよ。わたしはいつだって綺麗じゃない」

その時は笑ってそう答えたが、直後に加奈はトイレに行って鏡に顔を映してみた。

その女子派遣社員が言った通り、鏡の中の加奈はいつもよりずっと若々しくて、生き生きとしているように見えた。

この暮らしとも、あと少しでさようならだ。

そう考えるだけで、嬉しくて叫び出しそうだった。同時に、わずかばかりの賃金のために、これからもずっとこの職場に縛り付けられていなければならない者たちのことを、少しかわいそうにも思った。噂によれば、加奈の課でもっとも高給取りと言われている課長でさえ、年収は１０００万円に満たないらしかった。

たったの１０００万円……。

少し前までは気の遠くなる額に感じられたその金は、今の加奈には微々たるものに思われた。

その金曜日、加奈は早退届けを出し、いつもより2時間早く退社した。そして、行きつけのネイルサロンに行き、派手なマニキュアとペディキュアをもう少し地味なものに塗り直してもらった。長かった手の爪も少し削ってもらった。

昔から加奈は、手足の爪を思い切り派手に彩るのが好きだった。けれど、岩崎一郎の好みがわからないので、少し控えめにしたほうがいいと思ったのだ。

2時間ほどでネイルサロンを出ると、いつものように会社の近くの百貨店に向かった。いつもはその地下の食料品売り場で、その晩の自分の食事を買うのが目的だった。けれど、その金曜日の目的はそうではなかった。

百貨店に着いた加奈は、5階にある婦人服・婦人用品売り場に向かった。そして、そこで明日のために、白いミニ丈のホルターネックのワンピースと、白いエナメルのハンドバッグと、塗り直したばかりのペディキュアがよく見えるように、白いオープントゥーのハイヒールパンプスを買った。自分には白や黒などのモノトーンが似合うと知っていたから、明日は白で統一して行くつもりだった。

いつものように支払いにはクレジットカードを使った。あとで送られて来る請求書のことを思うと少し気が重くなったけれど、ためらうことはなかった。それは明るい未来を手に入れるための投資のようなものだった。

2

　その土曜日の朝──いつもより少しだけ朝寝した加奈は、起きるとすぐに入浴をし、薔薇《ばら》の精油の入った高価なボディソープで体を丹念に洗った。それから、化粧をする替わりにサングラスをかけ、近所にある行きつけの美容室に行った。かつてオーディションの当日にはいつもそうしていたのだ。

「加奈ちゃん、きょうは何かあるの？」

　ずっと加奈を担当してくれている30代半ばの美容師の女が訊いた。

「ええ、あの……友達と会うんです」

「友達って……男の人？」

　洗いたての髪にヘアドライヤーの温風を当てながら、美容師がさらに尋ねた。

「そうですけど……でも、特別な人じゃなく、ただの友達です」

　曖昧《あいまい》に笑いながら加奈は言った。

「ただの友達と会うにしては、随分と気合が入ってるように見えるけど……」

　美容師が笑った。「もしかしたら、お見合いにでも行くの？」

「違いますよ。本当にただの友達です」

　それは図星だったけれど、加奈はなおも否定した。

「ふうん。そうなんだ」

鏡の中の加奈の目を見つめて、美容師が笑った。

嘘《うそ》をつくつもりではなかった。けれど、もし、断られた時のことを思うと、これから見合いの相手と会うとは言いづらかった。


洗髪とセットに思いのほか時間がかかり、加奈が美容室を出たのは午後2時を大きくまわっていた。

かつてオーディションがある日には、いつもそうしていたように、自室に戻った加奈は鏡台の前で衣類と下着を脱いで全裸になった。そして、さまざまなポーズを取りながら、体を入念にチェックした。

芸能プロダクションに所属するようになってから、断続的に全身の脱毛を繰り返して来たおかげで、頭髪と眉と睫毛《まつげ》と、わずかばかりの性毛を除けば、今の彼女の体には体毛がまったくなかった。

バランスの悪い食事のせいなのか、ストレスのせいなのかはわからなかったが、プロダクションを辞めてからの加奈は、5キロほど体重が増えて、今は52キロになっていた。身長は165センチだったから、今でもスリムなほうだったが、5キロの体重増というのは、やはり気にかかった。

それでも、鏡に映った裸体には今も、余分な皮下脂肪はほとんどついていなかった。ウエストはくっきりとくびれていたし、下腹部も引っ込んでいた。脚も太くなっているようには見えなかった。

「まあまあね。うん。合格よ、加奈」

加奈は満足して鏡の中の自分に言った。

体型のチェックが終わると、押し入れの下段に作った下着入れの前に全裸のましゃがみ込み、時間をかけて下着を選んだ。

初めて会う男と、今夜すぐに肉体関係を持つということは考えにくかった。それにもかかわらず、加奈は数え切れないほどたくさんの下着の中から、思い切りセクシーなブラジャーとショーツを選んだ。岩崎一郎という男の好みはわからなかったが、たいていの男たちは、そんな下着が大好きなはずだった。

下着をまとった加奈はまた鏡の前に立ち、さまざまなポーズを取りながら、うっとりとなって自分を見つめた。空腹を感じたが、オーディションの前にはそうしていたように、何も食べずに出かけるつもりだった。

その後は鏡台の前に座って化粧をした。プロダクションで化粧の仕方は勉強していたし、今もしっかりと化粧をして通勤していたから、それはお手の物だった。

1時間以上かけて化粧を済ますと、耳たぶに大きなピアスを付け、首にはシンプルなネックレスを巻いた。骨張った手首には、何本かのブレスレットをまとめて付けた。

壁の時計を見上げると、早くもその針は午後4時半を指していた。桜木町のホテルでの男との待ち合わせは午後6時だったから、ぐずぐずしている時間はなかった。

まだ下着姿だった加奈は慌てて立ち上がり、買ったばかりの白いホルターネックのワンピースをまとった。とても丈の短い、ぴったりとしたワンピースで、服の上からでも華奢な体の線がはっきりと見えた。

ジャスミンの香りのする香水を全身にたっぷりと吹き付け、薄手のスプリングコートを羽織る。やはり、買ったばかりの白いエナメルのハンドバッグを抱える。玄関で白いオープントゥーのハイヒールパンプスに足を入れる。

「行って来るわ、カノン。わたし、頑張るから、あんたもそこで応援していてね」

籠の中のオカメインコにそう言うと、オーディションの会場に向かう時と同じような気持ちで加奈は玄関を出た。

西の空に浮かんだ雲を、夕日が赤く染めていた。ひんやりとした春の風が、毛先にウェイブのかかった長い髪を優しくなびかせていった。

「さっ、勝負よ」

誰にともなく呟くと、ハイヒールの音を高らかに響かせて加奈は足早に歩き始めた。

3

　桜木町で電車を降りると、辺りには濃厚な潮の香りが立ち込めていた。空はすっかり暗くなり、いくつかの星が瞬いていた。日が暮れて、随分と冷たくなった風がコートの中に吹き込み、薄いストッキングに包まれた加奈の脚に鳥肌を作っていった。

　横浜港のすぐ脇にそびえ立つ巨大な観覧車が、夜空に光を撒《ま》き散らしながらゆっくりと回転していた。数秒ごとに色を変えるその光が、港の海面に美しく映っていた。港を行き交う小船の軽快なエンジン音が耳に絶え間なく入って来た。

　ホテルに着いたのは、約束の10分ほど前だった。

　チェックインする客たちでフロントは込み合っていたので、加奈はコンシェルジェに行き、そこにいた中年の男に岩崎一郎の名を告げた。

「はい。岩崎さまからうかがっております」

　コンシェルジェの男は即座に反応し、加奈に深々と頭を下げた。そして、そばにいた若い男に加奈を案内するように申し付けた。

「三浦さま、コートをお預かりいたしましょうか?」

　背の高い若いホテルマンが加奈を見つめて微笑み、とても丁重な口調で言った。

　加奈は無言で微笑むと、羽織っていたコートをゆっくりと脱いだ。

その瞬間、若いホテルマンが少し驚いたような顔をした。

それはほんの一瞬のことだったけれど、見間違いではなかった。

そう。若いホテルマンは、コートの下から現れた加奈の肉体に驚いたのだ。鋭く尖《とが》った両肩や、ワンピースに包まれた華奢な体や、長くて細い脚に目を見張ったのだ。

その事実が彼女を喜ばせた。

最上階へと向かうエレベーターは、一般のエレベーターとは別の場所にあった。不思議なことに、そのエレベーターの中には行き先ボタンがひとつもなかった。

ボタンを押さなくていいのかしら?

そう思っている加奈の前で、若いホテルマンは胸のポケットからカードを取り出し、そのカードでセンサーのようなところに軽く触れた。その瞬間、エレベーターの扉が閉まり、ふたりを乗せた箱は音もなく上昇を始めた。

上昇を続けるエレベーターの中で、加奈は自分がひどく物怖じしているのを感じた。今から行こうとしているのは、彼女にとって未知の場所——金のある者たちだけが集うことを許される特別な場所だった。


エレベーターの扉が開くと、そのすぐそばにダークグレイのスーツ姿の眼鏡をかけた男が立っていた。

　エレベーターから降りた加奈を、男が真っすぐに見つめた。それから、整った顔に爽やかな笑みを浮かべ、メタルフレームの眼鏡を光らせながら歩み寄って来た。

　男はよく日焼けしていて、背が高く、ほっそりとしていた。歯がとても白く、細身のスーツに包まれた腕と脚がひょろりと長かった。写真で見た以上にハンサムだったけれど、冷たそうな感じや気取ったような雰囲気はまったくなく、無邪気で明るくて、とても人懐こそうだった。

「三浦さんですね。岩崎一郎です」

　男が加奈に深く頭を下げた。

「三浦加奈です。こんばんは。今夜はよろしくお願いします」

　加奈もまた静かに頭を下げた。明るい栗色に染めた長い髪が、体の両脇にはらりと垂れ下がった。

「こちらこそ、よろしくお願いします」

　歯切れのいい口調で男が言い、加奈は静かに顔を上げた。

　男は加奈を見つめて微笑んでいた。眼鏡の奥のその目は、切れ長で、涼しげで、そして、やはり無邪気で、とても人懐こそうだった。

4

すぐに従業員の女が歩み寄って来た。濃紺のスーツをまとった、若くて背の高い、なかなか綺麗な女だった。

「三浦さま、岩崎さま、いらっしゃいませ。さあ、こちらへどうぞ」

丁寧に化粧が施された顔に、優しげな笑みを浮かべて女が言った。その女が自分の姓を先に口にしたことに、加奈は少し驚いた。

従業員の女が加奈と男を連れて行ったのは、分厚いカーペットが敷き詰められたラウンジのような空間だった。広々としたスペースのあちらにひとつ、こちらにひとつというふうに高価そうなソファのセットが配置され、そこで人々が飲み物のグラスを手に歓談していた。照明は落とされていて、小さな音量でジャズが流されていた。

「三浦さま、こちらでよろしいですか？」

従業員の女が、窓辺のソファセットを示して加奈に尋ねた。そのソファの脇は天井までガラス張りになっていて、そこから夜の横浜港が一望できた。

加奈は男の顔を見た。そんな彼女に男が微笑みながら頷いた。

「はい。ここでけっこうです」

加奈もまた、微笑みながら女に頷いた。

柔らかなソファに浅く、姿勢よく腰を下ろす。ただでさえ短いワンピースの裾が、脚の付け根付近までせり上がり、脚部のほとんどが剝き出しになる。

その瞬間、向かい側に座った男が、ほっそりとした加奈の脚に素早い視線を送った。さっきの背の高いホテルマンと同じように、それはほんの一瞬のことだったけれど、彼女はそれを見逃さなかった。

「素敵な眺めですね」

すぐ脇の窓の外に目を向けて加奈が言った。

「そうですね」

男は小声で答えたが、窓には顔を向けなかった。彼は相変わらず微笑みながら、加奈を──彼女の全身を見つめていた。

自分に向けられた男の視線を感じながらも、加奈は窓の外を見つめ続けた。

磨き上げられた巨大なガラスのすぐ向こうには、無数の光に彩られた夜の横浜港が広がっていた。それは息を飲むほどに素晴らしい眺めだった。

桟橋に停泊している巨大な豪華客船が見えた。港にかかった長い光の吊り橋や、その上を走っている車のライトやランプも見えた。港を行き交うたくさんの船が見えたし、あちらこちらに据え付けられた大きなクレーンも見えた。そこからは観覧車は見えなかったけれど、数秒ごとに変化するその光が、夜の海面を色とりどりに染めていた。

「さて、何か飲みましょう。三浦さん、どんなものがいいですか？」

加奈の向かいに座った男が、無邪気に微笑みながら訊いた。メタルフレームの眼鏡が冷たく光っていた。

「あの……岩崎さんと同じものにしてもいいですか？……わたし、こういうところでは何を飲んだらいいかわからなくて……」

正直に加奈は言った。知ったかぶりをするより、正直にしていたほうが好感度が高いだろうと考えたのだ。

「三浦さん、アルコールは飲めましたよね？」

「はい。大丈夫です」

「それじゃあ、シャンパンでも飲みましょうか？」

「シャンパンですか？　素敵ですね」

「白とロゼとどっちがいいですか？」

「そうね……ロゼがいいかしら？」

「わかりました。名取さん、お手数ですが、シャンパンをもらえますか？」

男はにっこりと微笑むと、すぐ脇に立っていた従業員の名を呼んで言った。それは親しい女友達に話しかけるような口調だった。

「かしこまりました、岩崎さま。銘柄は何にいたしましょう？」

「そうですね。確か……ベル・エポックのロゼがありましたよね？」

「申し訳ございません。あいにく、ただ今、ベル・エポックのロゼは切らしておりまして……普通のブリュトならあるんですが……」

「そうですか。ロゼだったら何がありますか？」

「そうですね。ドン・ペリニオン、ブーブクリコ、モエ・エ・シャンドン、ポメリー、ランソン、エドシック、マム……」

「ドン・ペリニオンは何年のがあるんですか？」

「１９９９年、２０００年、２００１年、それから、２００２年がございます」

「それじゃあ、１９９９年をいただこうかな」

名取という女と岩崎一郎は、シャンパンの銘柄について話をしているらしかった。だが、加奈にはそれは外国の言葉のようにさえ聞こえた。

「ありがとうございます。おつまみはいかがなさいますか？」

「そうですね。三浦さん、何かつまみたいものはありますか？」

人懐こそうな笑みを浮かべて、男が加奈に視線を向けた。「このあとで晩飯に行くつもりなんで、あまり重たいものは食べないほうがいいと思いますけど……」

「あの……岩崎さんにお任せします」

加奈は言った。どんなものを注文すればいいか、まったくわからなかったのだ。

「そうですか。それじゃあ、名取さん、ドライフルーツとかチーズとかナッツとか……何かシャンパンに合いそうなものを適当に見繕《みつくろ》ってください」

相変わらず、女友達と話しているかのように男が言った。その口調には、気取ったところや、高圧的なところがまったくなかった。

「かしこまりました。少しお待ちください」

従業員の女は岩崎一郎に頭を下げ、それから、加奈を見つめて静かに微笑んだ。

加奈はそっと辺りを見まわした。

そのスペースはとても広かったけれど、そこに置かれたソファのセットの数はもったいないほどに少なかった。その半分ほどのソファに人がいて、あまり大きくない声で話をしていた。

金のある者たちだけが集うことを許される特別な場所——そんな言葉が、また加奈の脳裏をよぎった。

すぐに名取という従業員が、ずんぐりとしたシャンパンのボトルと華奢なグラスを運んで来た。女は器用にボトルからコルク栓を抜くと、まず加奈の前のグラスに、オレンジがかったピンク色の液体をそっと注ぎ入れた。

細長いシャンパングラスの底から、細かい泡が小さな竜巻のような渦を描いて立ちのぼった。部屋はとても静かだったから、泡の弾ける小さな音が聞こえた。

「それじゃあ、三浦さん、乾杯しましょう」

従業員が頭を下げて立ち去るとすぐに、男が微笑みながらグラスを目の前に掲げた。男の指はほっそりとしていて、とても長かった。

加奈もまたグラスを掲げた。そのグラスの縁に、男が「乾杯」と言って自分のグラスを軽く触れ合わせた。

カチンという硬質な音がした。

「乾杯」

微笑みながら、加奈は言った。それから、たっぷりとグロスを塗り重ねた唇を、シャンパングラスの縁にそっとつけた。

少し酸味のある液体が口の中に流れ込み、次の瞬間、温められたそれが一気に膨らみ、口内をチクチクと心地よく刺激した。

「ああっ、うまいなあ！」

グラスの中の液体を半分ほど飲んだ男が言った。唇のあいだから、綺麗に揃った真っ白な歯がのぞいた。

「ええ。おいしいですね」

男を見つめて加奈は微笑んだ。シャンパンの味については、まったくわからなかった。

それでも、細かい気泡を盛んに立ちのぼらせ続けているその液体は、今までに飲んだいちばんうまい酒のように感じられた。

目の前に座る男を、加奈はさりげなく見つめた。

男はアクセサリー類はいっさい身につけていなかった。だが、よく見ると、細くて長い左薬指の付け根の部分が、わずかに窪《くぼ》んでいた。

たぶん、それは指輪の跡なのだろう。

結婚相談所から送られて来た経歴書によれば、男が4人目の妻と別れてから、まだ1年も経っていないはずだった。

5

岩崎一郎と会うのはそれが初めてだったから、きっと、今夜のふたりの会話はぎこちないものになるのだろうと加奈は考えていた。けれど、そうではなかった。男がとても気さくで、親しげで、無邪気で打ち解けた雰囲気だったからだ。

「僕について知りたいことは、遠慮しないでどんどん質問してください。その代わり、僕も三浦さんについて、根掘り葉掘り質問させてもらいますからね」

加奈を見つめ、男がまた無邪気に笑った。

そう。岩崎一郎という男の笑顔は、本当に人懐こくて、本当に親しげで、無邪気という言葉がぴったりだった。

男について知りたいことは山ほどあった。それで加奈は、自分がいちばん気になっていたことから質問してみることにした。

「あの……こんなことを訊いたら、気を悪くなさるかもしれないですけど……」

「いいですよ。何でも訊いてください」

「それじゃあ、お訊きしますけど……岩崎さん、前の奥さんたちとは何が原因で別れることになったんですか？」

「やっぱり、それが気になりますよね。バツ4ですもんね」

ほっそりとした指を4本立て、男がおどけたように笑った。

「変なこと訊いて、すみません」

「いいんですよ。その話は避けて通れないですからね」

男がじっと加奈を見つめた。「実を言うと、僕の最大の欠点はね、たぶん……妻を愛しすぎることなんですよ」

「愛しすぎる？」

加奈は男の言葉を繰り返した。彼が何を言っているか、わからなかったのだ。

「ええ。たぶん、そうなんです。僕は愛しすぎてしまうんです」

加奈の顔ではなく、その背後を見るような目付きで男が言った。

「あの……立ち入ったことをお訊きするようですけど……離婚を切り出したのは、岩崎さんのほうからなんですか?」

「いいえ。違います。僕は彼女たちを心から愛していましたから……ですから、離婚は4回とも妻のほうから切り出されました」

加奈の目に視線を戻して男が言った。

「あの……奥さんたちは……どういう理由で岩崎さんと別れたがったのでしょう?」

加奈はさらに尋ねた。どうしてもそれが知りたかった。

「そうですね……」

男は腕組みし、何かを思い出そうとしているような顔付きになった。「最初の妻は別れ際に、『わたしはあなたの所有物じゃない』と言いました」

「所有物……ですか?」

さっきと同じように、加奈は男の言葉を繰り返した。

「ええ。それから……ふたり目の妻は……」

腕組みしたまま、男が加奈を見つめた。「確か……僕と一緒に暮らしていると、いつも見張られているみたいで、息が詰まるって言っていました」

「見張られている……」

「ええ。そう言っていました。それから、3人目の妻は、ええっと……そうだ。軟禁されているみたいな気になるって言っていました。それから、鉄格子のない牢獄《ろうごく》にいるみたいだとも言っていましたね」

「鉄格子のない牢獄……ですか?」

加奈は男の言葉をさらに繰り返した。

「ええ。確かに、鉄格子のない牢獄って言っていました。それから……4番目の妻は、僕のそばにいると怖いって言いました」

男が笑った。その目には今も、いたずら好きな子供のような表情が浮かんでいた。

「怖いって……それはどういうことなのかしら?」

「僕にはよくわかりません。というか……まったくわかりません。僕は妻たちをいつだって精一杯、心から愛して来たつもりでしたから……」

男がまた笑い、加奈もその顔に曖昧な笑みを浮かべた。

6

その後も加奈は男と向き合い、ドライフルーツやチーズやナッツをつまみながら、オレンジがかったピンク色のシャンパンを飲み続けた。

23歳で最初の結婚をした時、岩崎一郎は川崎市内の居酒屋の従業員だった。だが、25歳で今の輸入中古車会社を立ち上げ、その直後から経済的にぐんぐんと豊かになっていった。

彼が今、暮らしている横浜の超高層マンションの部屋を購入したのは、最初の妻と離婚する1年ほど前だったという。

だから、最初の妻が彼と離婚しようと考えたのも、経済的なことが理由でなかったことは確かだった。

「最初の妻には、経済的にいろいろと苦労をさせました。だから、金が入るようになってからは、彼女がほしがるものは何でも買い与えて、その埋め合わせは一生懸命にしたつもりだったんですけどね」

シャンパンを飲み続けながら、男が言った。

夫がこれほどの大金持ちであるにもかかわらず、4人もの女たちが、その妻でいることを拒否した——。

その事実は微かな不安として加奈の心に引っ掛かっていた。けれど、今、自分の前に座っている痩せた男は、やはり、文句のつけどころがないように見えた。

「今度は僕のほうから三浦さんに質問したいことがあるんですが……」

グラスに新たなシャンパンを注ぎに来た名取という女が立ち去ったあとで、無邪気な笑みを浮かべながら男が言った。

「はい。何でしょう?」

目をいっぱいに見開き、少し顎を引き、わずかに首を傾げるようにして加奈は微笑んだ。

自分ではその表情が、いちばん魅力的に見えると思っていたのだ。

「率直にうかがいますが、三浦さんは、あの……処女ではありませんよね？」

岩崎一郎が言い、加奈は少し驚いた。まさか、そんなことを訊かれるとは思ってもいなかったのだ。

一瞬、嘘をついたほうがいいのかとも思った。だが、そんな嘘はすぐにばれると思い直し、正直に答えることにした。

「ええ。あの……違います」

「やっぱり、そうですか」

岩崎一郎が言い、加奈は男の表情をうかがった。彼が落胆しているのか、そうでないのかを、見極めようとしたのだ。

けれど、口元に笑みの浮かんだ男の顔からは、それはよくわからなかった。

「あの……岩崎さんは、わたしが処女のほうがよかったですか？」

男の顔色をうかがい続けながら加奈は訊いた。

「うーん。どうなんでしょうねえ？　でも、考えてみれば……三浦さんみたいに綺麗で魅力的な人が、30歳まで処女なんて、あり得ませんよね」

男が笑った。その笑顔は、やはりとても無邪気で、とても親しげで、飾り気というものがまったくなかった。

そのことに、加奈は胸を撫《な》で下ろした。

シャンパンのボトルが空になったのを見計らって、岩崎一郎が階下にあるイタリア料理店に移動しようと提案した。

「でも、もし三浦さんがイタリア料理が嫌いなら、別の店にしてもかまいませんよ」

「いいえ。好きです」

加奈は即座に答えた。

「本当ですか?」

少し疑わしそうに、男が加奈を見つめた。その目には、今まで以上に親しげな表情が浮かんでいた。

「ええ。本当です。イタリア料理は大好きです」

加奈は微笑んだ。けれど、もう何年も、ちゃんとしたイタリア料理店に行ったことはなかった。

「それじゃあ、すぐに行きましょう。実はさっき、三浦さんがトイレに行っているあいだに、名取さんに予約してもらったんです」

加奈たちの担当になっているらしい従業員のほうに視線を向けて男が言い、すぐにソファから立ち上がった。

男の動きに釣られるように、加奈も立ち上がった。今夜の加奈のパンプスの踵は12センチほどの高さがあった。それにもかかわらず、そうやって並んで立つと、男の目は加奈より少し上にあった。

「ありがとうございました」

名取という女が慌てて歩み寄って来て、加奈と男に深々と頭を下げた。

「名取さん、ごちそうさまでした。あっ、わざわざ送らなくていいですよ。ちゃんと帰り道はわかってますからね」

冗談めかしてそう言うと、男はゆっくりとエレベーターのほうに向かった。そこでの支払いをすることも、伝票にサインをすることもなかった。

エレベーターを待っているあいだ、男が加奈に視線を向け、その全身をまじまじと、少し不躾に見つめた。それはまるで値踏みでもするかのような……オーディションの審査員が、審査の対象である女たちを見る時のような……そんな目つきだった。

「あの……何をご覧になっていらっしゃるんですか？」

全身に男の視線を感じながら、加奈は微笑んだ。

「三浦さんは、とても綺麗な人だと思って……」

笑わずに男が言った。

そのダイレクトな言葉に、加奈はまた少し驚いた。

「岩崎さんって、お世辞がじょうずなんですね」

加奈は言った。鏡を見ているわけではなかったが、自分の顔に少しはにかんだような、愛くるしい表情が浮かんでいることはちゃんとわかっていた。

「お世辞なんて言いません。僕は思ったことしか言わない男ですから」

また笑わずに岩崎一郎が言った。

加奈は嬉しくて、叫び声を上げそうになった。

7

イタリア料理店で加奈と男が案内されたのは、やはり夜の横浜港を一望できる、静かで落ち着いた、とても素敵な席だった。

その店で男は何も注文をしなかった。それにもかかわらず、担当のウェイターによって料理が次々と運ばれて来た。それらは手が込んだ素晴らしいものばかりだった。

岩崎一郎はその店をよく訪れているらしく、ウェイターやウェイトレスたちとも親しげだった。途中ではわざわざシェフが挨拶にやって来た。

加奈にはワインの味はまったくわからなかった。けれど、岩崎一郎は料理ごとにウェイターが選んでくれる白や赤のワインをとてもうまそうに飲んでいた。

その店でも、ふたりはいろいろなことを話した。男は加奈の生い立ちや、これまでの人生についていろいろと聞きたがった。彼はとても聞き上手だった。

加奈には時々、嘘をついたり、見栄を張ったりしてしまうことがあるのだが、その晩はできるだけ正直に話そうとした。嘘はいつかばれてしまうものだったし、ひとつ嘘をつくと、その嘘を取り繕うために、また次々と嘘をつき続けなければならなくなるということを、30年の人生で学習して来ていたからだ。

気さくで飾り気のない岩崎一郎と話しているのは楽しかった。加奈はこれまでに、何人かの男たちと付き合って来たが、最初からこれほど楽しいのは初めてだった。

料理のあとではデザートが出た。男のデザートはチョコレートケーキで、加奈のそれは大皿に美しく盛られた何種類かのアイスクリームだった。男は食後のコーヒーを断り、グラッパという酒を飲んだ。加奈のために彼は甘口のリキュールを注文してくれた。

「僕は三浦さんと、結婚を前提として付き合いたいと思っているのですが……三浦さんのほうはいかがですか？」

加奈がスプーンでアイスクリームを崩していると、突然、男がそう言った。

その瞬間、加奈の心臓が強く高鳴った。それこそが待ち望んでいた言葉だった。

「わたしも岩崎さんと、結婚を前提としてお付き合いしたいと思っています」

加奈は言った。顔が赤くなるのがわかった。

「そうですか。それは嬉しいな。でも……いいんですか、三浦さん？」

男が加奈を見つめた。切れ長の目が笑っていた。「結婚したら、僕はきっと、三浦さんにいろいろと求めますよ」

「そうなんですか？」

加奈は微笑んだ。嬉しくて、脚をばたつかせてしまいそうだった。

「ええ。僕はいつだって求めすぎてしまうんです」

テーブルの上のグラスを見つめて男が言った。「僕は愛しすぎるし、求めすぎる……他人にも自分にも、いつもそうなんです。だから、きっと……三浦さんにもそうなってしまうと思うんですよ」

「わかりました。覚悟しておきます」

微笑みながら、加奈は言った。

けれど、今の加奈の頭には、男の言葉はほとんど入って来なかった。男が自分に求婚したという事実に舞い上がっていたのだ。

「そうですか。それじゃあ、今から三浦さんは僕の婚約者です」

嬉しそうに男が言った。

婚約者——その言葉に、加奈はさらに舞い上がった。

8

その後も夜の港を眺めながら、加奈と男はゆっくりと酒を飲み続けた。

途中で加奈は何度も、『煙草を吸いたい』と思った。加奈はかなりのヘビースモーカーで、家にいる時は気がつくといつも煙草を手にしていた。会社でも休憩時間ごとに喫煙室に向かうというのが彼女の習慣だった。

けれど、そのイタリア料理店には喫煙席はないらしく、煙草を吸っている客はいなかった。さっきまでいた最上階のラウンジにも『禁煙』の表示が出ていたから、加奈はこのホテルに来てからずっと煙草を我慢し続けていたのだ。

岩崎一郎という男は喫煙者ではないようだった。だから、何となく、加奈も『煙草を吸いたい』とは言い出せないでいた。

飲み続けるにしたがって、加奈は軽い酔いを覚えた。だが、男の顔色はまったく変化しなかった。どうやら、かなり酒が強いようだった。

「三浦さん、こんなに簡単に僕との結婚を決めてしまっていいんですか？　僕は4回も結婚に失敗している男なんですよ」

微笑みを浮かべながら、軽い口調で男が訊いた。

「ええ。わかっています。それでも、わたし……岩崎さんとはうまくやっていけそうな気がするんです」

加奈は言った。本当にそう思っていた。

「そうなんですか？」

「ええ。きっとうまくいきます」

自分に言い聞かせるかのように加奈は言った。「それより、岩崎さんこそ、わたしでいいんですか？」

男が加奈を真っすぐに見つめた。少し考えたような顔になり、それから口を開いた。

「こんなことを言うと、気を悪くなされるかもしれませんが……あの……三浦さんには僕の妻になる資格があるように見えます」

「それは……どういうことかしら？」

「美しくて、スタイルがいいから……」

加奈から目を逸らさずに男が言った。その顔はとても真剣だった。

「ありがとうございます。嬉しいです。でも……それだけでいいんですか？」

「ええ。いいんです。ほかのことは、あとからどうにでもなりますから」

加奈を真っすぐに見つめたまま、男が口元だけで微笑んだ。けれど、その目は笑っていなかった。

そう。男の目は笑っていなかった。加奈を見る男の目は、トカゲやヘビなどの爬虫類のそれのように冷たかった。

そんな男の目を見た瞬間、加奈の中を不思議な感情が走り抜けた。

恐怖——もしかしたら、そうだったのかもしれない。


「そうそう。結婚するにあたって、ひとつだけ、三浦さんに了承していただきたいことがあるんですよ」

デザートを食べ終え、甘いリキュールを飲んでいる加奈に男が言った。

「何かしら？」

「結婚の約束をしたばかりで言いにくいんですが……あの……もし万一、離婚することになった時にも、財産分与を求めないという書類にサインをしてもらいたいんです」

加奈は男の顔を無言で見つめた。何と返事をしていいのか、わからなかったのだ。

言い訳でもするかのように、男が言葉を続けた。

「こんな時に、急にシビアな話をしてしまってすみません。あの……実を言うと、最初の離婚の時と、2度目の離婚の時には、その財産分与でひどい目に遭ったんです。それで弁護士といろいろ相談して、3回目の結婚の時からは、妻になる女性にその書類にサインをしてもらっているんです」

男の顔をぼんやりと見つめて、加奈は無言で頷いた。たった今、結婚の約束をしたばかりだというのに、急に離婚のことを言い出されて、ひどく混乱していたのだ。

「あの……誤解しないでいただきたいんですが……三浦さんと、いつか離婚することになるだろうと思って言っているわけじゃないんですよ。ただ……弁護士がそうしたほうがいいと言うものですから……」

なおも言い訳するかのように男が言った。

「その書類には……どうしてもサインしなければならないんですか？」

加奈はようやく口を開いた。「もし、わたしが拒んだら、岩崎さんは……あの……わたしとは結婚なさらないつもりなんですか？」

加奈の言葉に、今度は男が沈黙した。その晩、ふたりのあいだに沈黙の時間が流れたのは、それが初めてのことだった。

やがて、男が口を開き、とても言いづらそうに言った。

「そうですね。三浦さんがその書類にサインをしていただけないのでしたら……僕としては残念なんですが……この話はなかったことにしていただかなければなりません」

静かに頷きながら、加奈は男の言葉を聞いていた。だが、頭の中では慌ただしく損得の計算をしていた。

男の言うことは気に障ったし、離婚した時に自分が何ももらえないというのは本意ではなかった。だが、彼と結婚せず、このままの暮らしを続けていくというのも、やはり加奈の本意ではなかった。

その書類にサインすることに同意すべきか、同意すべきではないのか——。

結論はすぐに出た。

「わかりました。その書類にサインをします」

加奈は静かに言った。

その言葉を聞いた男が、少し申し訳なさそうな顔をした。

「ありがとうございます。おかしな話を切り出してしまって、本当にすみません。それでは……あの……後日、弁護士にうかがわせます」

男がまた微笑んだ。その目にまた、さっきまでの無邪気さが戻った。


ホテル内のイタリア料理店を出ると、男が加奈に「一緒に行ってもらいたいところがあるんですよ」と言った。

その口調は、財産分与の書類の話をする前までの親しげなものだった。

「どこですか？」

加奈も努めて明るく言った。

「いいから、一緒に来てくださいよ」

男が加奈を見つめ、いたずら好きの子供みたいに微笑んだ。

さっきの書類の話は、加奈にとって不愉快なものだった。けれど、彼女はそのことを忘れてしまおうとした。いつまでもクヨクヨしていてもしかたなかったし……それに、これから男が自分をどこに連れて行こうとしているのか、すでにわかっていたからだ。

9

加奈が予想した通り、岩崎一郎が向かったのは、ホテルと隣り合った巨大なショッピング・コンプレックス内にある有名な宝石店だった。

「いらっしゃいませ、岩崎さま」

男と加奈が店に入るとすぐに、年配の女が満面の笑みを浮かべて歩み寄って来た。

「さあ、こちらにどうぞ」

そう言うと、女は加奈たちを店の奥にある個室へと導いた。

おそらくVIP向けの個室なのだろう。加奈たちが案内されたのは、とても静かで、清潔な空間だった。

広々とした部屋の中央には高価そうなソファが向かい合わせに置かれ、花が生けられた大きな花瓶が、磨き上げられた大理石の床のあちらこちらに配置されていた。壁には額に入れられた何枚かの大きな絵が掛けられ、音量を抑えたクラシックが流れていた。その店には加奈も、何度か足を踏み入れたことがあった。けれど、店の奥にこんな個室があるとは知らなかった。

そう。岩崎一郎という男は、加奈とはまったく違う場所に暮らしているのだ。

彼はきっと飛行機ではファーストクラス以外の席には座らないし、ホテルではスィートルーム以外の部屋には泊まらないのだ。満員の電車に揺られたり、コンビニエンスストアやスーパーマーケットや弁当屋に足を踏み入れたり、その日の特売品を買うために朝いちばんで家電量販店の前に並んだり、ファミリーレストランやファストフード店や牛丼屋で食事をしたりはしないのだ。そして……そして、これからは加奈も、そんな世界の住人の仲間入りをするのだ。

そう考えると、財産分与の話は、どうでもいいようにも思われた。

要は離婚をせず、男の妻であり続ければいいのだ。そうすれば、加奈はいつまでも優雅な有閑マダムでいられるのだ。そして、もし万一、男が亡くなった時には……その時には、巨額であるに違いない彼の遺産を加奈が相続することになるのだ。

加奈と男がソファに並んで座ると、すぐに若い女性店員がトレイを運んで来た。トレイに載っていたのは、洒落たカップに注がれた香りの高い紅茶と、やはり洒落た皿に盛られた素朴な感じのバタークッキーだった。

やがてさっきの年配の女が、洒落た小箱を手に戻って来た。女はふたりに深々と頭を下げたあとで、その小箱を岩崎一郎に手渡した。

女から受け取った小箱を、男がそっと開いた。

加奈が予想していた通り、小箱の中には指輪が入っていた。立て爪の上にとても大きなダイヤモンドが載った指輪だった。

ほっそりとした指で小箱から指輪をつまみ上げると、ほんの少しのあいだ、男はそれを見つめていた。

「婚約指輪です」

男が加奈のほうに手を伸ばした。そして、手にした指輪を、加奈の左の薬指にそっと嵌めた。

「ありがとうございます」

加奈は顔の前に左手を掲げ、その薬指で強い光を放っている大粒のダイヤモンドを、瞬きさえ惜しんで見つめた。

「サイズはどうですか？　きつかったり、緩かったりはしませんか？」

さらに優しげな口調で男が尋ね、加奈は右手で指輪をまわしてみた。

指輪のサイズはぴったりだった。

「ぴったりです。きつくもないし、緩くもありません」

男を見つめて加奈は言った。それからまた、左薬指の指輪を見つめた。

加奈の目にその指輪は、別の世界に行くためのパスポートのようにも見えた。

10

もし今夜、岩崎一郎が体を求めて来たら、加奈はそれに応じるつもりでいた。けれど、彼にはそのつもりはないようだった。

帰りは男が加奈を自宅までタクシーで送ってくれることになった。

男が先にタクシーの後部座席に身を滑り込ませ、コートとバッグを抱えた加奈は男に続いて車に乗り込んだ。ワンピースの裾が思い切りせり上がり、薄いストッキングに包まれた太腿《ふともも》がまた剝き出しになった。

その瞬間、男がまた、その太腿に視線を送った。

座席に座ると、加奈はまた膝の上に載せた左手を見つめた。車内は薄暗いというのに、その薬指では今も大粒のダイヤモンドが鋭い光を放っていた。

そして、その時……加奈は自分が、岩崎一郎という男に恋愛感情を抱いていることに気づいた。

そう。今夜、彼と会うまで、加奈の中にあったのは打算だった。打算だけだった。

けれど、今、加奈はその男を好きだと感じていた。

ほんの少しためらったあとで、加奈は首を傾げ、自分の右に座った男の肩にそっと頭をもたせかけた。

そんな加奈の右手を、男が左手で静かに握った。

男の手はひんやりとしていた。まるで冷たい水に浸していたかのようだった。

「三浦さんは煙草を吸うんですよね？」

加奈の右手を握ったまま、男が小声で尋ねた。

「ええ。吸います。実は、岩崎さんといるあいだずっと、わたし、すごく煙草が吸いたかったんですよ」

男の肩から顔を上げ、加奈は笑った。結婚相談所に提出した書類に自分が喫煙者だということは書いておいたから、今さらそれを隠す必要はないと思ったのだ。

「たくさん吸うんですか？」

加奈のほうに顔を向けて男が訊いた。眼鏡のレンズが冷たく光った。

「ええ。1日に1箱じゃ足らないから、かなり多いほうかもしれませんね」

男を見つめ返し、加奈は屈託なく言った。

「そうですか。あの……これは僕からのお願いなんですが……煙草をやめてもらうというわけにはいきませんか？　僕は煙草のにおいが大嫌いで……」

さっき財産分与の話をした時のように、申し訳なさそうに男が言った。

「そうなんですか……」

「ええ。実は、ふたり目の妻と3人目の妻は喫煙者だったのですが……結婚する前に禁煙してもらいました」

ダイヤモンドの光る指で、加奈は自分の顎先をそっと撫でた。

禁煙はずっと考えていたことだった。煙草を吸うと歯がヤニで汚れてしまうし、会社で休憩時間ごとに喫煙所に行くのも面倒だった。服や髪に煙草のにおいが付いてしまうのも気になった。それに、今の彼女の薄給では煙草代もバカにはならなかった。

実際に、これまでに何度か、加奈は禁煙に挑んでいた。けれど、そのたびに、半日から数時間ほどで、また煙草とライターに手を伸ばしていた。

「わかりました。煙草をやめるようにします」

男を見つめて加奈は微笑んだ。ちょうどいい機会だと思ったのだ。

「本当ですか？　約束してもらえますか？」

嬉しそうに男が言った。薄暗がりに白い歯がのぞいた。

「ええ、禁煙します。結婚するまでには、何としてでも禁煙します。約束します」

明るい口調で加奈が言い、男が満足げに頷いた。

世田谷区駒沢の加奈のアパートは国道から少し入った場所にあった。古くて薄汚いアパートを男に見られたくなかったから、加奈は「ここで停めてください」と運転手に言って、国道の路肩にタクシーを停めてもらった。

「ご自宅の前までお送りしますよ」

相変わらず加奈の右手を握っていた男が言った。

「ゴチャゴチャしていて、車が入りにくいところなんで、ここでけっこうです」

「そうですか。それじゃあ、ここで失礼します」

「今夜はいろいろとありがとうございました。とても楽しかったです」

「いえいえ。僕のほうこそ、楽しかったです。ありがとうございました。また次の土曜日に会いましょう」

爽やかに微笑みながら、男が言った。

そう。1週間後の土曜日に、ふたりはまた会う約束をしていた。今度は葉山のヨットハーバーに係留してあるという男のクルーザーで海に出る予定だった。

せり上がるワンピースの裾を押さえながらタクシーから降りようとした加奈を、男が「加奈さん」と言って呼び止めた。

男に名前を呼ばれたのは初めてだった。

「はい。何ですか?」

再び座席に腰を下ろして加奈は訊いた。

「あの……これ……」

男がバッグから封筒を取り出して差し出した。

「何ですか、それ？」

「今度の土曜日までに、美容室やネイルサロンに行ったり、服や靴を買うのに、これを使ってください」

さりげない口調で男が言い、加奈は「ありがとうございます」と言って、紙幣が入っているに違いない分厚い封筒を受け取った。

今夜、加奈が身につけていた服や靴やバッグやアクセサリーは、彼女にとってはどれも高価なものだった。けれど、男の目には安物に映ったのかもしれなかった。

11

禁煙を約束したばかりだというのに、アパートの部屋に入るとすぐに加奈は煙草に火を点けた。

深々と吸い込んだ煙を、唇をすぼめて吐き出す。それを慌ただしく繰り返す。頭の中心部が痺《しび》れるような微かな陶酔感がある。

「おいしい……」

誰にともなく加奈は呟いた。それから、あっと言う間に短くなってしまった煙草を灰皿で押し潰《つぶ》し、渡されたばかりの分厚い封筒をバッグから取り出した。

思っていた通り、封筒の中には帯の付いた真新しい紙幣の束が入っていた。数えてみると、ちょうど１００万円あった。それは加奈の給料の5カ月分に相当する額だった。

「すごい……」

再び、加奈は呟いた。それから、また新しい煙草に火を点けた。

開け放った窓から、春の夜風が流れ込み、栗色に染めた髪を静かになびかせていった。興奮して熱くなっていた体に、その風の冷たさが心地よかった。

紙幣を封筒に戻し、加奈は煙草をふかし続けた。

国道を行き交う車の音が、やかましいほどに聞こえて来た。天井からは階上の住人の足音がしたし、隣の部屋からはテレビのものらしい音が聞こえた。どこからか、赤ん坊が泣いている声もした。

かつての加奈は、そんな音にしばしば苛立《いらだ》ったものだった。けれど、今では、それはまったく気にならなかった。

2本目の煙草を吸い終わると、加奈は窓辺に置いたオカメインコの籠に歩み寄った。そして、顔を籠に近づけ、「ただいま、カノン。遅くなってごめんね」と声をかけた。

達成感と満足感が、全身に心地よく広がっていくのを加奈は感じていた。

そう。加奈はやり遂げたのだ。

加奈はまた新しい煙草に火を点けた。そして、半ば恍惚となりながら、その煙を胸いっぱいに吸い込んだ。

第三章

1

その1週間を、三浦加奈はこれまでにないほど満ち足りた気分で過ごした。

朝、目を覚ました時には、いつも一瞬、『すべてが夢だったのではないか』という不安が胸を横切った。だが、すぐに左手を顔の前に掲げ、夢ではなかったのだと安堵《あんど》した。

そう。ほっそりとした加奈の左の薬指ではいつも、大粒のダイヤモンドが光っていた。入浴の時にだけは外したけれど、浴室から出るとすぐにまた、お守りのようにそれを左薬指に嵌めた。

岩崎一郎と会った翌々日、月曜日に製菓メーカーに出勤すると、すぐに女たちの何人かが彼女の左薬指の指輪に気づいた。

「加奈、その指輪どうしたの？」「それって、本物のダイヤモンド？　すごく大きいのね」

「もしかしたら、婚約指輪？」

そのたびに加奈は、芸能人の女たちが婚約記者会見でしているように左手を顔の横に掲げ、「わたし、結婚するの」と言って微笑んだ。

加奈は美人である上にスタイルもよかったから、会社では何人もの男たちが彼女と付き合いたがっていた。加奈が婚約したというニュースは、そんな男たちに大きな衝撃を与えたようだった。

その週のあいだ、加奈は何度か、仲のいい女たちから、「総務の平岡さん、加奈が婚約したって聞いて、すごくショックを受けたみたいよ」とか、「営業部の上島さんが、がっかりしてたよ」という話を聞いた。

女たちの何人かは、加奈に対してあからさまな嫉妬を見せた。特に、加奈より年上の独身の女たちは、いつも以上に加奈に辛く当たった。

以前の加奈だったら、そんな仕打ちにカッとしたかもしれない。けれど、今はもう何も気にならなかった。それどころか、『哀れで、かわいそうな女』だと思って、彼女たちに同情さえした。


できるだけ早く煙草をやめようと加奈は思っていた。

けれど、それはなかなか難しくて、その週も休み時間を待ち兼ねて、いつものように喫煙室に駆け込んだ。

借金をしている銀行のひとつから催促の電話が入ったのは、昼休みに喫煙室で煙草に火を点けた時だった。

その銀行への返済の期限は、その日の前日だった。だが、浮かれた気分で過ごしていた加奈は、入金するのをすっかり忘れていたのだ。

パネルに表示された電話番号を見た瞬間に、それが銀行からだとわかったから、加奈は点けたばかりの煙草を吸い殻入れに投げ捨て、慌てて廊下に飛び出した。そして、辺りにいる人の目を気にしながら小声で電話に応じた。

「はい……すみません……うっかりしてました……はい。きょう中に間違いなく入金します……すみませんでした」

小さな電話を握り締め、加奈は銀行の担当者にそう謝罪した。

銀行やカード会社や消費者金融から返済の催促の電話が入るのは、加奈にとっては珍しいことではなかった。今週は本当にうっかりしていたのだが、いつもはそうではなかった。払いたくても、その金がなかったのだ。

加奈はほとんどの買い物をクレジットカードでしていた。1回の返済額があまり多くならないように、いろいろと工夫していたのだが、複数のカードを限度額いっぱいまで使っているために、今では月々の返済だけで給料の全額が消えてしまうような状態だった。最近では、返済をした直後にそれとほぼ同額の借り入れをするという、自転車操業のようなことを繰り返していた。

その多額の借り入れ金が、何をしている時でも加奈の心に暗い影を落としていた。自己破産へのカウントダウンを、常に聞いているようなものだった。

岩崎一郎から別れ際にもらった１００万円は、できれば洋服やバッグや靴のためだけに使いたかった。けれど、ほかの金融機関の返済日も迫っていたから、その一部は借金の返済に当てなければならなくなりそうだった。

それでも、その週はいつもほどには金のことは気にならなかった。

借り入れ金の残高は、加奈にとっては多額だった。だが、彼女の夫になる男にとってのその額は、１日の小遣いのようなものにすぎないはずだった。


その週の前半は会社の帰りに毎日のように百貨店に立ち寄った。そして、いつも加奈が買っているよりもずっと高価な服やバッグや靴を買った。

男から渡された封筒に入っていたのは、加奈の月収の5倍の額だった。けれど、今月分の借金の返済とそれらの買い物によって、その金はたった3日で消えてしまった。

それでも、今までは怖くて入れなかったような高級店で、店員たちにちやほやされながら買い物をしていると、自分が特別な立場の人間になったようで気分が高揚した。

男から渡された金はなくなってしまったけれど、週の後半には新たな消費者金融に借金をして美容室にも行ったし、エステティックサロンにもネイルサロンにも行った。そして、1日に何度も、左薬指で輝いている大粒のダイヤモンドに目をやった。

2

岩崎一郎からは木曜日の夜に電話が来た。加奈は自宅でオカメインコに話しかけながら、いつものように百貨店の地下で買って来た総菜を食べているところだった。

『加奈さん、こんばんは。お元気ですか?』

爽やかな声で男が言った。どうやら彼は、加奈のことを、名前で呼ぶことに決めたようだった。

「ええ。元気です。岩崎さんはお元気ですか?」

男の無邪気な笑顔を思い浮かべながら加奈は言った。

『もちろん、元気ですよ。加奈さんのことを思うと嬉しくて、嬉しくて、今週はいつも以上に元気に働いてます』

先日と同じように、男の口調はとても明るく、親しげだった。

「わたしも今週は、何だか生まれ変わったみたいに元気です」

小さな電話を右手で握り締め、左手のダイヤモンドを見つめて加奈は微笑んだ。

男は次の土曜日のクルージングについて、とても楽しそうに話をした。その船で海に出ることが今の彼のいちばんの楽しみで、最近は時間が許す限り、ひとりで海に出ているらしかった。

「あの、岩崎さん……こんなことを訊くとバカな女だと思われそうですけど……クルーザーっていうのは、ヨットとは違うんですか？」

話の途中で加奈は訊いた。男の所有しているという船がどんなものなのか、加奈にはまったく想像できなかったのだ。

『うーん。まあ、どちらも船ですから似たようなものなんですが……主に帆に風を受けて巡航するのがヨットです。クルーザーヨットといいます。それに対して、僕の船はエンジンで航行するんで、正式にはモータークルーザーっていうんです。モーターボートを大きくしたような船ですよ』

「そうなんですか。勉強になりました。それから、あの……わたし、幼かった頃に海で溺《おぼ》れかかったことがあって……それで、あの……実は海が怖いんです」

男がクルージングに行こうと提案した時から気になっていたことを加奈は口にした。

そう。加奈は海が怖かったのだ。

『海で溺れかかったことがあるんですか？』

「ええ。小学校に上がったばかりの頃、両親に連れられて新潟に海水浴に行ったことがあって……わたし、群馬県の生まれで、海を見るのは初めてだったから、嬉しくて楽しくて、浮輪に摑《つか》まって夢中で遊んでいたら、いつの間にか、わたしひとりが沖に流されてしまって……いくらバタバタしても、岸は離れていくばかりで……大きな声で叫んでも、誰も気づいてくれなくて……そうしているあいだにも、岸にいる人たちの姿がどんどん小さくなっていって……このまま死んでしまうのかと思って、すごく怖かったんです」

遠い昔のことを思い出しながら、加奈は途切れ途切れに言葉を続けた。

それはもう20年以上も前のことだった。それにもかかわらず、思い出すだけで、あの時の凄《すさ》まじい恐怖が甦《よみがえ》って来た。

『そんなことがあったんですか?』

「ええ。その時はライフセーバーの男の人が見つけてくれて、何事もなかったんですけど……それ以来、ちょっと海が怖くて……友人たちに誘われて海に行っても、水には絶対に入れないんです」

『それは怖かっただろうなあ』

優しげな口調で男が言い、加奈は電話の向こうの男の顔を想像した。

「ええ。その時のことが頭にあるから、ちょっと心配で……」

『そうですか?　余計な心配をさせて申し訳ありませんでした。だけど、加奈さん、土曜日は心配しなくて大丈夫ですよ。たとえどんなことがあろうと、僕は加奈さんを危険にさらすようなことはしません』

強い口調で男が言った。その言葉が加奈には嬉しかった。

その後も加奈と男は、しばらくのあいだ、取り留めのないことを話した。それはまるで、遠距離恋愛をしている恋人同士のようでさえあった。

『それじゃ、加奈さん。土曜日を楽しみにしています』

電話の最後に男が言った。

「わたしも岩崎さんとお会いできるのを楽しみにしています」

電話を切ったあとで、三浦加奈はまた、メタルフレームの眼鏡をかけた男の顔を思い浮かべた。そして、まるで遠足の日の天気を気にする子供のように、土曜日が穏やかな晴天になることを祈った。

3

加奈の願いが通じたのか、その土曜日の朝は風もなく爽やかに晴れ上がっていた。まだ4月の上旬だというのに、朝からとても暖かかった。

その朝、加奈はいつもと同じ時間に起きて入浴をしたあとで、着て行くものをゆっくりと選んだ。岩崎一郎は午前9時に車で迎えに来ることになっていた。

クルージングなんて初めてだったが、電話で男が『ラフな恰好でいいですよ』と言ったから、擦り切れたデニムのショートパンツを穿《は》き、ぴったりとした白のタンクトップをまとった。短い裾から細くくびれたウエストや、臍《へそ》のピアスがのぞくようなタンクトップだった。少し薄着すぎるような気もしたが、あまり厚着をして体の線を隠したくなかった。防寒対策として、その上に買ったばかりの白いカーディガンと、白いヨットパーカーを羽織るつもりだった。

きょうは恰好がラフだったから、代わりに派手なアクセサリーをたくさん付けた。『ハイヒールで大丈夫ですよ』と男が言ったから、足元は黒くて華奢なハイヒールのストラップサンダルにした。

今夜は海上で食事をし、そこで夜を過ごすことになっていたので、大きめのバッグに歯ブラシや歯磨き、化粧品や化粧落としの道具、それに着替えの下着なども詰め込んだ。

夜着はセクシーなシースルーのベビードールと、白くてシンプルな木綿のナイトドレスの2種類を持った。着替えの下着もセクシーなものと、普通のものの2種類をバッグに詰めた。今夜、その時の雰囲気で、どちらの夜着や下着をまとうか決めるつもりだった。

オカメインコのカノンは、前日から近くのペットショップに預けてあった。帰ることができない日にはいつもそうしていたから心配はいらなかった。

岩崎一郎は今夜こそ、加奈の体を求めて来るかもしれなかった。だが、その最初の夜を狭い船室で、波に揺られながら迎えるのかと思うと、ちょっとだけ嫌だった。

できることならその最初の性行為は、最高級ホテルのスィートルームのような豪華な部屋でしたかった。

船酔いしないといいけど……。

鏡台に向かって慌ただしく手を動かしながら、加奈はそんなことを思っていた。


時計の針が午前9時を指す少し前に、加奈の部屋のインターフォンが鳴った。

こんな時間に誰だろう?

そう訝《いぶか》りながら、加奈はインターフォンに応じた。

『僕です。岩崎です』

インターフォンから爽やかな男の声が聞こえ、加奈はびっくりした。男とは先日、タクシーを停めてもらった国道の路肩で待ち合わせることになっていたからだ。

狭くて薄汚れたこのアパートを男に見られてしまったことをひどく恥じながらも、加奈は玄関のドアを開けた。

そこに岩崎一郎が立っていた。男は白いポロシャツの上に黄色いヨットパーカーを羽織り、膝丈《ひざたけ》のチェックのパンツを穿いていた。足元は素足に濃紺のデッキシューズだった。潑剌《はつらつ》としたその姿は、スーツをまとっていた先日とは別人のように見えた。

「おはようございます、加奈さん」

口元から真っ白な歯をのぞかせて、男が無邪気に微笑んだ。

「おはようございます。あの……わざわざここまで来てくださったんですね」

「そういうつもりじゃなかったんですけど……カーナビに加奈さんの住所を入れたら、このアパートに着いちゃったんです」

男が言い、おどけたように笑った。

「すごく汚いところで驚いたでしょう？　何だか恥ずかしいわ」

ぎこちない笑みを浮かべ、言い訳するように加奈は言った。

「恥ずかしがる必要はないですよ。実を言うと、僕もずっとこんなアパートで暮らしていたんです」

加奈を見つめ、真面目な口調で男が言った。

「岩崎さんも？」

「ええ。僕の実家はこんなアパートでした。家を出たあとで暮らしたのもこんなアパートだったし、最初の結婚をした頃も、やっぱりこんなアパートに住んでました。だから、何だか感慨深いです」

薄汚れた木造のアパートを見まわしながら男が言った。

玄関のドアの前に立つ男を見つめ、加奈は静かに頷いた。そして、その男に対して、何かとても親しいものを感じた。

「ところで、加奈さん、出かける用意はできましたか？」

「ええ。できました。ちょうど出ようと思っていたところです。あの……クルージングなんて初めてなんで、どんな服を着たらいいか、よくわからなくて……あの……こんな恰好でいいでしょうか？」

加奈は男の前で両腕を広げた。

そんな加奈の全身を、男がまじまじと見つめた。

ああっ、見られている。

そのことが加奈を高揚させた。

「ええ。いいと思います。ですが、あの……加奈さん……こんなことを言うと、気を悪くするかもしれないんですが……」

ちょっと言いにくそうに男が言った。「あの……きょうはちょっと、化粧が薄いように感じるんですが……」

確かに、男の言う通りだった。海でのクルージングなのだから、化粧はいい加減でもいいと思っていたのだ。

「ええ。きょうは薄化粧にしてみました。でも、あの……岩崎さんが、もっとちゃんとしたほうがいいと思うなら、これから直しますけど……」

加奈は言った。だが、男が化粧を直せと言うことはないとも思っていた。けれど、そうではなかった。

「そうですね。僕はここで待ってますから、化粧を直して来てください」

加奈を真っすぐに見つめて男が言った。「いくら時間がかかってもかまいませんから、先日みたいに、綺麗にして来てください。僕は加奈さんに、いつも綺麗にしていてもらいたいんです」

男の言葉を耳にした瞬間、加奈の中に強い怒りが込み上げた。

自分の化粧のことまで指示されたくなかった。せっかくした化粧を『直せ』なんて言われたくなかったし、『綺麗にしろ』なんて命令されたくなかった。

けれど、加奈は込み上げる怒りを懸命に抑えた。

「わかりました。かなり時間がかかると思いますが、ここで待っていてください」

それだけ言うと、加奈は玄関のドアを閉めた。それから、ドアの向こうに立っているはずの男に向かって、思い切り舌を突き出した。

化粧を直すのに、加奈は30分以上の時間をかけた。本当はもっと早くできたのだが、あんな発言をした男を少し待たせてやれと思ったのだ。

化粧を直した加奈が玄関のドアを開けると、男はそこにいた。さっきとまったく同じように、そこに立っていた。

「お待たせしました」

相変わらず、少しムッとしたまま加奈は男に言った。「これでいかが？」

そんな加奈の顔を男がまじまじと見つめた。

「ええ。けっこうです。というか……あの……見とれてしまうほどに美しいです」

加奈から目を離さず、うっとりとしたような口調で男が言った。

見とれてしまうほどに美しい――。

さっきまではあんなにカリカリしていたのに、その言葉に、加奈の怒りはたちどころに引いていった。

たとえどんな時であっても、美しいと言われるのは嬉しいことだった。

4

男の車は馬車みたいなスポークタイヤのついた、真っ白なオープンスポーツカーだった。恐ろしくボンネットの長いその車を見て、加奈は結婚相談所から送られて来た書類に、彼の趣味は古いスポーツカーの収集だと書いてあったことを思い出した。

「すごい……これ、何ていう車なんですか？」

いかにも高価そうな車の脇に立って加奈は尋ねた。

車に興味のない加奈にも、その白いスポーツカーが見たこともないほどに優雅で、派手だということはよくわかった。

「これはジャガーEタイプといいます。加奈さんや僕が生まれるずっと前にイギリスで作られた車です」

滑らかな流線形のボディを、うっとりとした表情で見つめて男が言った。「加奈さんと同じように、スマートで美しくて、とても洗練されているでしょう?」

男が加奈を見つめて微笑んだ。

そのセリフはまた加奈を喜ばせた。そして、加奈はさっきの男の言葉を許してやることにした。


葉山までのドライブは楽しかった。とても暖かい日だったから、幌を上げていても寒さは感じなかった。

その古くて派手なイギリス製のオープンカーに乗っているあいだずっと、加奈はほかの車に乗っている人々や、歩道を歩いている人々の視線を感じた。

美しくて高価な車に乗った、美しくてスタイルのいい自分——加奈は見られることが大好きだったから、そのことにも満足した。

細い木製のハンドルを握った男はとても楽しげな口調で、自分が所有しているスポーツカーの話をした。彼は自宅の近くに巨大な倉庫を借り、そこに20台近くのスポーツカーを保管しているらしかった。

「変なことを訊くようですけど……この車はいくらぐらいするんですか？」

「いくらだったっけなあ？　たぶん……１５００万円ぐらいだったと思うけど……もう忘れました」

男が加奈のほうに顔を向け、真っ白な歯を見せて笑った。

男のかけた黒いサングラスに、やはりサングラスをかけた加奈の顔や、風になびく栗色の髪が映っていた。


「ところで加奈さん、まだ煙草をやめていないんですね」

車が三浦半島に入ってすぐに、さりげない口調で男が言った。

「ええ。あの……まだ、やめられなくて……でも、あの……わかりますか？」

ちょっと驚いて加奈は訊いた。起きてすぐに煙草を2本吸ったが、その直後に入念に歯を磨いたし、あれからだいぶ時間も経っていた。それに車はオープンカーだったから、煙草のにおいがわかるはずはないと思っていたのだ。

「ええ。わかります。においがしますから」

やはり、さりげなく男が言った。

「すみません。でも、あの……結婚まではやめますから……」

「そうですね。約束ですから、そうしてください」

男が言った。少し突き放したような口調だった。

5

男は自分が所有している船を、モーターボートを大きくしたようなものだと言った。だから加奈も、『ちょっと大きいモーターボート』をイメージしていた。

けれど、ヨットハーバーに係留されていた男の船は、加奈が思い描いていたものとはまったく掛け離れていた。その船舶はとてつもなく大きかったのだ。

Love Eternal――真っ白な船体には、黒い文字でそう書かれていた。

「すごいですね……あの……驚きました」

「そうでしょう? すごい船でしょう? 僕には自慢できることがほとんどないんですが、このラブ・エターナル号は自慢なんですよ」

男は嬉しそうに笑うと、「さあ、中にどうぞ」と言って、加奈を船内へと導いた。

船の内部に足を踏み入れた加奈は、さらに目を見張った。それは船というよりは、海に浮かんだ白亜の大邸宅だった。あるいは、海上の高級リゾートホテルだった。

大きなソファが置かれた20畳を超える広さのリビングルーム……巨大なテーブルのある、やはり20畳を超える広さのダイニングキッチン……大きなダブルベッドが置かれた豪華で広々とした主寝室……シングルサイズのベッドが2台ずつ並べられた副寝室が2部屋……毛足の長い絨毯《じゅうたん》が敷き詰められた、ソファとローテーブルが置かれた部屋……巨大なジャグジーバスのある大理石張りの浴室……やはり大理石張りの美しくて清潔なトイレがふたつ……壁にボトルがずらりと並んだバーラウンジ……ワインがぎっしりと並んだワインセラー……すべての部屋に大きな窓があり、そこから外の景色がよく見えた。どの部屋にも空調が行き届いていて、海上にいるというのに空気はカラリと乾いていていた。

「すごいわ……すごい……すごい……」

その豪華さに、加奈は完全に圧倒されてしまった。

「加奈さんに気に入ってもらえて嬉しいな」

男が本当に嬉しそうに言った。

「あの……お金のことばかり訊くようで恥ずかしいんですけど……あの……こういう船って、いくらぐらいするものなんですか？」

船内を落ち着きなく見まわしながら加奈は尋ねた。

「この船は1億6000万円しました」

「1億6000万円！」

男の返答に、加奈は思わず叫び声を上げた。

「中古だったんですが、買ってすぐに3000万円かけて全体をリフォームしたし、去年も1000万円かけて内外装を新しくしたから、新品みたいに綺麗でしょう?」

男が無邪気に笑い、加奈は男の顔を呆然《ぼうぜん》と見つめた。

そう。この男はこんな道楽のために、2億円もの大金をつぎ込んでいるのだ。加奈が一生かけても稼げないような金を、こんなどうでもいいことのために費やしているのだ。

生きて来た世界が違う——加奈はまた、そう思わないわけにはいかなかった。


船に乗り込むとすぐに、加奈はオレンジ色の救命胴衣を身につけた。

せっかくの体のラインが隠れてしまうから、本当はそんな不恰好なものはつけたくなかった。だが、海に対する恐怖心が、お洒落心を上まわったのだ。

葉山のヨットハーバーを出港した船を、男は外洋へと向かわせた。

その船はエンジンで航行しているらしかったが、そのエンジン音は船内にはほとんど入って来なかった。多少の揺れはあったけれど、加奈が思っていたほどではなかった。

高級車の運転席のようなところに座り、男は慣れた様子で舵《かじ》を取った。そんな男の隣に腰を降ろし、加奈は窓の外に広がる光景を見まわした。ふたりが腰掛けている革張りのベージュのシートは、ソファのようにゆったりとしていて、とても座り心地が良かった。

海はとても穏やかで、春の日差しを受けて海面を眩しいほどに光らせていた。その海面すれすれのところを白い鳥たちが低く舞い、時折、海面から魚が銀色の腹を見せて高く跳ね上がった。振り向くと、ヨットハーバーがぐんぐん離れていくのがわかった。

出港してしばらくのあいだは、辺りを航行している船舶の姿がいつもどこかに見えた。房総半島や伊豆半島や伊豆大島の島影も見えた。

だが、1時間半もすると、視界に入って来るものは海と水平線、それに空と雲と太陽と、遥か上空を飛んでいる旅客機の小さな機影だけになった。

「いつもここには奥さんだった女の人が座っていたんですか？」

こんなことを尋ねたら気を悪くするかと思いながらも、加奈はすぐ隣で舵を握っている男にそう訊いてみた。

「そうですね……妻だった女性が隣にいたことも何度かはありました。だけど……たいていは僕ひとりです」

「ひとりきりなの？」

「ええ。平日の僕はいつも誰かと一緒にいるから、休みの日ぐらいはひとりになりたいんですよ。この船の上だったら、どんなに大きな声で叫んでも誰の迷惑にもならないし、海に向かって立ち小便をしても、甲板で全裸で踊っても、誰にも見られませんからね」

無邪気な口調で岩崎一郎が言い、加奈は無言で微笑みながら頷いた。

広い広い海の上に、彼らは今、ふたりきりだった。

昼には船を海上に停泊させ、リビングルームのソファに向き合って、シャンパンを飲みながらサンドイッチを食べた。男がお手伝いさんに作ってもらったという、かなり豪華なサンドイッチだった。

冷たいシャンパンでサンドイッチを飲み込みながら、加奈は窓の外に目を向けた。そこには海と空とが果てしなく広がっていた。

さっき男とふたりで甲板に立ってみたら、風が少し冷たく感じられ、剝き出しの脚に鳥肌ができた。だが、空調の利いた船内は快適で、加奈はヨットパーカーとカーディガンを脱ぎ、白いタンクトップだけになっていた。船は本当に大きかったから、今では恐怖も和らいで、救命胴衣も外していた。

「ロマンティックね。来てよかったわ」

うっとりとなって加奈は言った。今では心からそう思っていた。

「そうですね。日が暮れると、もっともっとロマンティックになるんですよ」

男が言い、加奈は今夜のことを思い浮かべた。

そう。今夜、あの豪華な主寝室の巨大なダブルベッドの上で、加奈と男はその行為をすることになるはずだった。


夕方になると、男がカクテルを作ってくれた。ラムとオレンジジュースをベースにした赤いカクテルだった。男は自分のためには、ジンをベースにしたカクテルを作った。そして、リビングルームのソファに並んで座り、水平線に沈んでいく真っ赤な太陽を眺めながら、ゆっくりとそれを飲んだ。

海に沈む太陽を見るのは、加奈にとっては初めての経験だった。

1週間前、帰りのタクシーの後部座席でしたように、加奈は隣に座った男の肩に、そっと首をもたせかけた。

かつて覚えたことがないほど大きな幸福感が、加奈の全身を熱く包んだ。

6

夕食の前に交替で入浴をした。

大理石に囲まれたその浴室は、とてつもなく広かった。船内にいるのではなく、南の島の最高級リゾートホテルにいるのではないかと錯覚してしまうほどだった。

その浴室にもとても大きな窓があった。けれど、ここでは外からのぞかれる心配はまったくなかった。外が暗いために、その窓には全裸になった加奈の体が映っていた。

巨大なジャグジーバスに裸の身を横たえ、長くて細い両脚をいっぱいに伸ばし、加奈は小ぶりな乳房の周りに浮き出た肋骨《ろっこつ》や、えぐれるほどに凹んだ腹部や、高く飛び出した腰骨や、臍で光るピアスや、股間《こかん》で揺れるわずかばかりの性毛を見つめた。

こんなにうまくいっていいのだろうか？

湯の中の自分の体を見つめて、加奈は思った。

おいしい話には、必ずどこかに落とし穴が開いている——それは加奈の父がしばしば口にしていた言葉だった。

ジャグジーのスイッチを入れると、細かい泡をともなった強い水流が音を立てて四方から噴き出した。その水流を受けた加奈の体が、水面にふわりと浮き上がった。


入浴が済むと、加奈は男に「煙草を吸いたいんですけど……」と、遠慮がちに申し出た。ずっと我慢していたのだが、そろそろ限界のようだった。

男はしばらく、加奈の顔を無言で見つめていた。それから、「船内は禁煙なんで、甲板で吸ってください」と、少し突き放したような口調で言った。

「はい。そうします」

「灰皿はありますか？」

「ええ。ここにあります」

加奈はバッグから携帯用の小さな灰皿を取り出して男に見せた。

「灰を散らかさないようにしてくださいね」

「ええ。気をつけます」

「結婚までには、煙草は必ずやめてくださいね」

「はい。わかっています」

加奈は言った。そして、救命胴衣をまとい、少し嫌な気分で甲板へと向かった。船内では救命胴衣がなくても平気だったが、甲板に出る時にはやはりそれが必要だった。


その晩の食事は、岩崎一郎が作った。広々としたキッチンに立っている男に、加奈は「手伝います」と申し出た。けれど、男は笑顔でそれを断った。

「いいんですよ。この船では僕がホストで、加奈さんはお客さんですからね」

加奈はその言葉に甘えて、忙しそうに動いている男の姿を眺めていた。

できあがった料理の数々を、男は次から次へとテーブルに並べていった。チーズとナッツとオリーブの実のオードブル……レーズン入りのコールスローサラダ……とろりとしたコーンポタージュスープ……白身魚のカルパッチョ……ホタテ貝のグラタン……チョリソーのパイ包み焼き……ジャガイモとカマンベールチーズとドライトマトの重ね焼き……生ウニの冷たいスパゲティ……クレソンと甘く煮たニンジンを添えた牛フィレのステーキ……食器はどれも、洒落ていて高価そうだった。

「お料理ができるなんて……岩崎さん、すごいわっ！」

巨大なテーブルの上に並んだ料理の数々に加奈は目を見張った。

「こんなのが料理だなんて、恥ずかしくて言えませんよ。オーブンやフライパンで焼くだけですからね」

男が言った。謙遜《けんそん》しているわけではなく、本当にそう思っているようだった。

「でも、やっぱりすごいわ。わたしにはできません」

「加奈さん、料理はできないんですね？」

カウンターの向こうで白ワインの栓を開けながら男が訊いた。

「ええ。結婚相談所に提出した書類に書いたと思うんですけど……わたし、料理はダメなんです。全然なんです」

悪びれずに加奈は言った。男の家にはお手伝いさんが通って来ているのだから、自分が料理をする必要はないと思っていたのだ。

けれど、その思惑は外れた。

「そうでしたね。加奈さんは料理は苦手だったんですよね。それじゃあ、さっそく料理教室に通ってください。もちろん、費用は僕が負担します」

華奢なグラスに白ワインを注ぎ入れながら、男が平然とした口調で言った。

「料理教室……ですか？　あの……わたし……今、料理は全然って言いましたけど……あの……簡単なものなら作れます」

慌てて加奈は言った。料理教室に通うなんて、そんな面倒なことは御免だった。

「僕はね、簡単なものではなくて、手の込んだ料理を食べたいんです。加奈さんが時間をかけて、一生懸命に作ってくれた手の込んだ料理です」

少し強い口調で男が言った。

「あの……お手伝いさんは料理はしないんですか？」

「今はしてもらっています。でも、結婚したら、僕の食事はすべて加奈さんに作ってもらいたいと思っています」

白い布で濃い緑色のボトルの口を拭《ぬぐ》いながら、男が言葉を続けた。

その言葉は加奈を驚かせた。有閑マダムは料理などとは無縁だと、ずっと思い込んでいたのだ。

男によると、彼の母親は料理というものをまったくしない人だったらしい。それで彼は手料理というものに強いこだわりを持っているらしかった。離婚した4人の妻たちにも、自分の食べるものは必ず作らせていたようだった。

「わかりました。あの……それじゃあ、すぐに料理教室に通うようにします」

ひどく戸惑いながらも、加奈は言った。

「ぜひ、そうしてください。それから、エステティックサロンにも通ってください」

加奈の向かい側に腰を下ろした男が言葉を続けた。

「エステティックサロンですか？」

「ええ。加奈さんは今も充分に美しいのですが……僕はあなたに、もっと綺麗になってもらいたいんです。もっと美しく、もっとエレガントになってもらいたいんです」

加奈の目を真っすぐに見つめて男が言った。

「でも……あの……料理教室とエステティックサロンの両方に通うのは……あの……会社があるから、ちょっと時間が……」

「会社にはもう行かなくていいですよ。加奈さんの生活費は僕が負担しますから」

「会社……辞めてもいいんですか？」

「ええ。月曜の朝に派遣会社に電話して、仕事は辞めるって言ってください」

結婚までは製菓メーカーで退屈な仕事を続けなければならないと思っていた加奈には、男の言葉はとても魅力的に感じられた。

「わかりました。岩崎さんの言うとおりにします。さっそく来週から、料理教室とエステティックサロンに通います」

「ありがとうございます。すごく嬉しいです」

男が深く頭を下げた。そして、嬉しそうに微笑みながら、ワインの入ったグラスを高く掲げた。

その動きに合わせるかのように、加奈も自分のグラスを持ち上げた。

「乾杯」

男が言った。

「乾杯」

加奈はそう言いながら、男のグラスの縁に、自分のグラスを軽く触れ合わせた。

結婚してから毎日、料理をしなくてはならないと思うと少しだけ気が重くなった。だが、それには目をつぶることにした。考えてみれば、何もかもがうまくいきすぎていたのだ。これぐらいの『落とし穴』があったほうが自然なのだ。

7

食事が済むと明かりを落としたバーラウンジで、船体に打ち寄せる波の音を聞きながらふたりで酒を飲んだ。

岩崎一郎は加奈のために、またカクテルを作ってくれた。今度のカクテルはどれも、ジンやラムやテキーラを使った少し強いショートカクテルだった。男は大きな氷を浮かべたスコッチウィスキーを飲んでいた。彼によると、そこに浮かべられているのは、南極の氷山を削った氷らしかった。

海面は相変わらずとても穏やかで、船はゆっくりと規則正しく揺れていた。

男は加奈の生い立ちを聞きたがった。それで加奈は、あまり気が進まなかったけれど、群馬県の実家のことや、自分が幼かった頃の話をした。

そんな加奈の話を、男は嬉しそうに頷きながら聞いていた。

途中で男が室内の明かりをすべて消した。その瞬間、大きなガラス窓の向こうに無数の星が現れた。それはプラネタリウムにいるかのようだった。

「すごい……素敵……」

辺りを見まわし、呻《うめ》くように加奈は言った。

「ええ。素敵ですね」

加奈の隣に座っていた男が笑った。そして、擦り切れたショートパンツから剝き出しになっていた加奈の太腿にそっと触れた。

男の手はやはり、たった今まで水に浸していたかのように冷たかった。


ダブルベッドのある主寝室に向かう前に、加奈は副寝室となっているツインベッドルームで服と下着を脱ぎ捨てて全裸になった。

どっちがいいのかしら?

持参した2種類の下着と夜着をベッドの上に広げて、加奈は少し迷った。それから、扇情的なほうの下着と夜着を選んだ。

セクシーなナイロン製の黒いブラジャーと、やはりナイロン製の黒くて小さなショーツ、そして、それらの下着が完全に透けて見えるような、極端に丈の短い白い化繊のベビードールだった。

アクセサリー類は外さず、そのままにしておいた。もちろん、左薬指で光るダイヤモンドの指輪も外さなかった。

着替えが終わると、加奈は鏡台の前でクルクルとまわってみた。女である加奈の目にも、鏡の中にいる女は、とてもあでやかで扇情的に見えた。娼婦のようでさえあった。

セクシーな夜着をまとった鏡の中の女を、しばらく見つめていたあとで、加奈は鏡台の前の椅子《いす》に姿勢よく腰を下ろした。そして、丁寧に化粧を整え、栗色の長い髪をブラシで入念に梳《す》き、入浴前まで付けていたのとは別の甘い香りの香水を全身に吹き付けた。

「素敵よ……すごく綺麗……」

鏡の中の女に加奈は言った。そして、再び黒いストラップサンダルを履き、その高い踵をぐらつかせながら、男が待っている主寝室へと向かった。


わずかに心臓が高鳴っていた。脚も少し震えていた。

グロスの光る唇をそっとなめたあとで、加奈はマホガニー製のドアをノックした。

「どうぞ」

分厚いドアの向こうから男の低い声がし、加奈はドアをゆっくりと開けた。

男はベッドの上にいた。真っ白なシーツが張られた巨大なベッドの上に、黒いボクサーショーツを穿いただけの姿で背もたれに寄りかかっていた。

男はよく日焼けしていた。痩せて肩が尖り、鎖骨や肋骨がくっきりと浮き上がっていた。脚も腕も、長くほっそりとしていて、贅肉と呼ばれるようなものがほとんどなかった。

けれど、男の肉体は決して貧弱というわけではなく、筋肉がしっかりと張り詰め、よく引き締まっていた。使い道に困るほどの金を持っているというのに、アクセサリー類はいっさい身につけていなかった。

ついさっきまでベッドに乗っていた掛け布団は、今は部屋の隅に畳んで置かれていた。これから始まるふたりの行為の邪魔になるからと、男がそこに移動させたのだろう。

そう。これから自分はそのベッドの上で、初めての男の愛撫《あいぶ》を受けるのだ。そこで淫らに乱れることになるのだ。

加奈の心はさらに高ぶり、両脚がさらに強く震えた。

寝室に入って来た加奈を、メタルフレームの眼鏡を光らせて男が見つめた。

加奈のまとったベビードールは、ほぼ完全に透き通っていたから、男の目には彼女の体の輪郭線や、臍で光っているピアスや、黒くセクシーな下着がはっきりと見えているはずだった。ブラジャーやショーツの薄い生地を通して、小豆色をした乳首や、股間に縮こまった性毛も見えているに違いなかった。

けれど、加奈は体を隠したり、身を屈めたりはしなかった。それどころか、片方の腕を腰に当て、もう片方の手で栗色の長い髪をゆっくりと搔き上げた。そして、尖った顎を引き、目を大きく見開き、グロスを塗り重ねた唇を光らせながら、誘うかのように男を見つめた。

戸口に立った加奈を瞬きもせずに見つめ、男が静かに唇をなめた。そして、少し笑い、満足げに頷いた。

「おいで、加奈……」

ほんの少し声を上ずらせて男が手招きした。

そう。男は初めて、『加奈さん』ではなく『加奈』と呼んだ。

男の手招きに応じるかのように、加奈は深く頷いた。そして、サンダルの踵をぐらつかせながら、広々とした寝室にゆっくりと足を踏み入れた。

副寝室のひとつの床はフローリング張りで、もうひとつの副寝室の床にはベージュのカーペットが敷き詰められていた。だが、その主寝室の床は、鏡のように磨き上げられた大理石だった。大きな窓には洒落たカーテンが掛かっていたが、それらは今、どれもいっぱいに開け放たれていた。

サンダルを履いたまま、加奈はそっとベッドに乗った。はらりと垂れ下がった髪の先がシーツに触れ、柔らかなベッドマットが加奈の体重を受けてゆっくりと沈み込んだ。

男は眼鏡を外すと、それをサイドテーブルの上に置いた。ふーっと長く息を吐き、それから……おもむろに加奈の体を両手で強く抱き締めた。

「ああっ……」

加奈は思わず声をもらした。その唇に、男が自分の唇を荒々しく重ね合わせた。それは息が止まるほどに激しい口づけだった。

「明かりを消して……お願い……」

ようやく男が唇を離したあとで、声を喘がせながら加奈はそう訴えた。全力疾走をした直後のように、心臓が激しく脈打っていた。

「ダメだよ。明かりは消さない」

加奈を見つめて男が笑った。その目には強い欲望が浮かんでいた。

「どうして？　恥ずかしいわ」

男に縋《すが》り付いて加奈は言った。早くも股間が潤み始めていた。

「僕は加奈のすべてが見たいんだ。だから、明かりは消さないよ」

そう言うと、男は透き通ったベビードールの裾から腕を深く差し入れた。そして、黒いナイロン製のブラジャーの薄いカップの上から、お世辞にも豊かとは言えない加奈の乳房をゆっくりと、こねるかのように揉《も》みしだいた。

「あっ……いやっ……」

あでやかなマニキュアの光る指で、男の手を押さえながら、加奈は小さな声を漏らした。乳房を揉みしだかれるたびに、股間がさらに潤むのがわかった。

その濡れた唇に、男が再び自分の唇を重ね合わせた。

8

真っ白なシーツが敷かれた大きなベッドに、加奈は全裸で仰向けになっていた。天井に埋め込まれたいくつかの照明灯や、背の高いシェードランプから放たれるオレンジ色の光が、ほっそりとした彼女の全身を煌々《こうこう》と照らしていた。

加奈の首の下に左腕を深く差し込んで腕枕をしながら、男は彼女の右の乳首を貪《むさぼ》るかのように吸っていた。加奈の首の下を通した左手では左の乳首をもてあそび、加奈の股間に伸ばした右手では女性器に執拗《しつよう》に刺激を与え続けていた。

「ああっ……いやっ……あっ……ダメっ……」

男の指や唇や舌から送られる刺激に、加奈は絶え間なく声を漏らし、骨張った腰を上下左右に打ち振った。加奈が身を悶《もだ》えさせるたびに、臍のピアスや足首のアンクレットが、部屋に満ちた明かりに光った。

ベッドの真上には、畳1枚分ほどもある大きな天窓が付いていた。その大きなガラス窓には今、ベッドに仰向けになって身を悶えさせている加奈の姿が映っていた。強烈な快楽に酔いしれながらも、時折、加奈は目を開き、天窓に映った全裸の自分を見つめた。

栗色の長い髪を顔の周りに広げ、細く長い腕や脚をくねらせ、痩せた体を右へ左へとよじっている全裸の女——。

それは目を逸らしたくなるほど、セクシーでエロティックな姿だった。

長くしなやかな男の指先が、加奈の股間をまさぐるたびに、そこから巨大な快楽が次から次へと、まるで泉のように湧き上がって来た。

快楽、快楽、快楽……そして、また快楽。男の愛撫によって、自分がそれほど強烈な快楽を覚えるのは、生まれて初めてのような気がした。

「脚を広げて、加奈……もっとだよ……もっと大きく……」

加奈の体を愛撫しながら、男は何度もそう命じた。

とても恥ずかしかったけれど、加奈は命じられるがまま、開脚する体操の選手のように左右に大きく脚を広げた。そんな加奈の股間に右手を伸ばし、男が指先で女性器を執拗にまさぐった。

今夜はふたりにとって初めての夜だから、あまり乱れすぎたり、派手な声を上げるのはやめようと加奈は思っていた。けれど、それはどうしてもできなかった。

「あっ……いやっ……うっ……ああっ……」

男が指を動かすたびに、自分の意志とは無関係に、加奈は激しく身を悶えさせ、濡れた唇から淫らな声を上げた。

まるで台風の時の高波のように、快楽は次から次へと押し寄せて来た。押し寄せるごとに波は高くなり、そして……ついに堤防を乗り越え、津波のように加奈を完全に打ちのめしながら、肉体の隅々にまで流れ込んで行った。

「あっ……ダメっ……あっ……あああああっ！」

絶頂に達した瞬間、加奈はその痩せた体を弓なりにのけ反らし、それを石のように硬直させた。そして、半ば失神しかけながら、はしたない声を甲高く張り上げた。

それは本当に、辺りに響き渡るほどの大声だった。けれど、ここではほかの誰かに、その声を聞かれてしまう心配はまったくなかった。

9

数十秒にわたって続いた絶頂の余韻が治まるのを待ちかねるかのように、男が加奈にベッドの上に四つん這《ば》いになるように命じた。

いきなり背後から犯されるのは嫌だった。これがふたりの初めての性交なのだから、できることなら正常位で、キスをしたり、頬擦りをしたりしながら、優しく挿入してもらいたかった。

けれど、加奈は何も言わず、朦朧《もうろう》となりながらもベッドに四つん這いになった。

「もっと脚を広げてごらん」

男が命じ、加奈は言われるがまま、脚を大きく左右に広げた。

部屋にはいまだに光が満ちていたから、そんな姿勢を取ると、女性器や肛門が丸見えになってしまうはずだった。

「これでいい？」

ベッドに両肘《ひじ》を突き、声を喘がせて加奈は訊いた。

「ああ。いいよ」

男が言った。その股間では、巨大な男性器が黒く光りながら上を向いていた。

男は四つん這いになった加奈の背後にまわると、そこにひざまずいた。そして、硬直した男性器の先端を、分泌液にまみれた彼女の股間に宛《あ》てがった。

加奈は反射的に息を飲み、痩せた体を強ばらせて身構えた。

少年のように小さな加奈の尻を、男が両手でがっちりと摑む。その尻を手前に引き寄せながら、自分は腰を前方に突き出す。巨大な男性器が膣の入り口を強引に押し開き、膣の内壁を擦るようにしながら加奈の中にゆっくりと潜り込んでいく。

「あっ……うっ……いやっ……」

マニキュアに彩られた細い指で破れるほど強くシーツを握り締め、くびれたウェストをよじるようにして加奈は低く呻いた。

男性器が根元まで完全に加奈の体内に埋まると、男はゆっくりと腰を背後に引いた。体液にまみれた男性器が、ぬらぬらと光りながら再び姿を現した。

次の瞬間、男は加奈の尻を自分のほうに引き寄せながら、勢いよく腰を突き出した。石のように硬直した男性器が一瞬にして加奈の中に埋まり、直後にその先端が荒々しく子宮に激突した。

「あっ！　いやっ！」

加奈は弓なりに背を反らし、またシーツを強く握り締めて呻いた。栗色の長い髪が、光の中に振り乱された。

すぐにまた男は腰を引いた。そして、その直後に再び男性器を加奈の中に、強く、深く、勢いよく突き入れた。

「ああっ！　ダメっ！」

肉体を男性器が貫き通した瞬間、加奈はあでやかに化粧が施された顔を白いシーツに擦り付け、全身を震わせて声を上げた。どうしても声を抑えることができなかった。

四つん這いになった加奈の背後にひざまずき、骨張った尻を鷲摑《わしづか》みにして、男はその行為を荒々しく続けた。こん棒のように硬直した男性器を加奈の内部に勢いよく突き入れ、その先端で子宮を激しく突き上げた。

加奈にできるのは、ベッドにしがみつき、脂汗にまみれた身をよじりながら声を漏らし続けることだけだった。

無我夢中で声を上げながらも、加奈は頭の片隅でぼんやりと、もしかしたらこれで妊娠するかもしれないと思っていた。

そろそろ排卵日のはずだった。

けれど、加奈は男にそれを告げていなかった。それを聞いた男が、避妊をするかもしれないと危惧したのだ。

そう。加奈は妊娠したかった。その男の子供を産みたかった。

呆《あき》れるほど長時間にわたって、男は背後から加奈の中に男性器を突き入れ続けた。まるで疲れというものの存在を知らないかのようだった。途中から加奈は、自分が人間ではなく、ロボットかサイボーグに犯されているような気分になった。

いったいどのくらいのあいだ、男は加奈を背後から犯し続けていたのだろう？

やがて、男が低く呻き、脂汗にまみれた加奈の尻をさらに強く鷲摑みにした。そして、男性器の先端で子宮を強く圧迫しながら、全身を震わせて射精した。

自分の中に注ぎ入れられた熱い多量の体液を、加奈ははっきりと感じた。

第四章

1

性交のあとで、男が部屋の明かりをすべて消した。そうすることで、頭上の天窓の向こうにプラネタリウムのような満天の星がまた現れた。

いつの間にか、月が上ったようだった。その冷たい光が天窓から差し込み、大理石に囲まれた寝室を明るく照らしていた。

三浦加奈は婚約者の左腕を枕にして、ベッドに並んで横たわっていた。彼女も男もどちらも全裸のままで、ふたりの皮膚はいまだにじっとりと汗ばんでいた。

「ねえ、加奈」

右手で加奈の前髪を優しく掻き上げ、微笑みながら男が言った。「僕たちは間もなく夫婦になるんだから、これからはお互いに、敬語を使って話すのはやめようよ」

婚約者を見つめて加奈は静かに頷いた。ついさっきまでの快楽の余韻が、いまだに体のいたるところに残っていた。

「僕は君を加奈と呼び捨てにすることにするよ。いいね？」

「ええ。いいわ」

「だから、君も僕を『岩崎さん』と呼ぶのはやめてほしいな」

「だったら……一郎さんと呼んでもいい？」

「もちろん、かまわないよ」

「わかったわ、一郎さん」

加奈は微笑んだ。何だか急に、その男と親しくなった気がした。


音楽のない寝室はとても静かだった。

船体に当たる波の音が、規則正しく耳に入って来た。船は相変わらず、揺り籠のようにゆっくりと揺れていたけれど、今ではそれはほとんど気にならなくなっていた。

骨張った脚を加奈の脚に絡ませながら、岩崎一郎は自分の生い立ちを話した。

男には父親がいなかった。死別したのでも、両親が離婚したのでもなく、最初からいなかったのだ。シングルマザーの母親は、主に水商売をしながら彼を育てたのだという。

「それじゃあ、お母さんは大変だったでしょう？」

「どうなのかな？　母は僕のことなんかほったらかしで、育てたというほどちゃんと育てていないからね。今だったら、幼児虐待で児童相談所に通報されるか、警察に逮捕されていてもおかしくないよ」

男が笑った。窓から差し込む月の光に、唇のあいだからのぞく白い歯が光った。眼鏡を外すと、男の目はかなり大きかった。

男は高校を卒業後、さまざまな仕事を転々とした。その時の暮らしは、社会の底辺を這いまわるようなものだったらしい。その後、今から10年前、25歳の時に輸入中古車販売会社を興し、現在の成功を手に入れた。

「自分の力だけで、こんなに大成功して、一郎さんって、本当にすごいわね」

「すごいことなんて何もないよ。人はね……なりたい自分になるべきなんだよ」

加奈の目をのぞき込むかのように見つめて男が言った。「ここは自由の国なんだから、強く望みさえすれば、ほしいものは何でも手に入れることができるんだよ」

「そうなのかしら?」

「うん。そうだよ。人は誰でも、なりたい自分になるべきなんだ。そういう自分になれないことを、社会のせいや、時代のせいや、生まれ育った境遇のせいにするのは間違っているんだよ」

加奈は無言で頷いた。だが、彼女にはその言葉は素直には受け入れられなかった。それは彼が大成功を収めた人間だから言えることなのだと思った。

ベッドに並んで横たわり、しばらく取り留めのない話をしていたあとで、婚約者が再び加奈を両手で抱き寄せた。男は彼女の唇を貪り、左右の乳首を交互に吸い、「愛してる」という言葉を繰り返した。

ついさっき絶頂に達したばかりだというのに、そのことによって加奈の股間は再び潤み始めた。同様に、男の性器も見る見る硬直を始めた。

「わたしも愛してるわ……大好きよ……」

込み上げる快楽に、声を喘がせて加奈は言った。

「加奈……咥えてくれないか？」

少し充血した目で、男が加奈を見つめた。

加奈は無言で頷くと、ゆっくりとベッドに上半身を起こした。そして、ふっくらとした唇を舌の先で静かになめた。

2

男は全裸のまま、両方の脚を大きく広げ、ベッドの端に浅く腰を下ろしている。そんな男の脚のあいだ、ひんやりとした大理石の床にうずくまり、加奈は男の股間に顔を伏せている。そそり立った男性器を口いっぱいに含み、目を閉じ、頰を凹ませ、細い眉のあいだに悩ましげな皺《しわ》を寄せ、頭部をリズミカルに振り動かしている。

男が加奈の前髪をゆっくりと掻き上げた。寝室の明かりは消されていたけれど、天窓から差し込む月の光で、男の目には今、加奈の顔が見えているはずだった。

ああっ、見られている。

加奈は思った。そして、そのことに、さらに高ぶった。

鼻孔を広げて呼吸を確保しながら、加奈は規則正しく首を振り続けた。彼女が顔を上下させるたびに、口の中の男性器がますますその硬度を高めていった。

耳たぶにぶら下がった大きなピアスが、加奈の動きに合わせて揺れていた。濡れた唇と男性器が、絶え間なく擦れ合う音がした。大理石の床の冷たさが、火照った足裏や膝に心地よかった。

「加奈、フェラチオの経験はかなり豊富なのかい？」

オーラルセックスを続けている加奈の耳に、頭上からの男の声が届いた。

その瞬間、加奈は『しまった』と思った。つい高ぶって、夢中になってしまったけれど、もしかしたら、今の加奈の姿は、彼の目には男慣れした『アバズレ』のように映ったかもしれなかった。

何か言い訳をしようとして、加奈は顔を上げた。

「あの……一郎さん……わたし……」

「続けなさい」

男が静かな口調で言った。

「でも、あの……わたしは一郎さんが思ってるみたいな……」

「いいから、続けなさい」

加奈の言葉を遮るようにして男が繰り返し、加奈はまた男の股間に顔を伏せた。そして、唾液《だえき》にまみれた男性器を再び口に含み、再び規則正しく首を振り始めた。

「加奈、これから少し乱暴なことをするよ」

男が言った。「いいね？　少し辛いかもしれないけど、耐えるんだよ。それが僕への愛の証しだよ」

直後に、男の手が加奈の髪を痛いほど強く鷲摑みにした。

えっ？　愛の証しって……何をするの？

加奈がそう思った瞬間、男が腕に力を入れた。そして、口いっぱいに男性器を含んでいる加奈の顔を、さらに早く、さらに激しく上下に打ち振らせ始めた。

「うっ……むっ……ぐっ……」

硬直した男性器に喉《のど》を突き上げられ、加奈は思わず噎《む》せて、顔を上げようとした。けれど、男はそれを許さなかった。それどころか、一段と激しく、一段と荒々しく、口の中に男性器を突き入れたのだ。

いやっ……やめてっ……苦しいっ……。

加奈はそう訴えた。けれど、その声はくぐもった呻きにしかならなかった。

「加奈は今まで、何人の男にこんなことをしたことがあるんだい？」

荒々しく喉を突き上げられている彼女の耳に、男の声が聞こえた。「5人かい？　10人かい？　それとも、数え切れないほどたくさんかい？」

けれど、男は返答を期待しているわけではないのだろう。口を塞《ふさ》がれた彼女には、答えることができるはずがなかったから。

脚のあいだにうずくまった婚約者の喉の奥に荒々しく男性器を突き入れ続けながら、男がさらに言葉を続けた。

「僕は今までの加奈のことには、たいして興味がないんだ。これまで加奈が、どんなふうに生きて来たのかはどうでもいい。問題はこれからなんだ。これからは、僕だけを愛してほしいんだ。もちろん、僕以外の男とは、こういうことはしないでもらいたいんだ。いいね？　約束だよ」

加奈の頭部を荒々しく上下に打ち振らせながら、男はさらに言葉を続けた。

だが、加奈にできたのは、身をよじることと、呻くことだけだった。

「僕はね、今までに4人の女としかこういう行為をしたことがないんだよ。加奈が5人目だ。つまり妻とだけなんだ。みんなに不思議がられるんだけど……僕は妻以外の女とは、こういうことをしたいとは思わないんだ」

男の声が聞こえた。けれど、息苦しさと吐き気に耐えていた加奈には、男の言葉は半分ほどしか理解できなかった。

男がさらに激しく加奈の頭を振り動かし、ついに加奈は男性器を吐き出してゲホゲホと激しく咳《せ》き込んだ。

「一郎さん、お願い……あまり乱暴にしないで……」

涙の浮いた目で男を見上げ、加奈は哀願した。

けれど、男は返事をしなかった。眼鏡の奥から、加奈を見つめていただけだった。

そう。さっきの性行為の時には外していた眼鏡を、男はまたかけていた。

加奈の咳が終わるのを待ち兼ねて、男が「続けなさい」と低く命じた。そして、石のように硬直した男性器の先端で、加奈の口を無理やりこじ開けようとした。

「あっ……いやっ……」

加奈は嫌々をするかのように首を振った。けれど、男はそれを許さなかった。しかたなく、加奈はまた、自分の唾液にまみれたそれを口に深く含んだ。

そんな加奈の髪を、男が再び鷲摑みにした。そして、さっきまでと同じように、その頭部を荒々しく打ち振った。

唇の端から唾液が溢《あふ》れ、顎の先からたらたらと滴り落ちた。男性器の先端が喉にぶつかるたびに胃が痙攣《けいれん》し、強烈な吐き気が喉元まで込み上げて来た。

男の行為はとても執拗だった。そんなに長く男性器を口に含んでいるのは、覚えている限りでは初めてのことだった。半開きにしていた顎が疲れきり、首の筋肉がズキズキと痛んだ。いつの間にか、目からは涙が溢れていた。口の周りは唾液まみれだった。

拷問にも似たその時間が、いったいどれくらい続いたのだろう？　やがて、男は低く呻くと、加奈の髪を抜けるほど強く摑んだ。そして、全身を震わせ、男性器を痙攣させながら多量の体液を放出した。

男が髪を摑んでいた手を放し、加奈は精液を口に含んだまま男の股間から顔を上げた。そして、涙の浮いた目で、すぐ頭上にあった男の顔をじっと見つめた。

「飲みなさい」

加奈を見つめて男が言った。「それが僕への愛の証しだよ」

精液を飲み下した経験がないわけではなかった。けれど、加奈はそれが好きではなかった。できることなら吐き出して、すぐにでもうがいをしたかった。

だが、『愛の証し』だと言われれば、ほかに選択肢はなかった。

それでも加奈は、なおもしばらく躊躇《ちゅうちょ》していた。それから、ようやく心を決め、夫となる男を見つめ続けながら、口の中のものを小さく喉を鳴らして嚥下《えんか》した。

生温かくて、生臭くて、粘り気の強い液体が、喉に絡み付きながら食道を流れ下りていくのがわかった。

そんな加奈の顔を見つめ、男が満足げに頷いた。

3

婚約者がトイレに行っているあいだに、加奈は大理石の床の上に長い髪の毛が落ちているのに気づいた。

マニキュアの光る指でつまみ上げてみる。

それは60センチ近い長さがあり、黒く真っすぐで、とても太かった。

加奈の髪は同じぐらいの長さだったが、明るい栗色に染めていたし、毛先には緩いパーマをかけていた。だから、加奈のものでないことは確かだった。

4人目の奥さんだった人のものなのだろうか？　いったい、どんな人だったのだろう？

彼のどこが嫌だったのだろう？

黒い髪を長く伸ばした女の姿を、加奈はぼんやりと思い浮かべた。

4番目の妻は、僕のそばにいると怖いって言いました――。

男の言葉が脳裏に甦った。

だが、深くは考えなかった。

男が戻って来る前に、加奈はその髪の毛を寝室の片隅にあったゴミ箱に捨てた。ベッドに戻ろうとした瞬間、女性器から男の体液が溢れ出し、太腿の内側を伝ってアンクレットの光る足首にまで流れ落ちた。

妊娠したらいいな。

加奈は思った。

寝室に戻って来ると、男はまた加奈に腕枕をした。そして、もう片方の手で加奈の髪を、とてもいとおしげに撫でた。

波の音が静かに続いていた。寝室全体がゆっくりと揺れ続けていた。月は今ではさらに高く上り、天窓をほとんど真上から照らしていた。

「正直に答えてもらいたいんだけど……加奈は今、何キロあるの?」

微笑みながら男が言った。加奈のほうに向けられた男の顔の右半分が、頭上からの月の光に照らされていた。

「体重のこと? そうね。たぶん……52キロか……それぐらいよ」

加奈は答えた。プロダクションに所属して芸能界を目指していた時は、常に47キロ前後だったから、5キロほど増えた計算だった。

「身長は165センチだったよね？　だったら……そうだな……47キロまで5キロ減量してくれないか？」

男は優しげに微笑み続けていた。

「5キロも？　いつまでに？」

「うーん。1カ月に2キロずつで、2カ月半で47キロになってほしいな」

「それはちょっと無理よ。難しいわ」

加奈は笑った。彼女はいつだってダイエットしていたが、体重を1キロ落とすことさえ簡単なことではなかった。

「難しいことに挑むことを、努力というんだよ」

「でも……」

加奈の言葉を遮るようにして、男がさらに言った。

「僕の母は豊満な女性だったんだ。そういう女が好きな男たちは少なくないけど、僕は母を思い出して嫌なんだ。だから、加奈にもほっそりとしていてほしいんだ」

「前の奥さんたち、みんな痩せてたの？」

「ああ。みんなほっそりとしていて、すごくスタイルがよかったよ。それから……みんなすごく綺麗だったよ」

平然とした口調で男が言った。

その言葉が、加奈の闘争心を掻き立てた。前の妻たちと比べられるのは本意ではなかった。だが、前の妻たちより劣った女だと思われるのは嫌だった。彼が娶った女たちの中で、自分がいちばんになりたかった。

「わかった。努力するわ」

「そうだね。努力するといい」

微笑みを続けながら、男が頷いた。「僕はね、自分で自分をコントロールできる人が好きなんだ。男でも女でもね。だから、加奈にもそういう人になってもらいたいんだよ」

「自分をコントロール？」

加奈は男の言葉を繰り返した。彼が何を言っているのか、よくわからなかったのだ。

「そうだよ。人生で大切なことは、自分をコントロールすることなんだ」

男が笑った。そして、また加奈の髪を優しく撫でた。

最初の妻は別れ際に、『わたしはあなたの所有物じゃない』と言いました——。

男の言葉がまた加奈の脳裏に甦った。

けれど、加奈はやはり、深くは考えないことにした。

「おやすみ、加奈」

加奈の髪を撫で続けながら、男が小声で囁いた。「君と出会えて、本当に嬉しいよ」

「わたしも一郎さんと会えて嬉しいわ。おやすみなさい、一郎さん」

そう答えると、加奈は静かに目を閉じた。

4

加奈が目を覚ましたのは、午前10時に近かった。こんなに遅い時間まで眠っていたのは久しぶりだった。

細い首をよじるようにして横を見る。そこに男がいた。

岩崎一郎は少し難しい顔をして、口を真一文字に結んで眠っていた。

広々とした寝室は薄暗かった。日の出の少し前に男がベッドを出て、すべての窓のカーテンを閉め、天窓をシェイドで覆っていたからだ。

だが、分厚い遮光カーテンの隙間《すきま》から、まるで光の板のように、朝日が細く差し込んでいるのが見えた。

どうやらきょうも、天気がよさそうだった。船が大きく揺れているという感じもしなかったから、きっと風もなく、海は穏やかなのだろう。

加奈は全裸のままだったし、男もそうだった。柔らかな羽毛の掛け布団の中には、ふたりの体温が、ぽかぽかと暖かく満ちていた。

相変わらず、寝室はとても静かだった。加奈の耳に入って来るのは、船体に打ち寄せる波の音と、男が立てる微かな寝息だけで、小鳥たちの声も、車やオートバイのエンジン音も、人々の話し声も、工事現場の騒音もまったく聞こえなかった。

加奈は布団からそっと左手を出した。そして、その薬指で光る大粒のダイヤモンドや、あでやかなマニキュアに彩られた長い爪を、目を細めてじっと見つめた。

男から料理教室やエステティックサロンに通うように言われたことや、5キロの減量を命じられたことは少し心に引っ掛かっていた。結婚後は男のために、来る日も来る日も、手の込んだ食事を作らなければならないというのも気にかかった。

だが、それでも、誕生日を迎えた頃に比べれば、今は遥かに幸せだった。

何と言っても、加奈は大金持ちの妻になるのだ。2カ月半後に、今より5キロも痩せた自分の姿を想像してみるのも悪くはなかった。

幸せだな……わたしはきっと、これからもっともっと幸せになるんだろうな。

加奈は思った。そして、隣に眠る男の顔をじっと見つめた。


昨夜の食事は船内でとったが、その朝は甲板に置いたテーブルで食べることにした。そのほうが気持ちがいいと男が言ったからだ。

朝といっても、交替でシャワーを浴びたり、加奈が時間をかけて入念に化粧をしていたり、洗った髪を整えたりしていたので、食事のためにふたりが甲板に出たのは正午をまわっていた。甲板に出る時には、加奈はまたオレンジ色の救命胴衣を身につけた。

昨日は甲板に出ると、海面を渡って来た風が少し冷たかった。だが、きょうはほとんど風もなく、とても暖かかった。３６０度、果てしなく広がる海が、春の朝日に眩しく光っていた。

やはり陸地や島影はまったく見えなかったし、ほかの船舶の姿も見えなかった。頭上を飛んでいる鳥もいなかったし、今朝は海面に跳ね上がる魚の姿も見えなかった。

太陽があまりに眩しいので、加奈はサングラスをかけていた。男もメタルフレームの眼鏡を外し、黒いサングラスをかけていた。どうやら男のサングラスには度が入っているようだった。男が加奈に顔を向けるたびに、そのサングラスに加奈の姿が映った。

その朝の食事も岩崎一郎が作った。透き通った野菜のスープとポテトサラダ、カリカリに炒めたベーコンと茹《ゆ》でたソーセージとスクランブルエッグ、クロワッサンとトマトジュース、それに冷たい牛乳と香ばしいコーヒーというメニューだった。

「一郎さん、すごいわ！」

テーブルに並んだ朝食を見て、加奈は叫び声を上げた。

「このぐらいで驚かないでくれよ」

男が苦笑いして言った。「結婚したら、加奈はもっともっと手の込んだ朝飯を作ることになるんだからね」

「そうね。あの……頑張るわ」

加奈もまた苦笑いして答えた。そして、食事の邪魔にならないように、洗ったばかりの長い髪を後頭部でひとつに結んだ。


朝食をとりながら、男は加奈に「結婚式はいつにしようか?」と訊いた。

「あの……わたしはいつでもいいけど……」

微笑みながら加奈は答えた。また心臓が微かに高鳴った。

「いつでもいいのかい?」

男が笑った。その無邪気な笑顔はまるで小学生の男の子のようで、加奈は母性本能をくすぐられるような気がした。

「ええ。式に呼ばなければならないのは、群馬の祖母と両親ぐらいだから、わたしのほうはいつでもいいわ」

「そうか。だったら……ゴールデンウィークに結婚式を挙げることにしないか?」

『今夜は寿司でも食べに行かないか』というような、さりげない口調で男が言った。

「ゴールデンウィーク?」

食事の手を止めて、加奈は男を見つめた。ゴールデンウィークが始まるまで、あと3週間もなかった。

「うん。ゴールデンウィークには僕も少し長い休みを取るつもりだから、どこか海外に新婚旅行にも行けるよ。加奈のお父さんの工場も休みなんじゃないか？　まあ、加奈が急ぎるって言うなら、もっとあとにしてもいいけど……」

「わたしはかまわないけど……一郎さんの都合は大丈夫なの？　ほらっ、式に呼ぶ人たちの都合とか……」

「僕のほうは平気だよ。何ていっても、5回目の結婚だからね」

　コーヒーカップを手にした男が、また無邪気に笑った。「実は僕は、結婚式には誰も呼びたくないんだ。4回も離婚していて、ちょっと恥ずかしいからね。だから、そうだな……もし、差し支えなければ、どこか南の島のリゾート地に加奈のお祖母さんとご両親を呼んで、そこのホテルの教会で簡単に挙式することにしないかい？」

　岩崎一郎のような大金持ちは、都内のホテルに数百人の人々を招いて盛大に挙式をするものだとばかり思っていたから、南の島でのシンプルな結婚式というのは、加奈には少し意外に感じられた。実際、彼の二度目の結婚では、都内に大勢の人々を招き、とても派手に式を挙げたらしかった。

　けれど、一度目や二度目の結婚ならともかく、彼は4度も結婚式を挙げているのだ。5度目の今回はひっそりとしたいと考えるのは、無理のないことかもしれなかった。

「でも……ホテルや航空券の予約が今からでもできるのかしら？　ゴールデンウィークなんて、もうどこのホテルも予約でいっぱいで、飛行機も満席なんじゃないかしら？」

クロワッサンを頬張っている男に加奈は訊いた。何年か前に、ゴールデンウィークに友人たちと香港に行こうとしたのだが、予約が取れなかったことを思い出したのだ。

「大丈夫。取れるよ」

口の中のクロワッサンを飲み込んで男が笑った。

「そうなの？」

「ああ。ホテルだって航空券だって、僕にならいつだって取れるよ」

男は自信まんまんだった。「もちろん、飛行機の座席はファーストクラスだし、ホテルの部屋はスィートルームだよ」

「わかったわ。それじゃあ、そうしましょう」

加奈は微笑んだ。そして、南の島の高級リゾートホテルの教会で、純白のウェディングドレスをまとった自分の姿を想像した。

5

食事が済むと、男は船のエンジンをかけ、広々とした運転席に座って舵を取った。ヨットハーバーに戻るつもりのようだった。

加奈は婚約者の隣に座り、穏やかに光る海をサングラス越しに眺めていた。食事のあと、甲板で煙草を立て続けに吸ったおかげで、とてもくつろいだ気分だった。

「加奈はもう、僕の妻みたいなものなんだから、これからは、困ったことがあったら何でも言うといいよ。僕にできることなら、何でもするからね」

ゆったりとした姿勢で舵を取りながら、さりげない口調で男が言った。

「ええ。そうするわ」

「今は困っていることはないの？」

世間話でもしているかのような口調で男が尋ねた。

ないわ。

反射的に、加奈はそう答えかけた。だが、その言葉を飲み込んで、思い直した。もちろん、加奈には困っていることがあった。

「そうね……あの……実を言うと……わたし、すごく困っていることがあるの」

「困っていること？　それは何だい？」

男が加奈のほうに日焼けした顔を向けた。

言おうか、言うまいか、少し躊躇したあとで、『金にだらしない』と責められ、罵《ののし》られることを覚悟の上で、加奈はそれを打ち明けることにした。

「あの……もしかしたら、一郎さんはすごく呆れるかもしれないけど……実はわたし、借金があるの……それも、少しじゃなく、すごい額なの」

加奈は言った。恥ずかしさと、情けなさとが胸に込み上げて来た。

「すごい額って……いくらぐらいなの？」

男が訊いた。サングラスに隠れて目は見えなかったけれど、その口元は笑っていた。

「あの……３００万円近いの」

呟くように加奈は言った。それは加奈の年収を上まわる額だった。最初はそんなに多くなかったのだが、利子が利子を産み、それを返済するためにまた高金利の借金を繰り返し、いつの間にか、借り入れ残高がそこまで膨れ上がってしまったのだ。

ひどいな、それは……何て無計画な女なんだ。

加奈は男が、呆れたようにそう言うかもしれないと思っていた。

けれど、男の反応はまったく違っていた。

「なんだ、それっぽっちか」

真っ白な歯を見せて男が笑った。

「一郎さんにとっては、それっぽっちかもしれないけど……わたしにとっては、気が遠くなるような大金なのよ」

恥を忍んで加奈は言った。「いくら返済しても利子ばかりで、元金はまったく減らなくて……もう自己破産寸前なの」

自己破産寸前というのは、決して大袈裟《おおげさ》な表現ではなかった。実際、ある消費者金融の取り立ての男からは、『三浦さん、体で返すっていう方法もあるんですよ。働き口を紹介しましょうか』と言われたほどだった。

「その借金はどこにしてるの？」

男が言った。心配をしているような口調ではなかったし、加奈を責めるような口調でもなかった。

「銀行とカード会社と……それから、サラ金みたいなところにも……」

刑事の前で罪の告白をする犯罪者のように、うなだれながら加奈は言った。

「なるほど……でも、３００万円あれば、すべては解決するんだね？　だったら、明日、加奈の銀行口座にそのお金を振り込んでおくよ」

「えっ、いいの？」

加奈は顔を上げ、サングラスを外して男を見つめた。

「加奈は僕の妻なんだからね。それっぽっちの金で、思い煩わせたりはさせないよ」

頷きながら、男が笑った。「さあ、もう借金のことは忘れて、これからは体重を落とすことと、料理の勉強をすること、それから、禁煙することだけを考えなさい」

「ありがとう、一郎さん」

「どういたしまして」

男が言った。そして、また白い歯を見せて笑った。

前方に微かに陸地のようなものが見えて来た。辺りを見まわすと、何艘《そう》かの船舶も見えたし、空を舞う海鳥たちの姿も見えた。

6

葉山のヨットハーバーに戻ったのは、午後4時をまわっていた。今夜は横浜にある老舗《しにせ》のフランス料理店で食事をすることになっていた。

「食事の前に、もう1軒、一緒に行ってもらいたいところがあるんだ」

古いオープンスポーツカーの革張りの助手席に乗り込んだ加奈に男が言った。

「どこなの？」

「着いてからのお楽しみだよ」

嬉しそうにそう言うと、男はスポーツカーをゆっくりと発進させた。

加奈は男の横顔を見つめた。また期待に胸が膨らんだ。


男が車を停めたのは、横浜の伊勢佐木町の商店街にある老舗の宝石店だった。

今度は何をプレゼントしてくれるんだろう？

加奈の期待はいよいよ高まった。

「こんにちは」

親しげな口調で言いながら、男が古めかしい店の扉を開いた。

「あらっ、岩崎さま。いらっしゃいませ」

店内にいた痩せた老女が満面の笑みで歩み寄り、加奈の婚約者に深々と頭を下げた。

「こんにちは、山口さん。こちらの女性が僕の婚約者の三浦加奈さんです」

男は加奈を老女にそう紹介した。「僕たち、ゴールデンウィークに結婚するんです」

「さようでございますか。それはおめでとうございます。いらっしゃいませ、三浦さま。店主の山口でございます。これから末長く、よろしくお願いいたします」

デニムのショートパンツから突き出した加奈の脚を一瞥したあとで、山口と呼ばれた女が、男にしたと同じように加奈に深く頭を下げた。

末長く――。

そう。加奈はきっと、これから末長くこの店に通うことになるのだ。

「こちらこそ、よろしくお願いします」

微笑みながら言うと、加奈も女に頭を下げた。それから、ゆっくりと顔を上げ、目の前に立つ老女を見つめた。

髪が真っ白になったその老女は骨と皮ばかりに痩せていて、70歳をとっくにまわっているように見えた。だが、そんなに年寄りだというのに、女は皺だらけの顔に濃く化粧を施し、全身にたくさんのアクセサリーを光らせ、手足の爪を派手なエナメルで彩り、ぴったりとしたミニ丈のスーツをまとっていた。

「ところで、山口さん、あれはできてますか?」

無邪気な笑みを浮かべて、岩崎一郎が老女に尋ねた。

「はい。できております」

女は男に微笑んだあとで、隣に立っている加奈の顔を意味ありげに見つめた。

『あれ』って何だろう?

大きな期待に胸を膨らませて加奈は思った。その店は宝石やアクセサリーだけではなく、高級腕時計や高級万年筆、香水なども取り扱っていた。

店には今も数人の女性客がいた。みんな金のありそうな着飾った女たちだった。数人の若い女性店員がそんな客たちの相手をしていた。

「さっ、こちらにどうぞ」

山口という老女はそう言うと、男と加奈を奥の部屋へと案内した。どうやら、この宝石店にもVIPルームのようなものがあるらしかった。

痩せこけた老女がふたりを導いたのは、白い壁に囲まれた10畳ほどの洋室だった。

店と同じように、その部屋もまた古めかしかった。部屋にはゴシック調の古めかしい家具が置かれていた。壁にはやはり、ゴシック調の絵画がいくつか掛けられていた。窓はあるようだったが、それは色褪《あ》せた黒いビロードのカーテンに覆われていた。

ふたりが部屋に入ると、そこにはスーツ姿の痩せた老人がいた。老人は柔らかそうな白い布で、直径が15センチほどの金属製の銀色の輪を丁寧に磨いていた。老人が座ったテーブルには、工具のようなものがいくつか置かれていた。

チョーカーなのだろうか？

加奈は隣に立つ婚約者の顔を見た。

「ほらっ、加奈、チョーカーだよ。あれを僕への愛の証しとして、加奈にいつも付けていてほしいんだ」

にこやかに微笑みながら男が言った。

愛の証し――岩崎一郎はその言葉がお気に入りのようだった。

「いつも？」

「そうだよ。愛の証しだからね。いつもだよ。いいかい？」

男が言い、加奈は微笑みを返しながら静かに頷いた。

化粧の濃い痩せこけた老女は、岩崎一郎の脇に立ち、無言で加奈を見つめていた。

「それじゃあ、さっそくお付けしましょう」

スーツ姿の老人が言い、山口という老女と同じように加奈の脚を一瞥したあとで、すぐ脇にあったゴシック調の椅子を指し示した。古ぼけたその椅子の背もたれは、老人のほうに向いていた。

「さあ、加奈、あそこに座りなさい」

婚約者が言い、加奈は老人に背を向けるような恰好で椅子に姿勢よく腰を降ろした。

加奈の背後に座った老人が、切れ込みの入ったその金属の輪を両手で上下に広げ、その隙間に加奈の首を通した。それから、その輪の切れ込みを元の位置に戻し、加奈の首の後ろに分厚い布のようなものを当てた。

「溶接しますから、お嬢さんは動かないでくださいね」

老人が背後で言い、加奈は意味もわからずに頷いた。30歳になったというのに、『お嬢さん』と言われたことが少し気恥ずかしかった。

すぐに老人がテーブルの上の工具を手に取り、加奈の後ろ首のところで何かを始めた。首に巻かれた銀色のチョーカーが、わずかに熱を帯び始めたのが感じられた。

何をしているのかしら？

加奈は思ったが、何も訊かなかった。ほっそりとした剝き出しの腿に両手を乗せ、笑みを浮かべながら壁を見つめていただけだった。

「はい。もういいですよ」

老人が言い、加奈の首の後ろに当てられていた厚手の布を取り除いた。首の皮膚に直に触れた銀色のチョーカーは、やはり少し熱を帯びているようだった。

「ほら、見てごらん」

老女から手渡された丸い鏡を、婚約者が加奈に差し出した。卓球のラケットみたいな形をしたゴシック調の手鏡だった。

受け取った手鏡を、加奈は自分のほうに向けた。古めかしい手鏡に、あでやかに化粧をした美しい女の笑顔が映った。細くて長い首では、銀色のチョーカーが光っていた。

「素敵ね。これ、プラチナ製なの？」

婚約者のほうに顔を向けて加奈は尋ねた。

「いや、鋼鉄製だよ。だから、簡単には切れないよ」

加奈を見つめて男が答えた。

加奈は首の後ろに手をやった。けれど、そこには留め金のようなものはなかった。

「あの……これはどうやって外すの？」

「外せないよ」

平然とした口調で男が答えた。「溶接してもらったからね。外すときには、切断するしかないけど……さっきも言ったように、鋼鉄製だから、そう簡単には切れないよ」

男が微笑み、微かな不安が加奈の下腹部で膨らんだ。

加奈は背後にいる老人を見た。だが、老人は無言で微笑んだだけだった。

「どうして外せないの？　一日中、ずっとつけていなくちゃならないの？」

加奈の言葉に、婚約者がゆっくりと頷いた。

「僕への愛の証しだからね」

まるで聖なる言葉のように、男はまたしても『愛の証し』というセリフを口にした。

「あの……お風呂に入る時も、寝る時も……スポーツクラブのプールで泳ぐ時も……ウェディングドレスを着る時も……ずっとこれを首に嵌めていなくちゃならないの？」

「ああ。そうだよ」

岩崎一郎が平然と言った。眼鏡のレンズが冷たく光った。

「前の奥さんたちも同じものを付けてたの？」

加奈はさらに訊いた。他人の前で男の過去の話はしたくなかったが、尋ねずにはいられなかったのだ。

「ああ。そうだよ」

やはり平然とした口調で、婚約者が繰り返した。「ふたり目の妻と3人目の妻、それに4人目の妻は、僕といるあいだはずっと、ここで作った同じものを首に嵌めてたよ」

加奈はまた手鏡を掲げ、首に嵌められた太い金属の輪を見つめた。

愛の証し——。

冷たい不安が、下腹部でさらに大きく膨らんでいった。

7

伊勢佐木町の宝石店を出た加奈と男は、横浜の石川町にある昔ながらのフランス料理店に行った。そして、二階の窓辺のテーブルに向き合って、フランス製のワインを飲みながら、手の込んだ料理の数々を口に運んだ。

男はその店の駐車場に車を置き、タクシーで加奈を自宅まで送り届けてくれることになっていた。その車はあとで、男の部下が取りに来るらしかった。

外すことのできないチョーカーを嵌められたことで、加奈は少なからぬショックを受けていた。

これまでの婚約者の言動から、結婚後の自分がある程度は、その男に束縛され、拘束されるだろうことは予想していた。けれど、決して外せない鋼鉄製の首輪だなんて……それはまるで、彼に所有されている家畜になったかのようだった。

最初の妻は別れ際に、『わたしはあなたの所有物じゃない』と言いました――。

初めて会った時に、男が口にした言葉を加奈はまた思い出した。

加奈とは対照的に、岩崎一郎は上機嫌だった。次々と運ばれて来る料理をおいしそうに食べながら、男は嬉しそうに結婚式のことを話した。

岩崎一郎はふたりの結婚式を、インドネシアのバリ島にあるリゾートホテルでしようと提案した。

「バリ島?」

「うん。バリ島には素晴らしいホテルがたくさんあるからね。加奈のお祖母さんとご両親も、そのホテルに来てもらおうよ。もちろん、お祖母さんやご両親も、飛行機の座席はファーストクラスだし、ホテルの部屋もスィートルームだよ」

遠足や運動会を楽しみにしている子供のように、無邪気な口調で男が言った。

「ねえ、あの……結婚式には友達も呼んでいいかしら?」

努めて明るく加奈は尋ねた。

「10人でも20人でも、好きなだけ呼んでいいよ。何人ぐらい呼ぶつもりなんだい?」

「女の子がふたりよ」

加奈は答えた。航空券や宿泊の代金を自腹で払ってまで来てくれるかどうかはわからなかったが……大学時代の親友で、卒業後も親しくしている大林玲華と杉山ゆかりのふたりには、ぜひとも自分の晴れ姿を見てもらいたかった。

「わかった。それじゃあ、彼女たちの航空券と宿泊の予約もしておくよ」

「えっ、いいの?」

「ご招待するんだから、当たり前じゃないか。ビザも僕のほうで手配しておく。ふたりともパスポートは持っているよね」

「ええ。持っているはずよ」

「加奈の友達も来るなら、結婚式がますます楽しみだな」

大林玲華と杉山ゆかりの名前を手帳にメモしながら男が笑った。

男は本当に嬉しそうだった。その無邪気な笑顔を見ていると、加奈の心を覆っていた靄《もや》のようなものも、少しずつ晴れていった。


食事が済んだのは午後10時をまわっていた。

加奈と男は店の前からタクシーに乗った。男の自宅はその店からすぐのところにあったから、加奈はわざわざ送らなくてもいいと言った。けれど、男はどうしても婚約者をアパートまで送り届けたいようだった。

オーナーソムリエとシェフ長が、ふたりが乗ったタクシーが動き出すまでずっと、こちらに向かって深く頭を下げていた。そんな人々にいつも囲まれていると、加奈にもいつの間にか、自分がＶＩＰの妻になるのだという実感が湧いて来た。

タクシーの後部座席に男と並んで座り、加奈は首に巻かれた鋼鉄製の輪に触れた。

愛の証し――それは加奈を拘束するものではあったけれど、見た目はキラキラと光る美しいチョーカーだった。

余計なことを心配するのはやめよう。

加奈はそう心に決めた。

外すことのできない首輪は、確かにかなり屈辱的なものではあった。だが、絶対に切断できないという代物ではなかった。

そう。加奈が本気で外そうと思えば、それを切断することは可能なのだ。だとしたら、今は男の気の済むようにしておけばいいのだ。

明日は月曜日だったから、本当なら眠い目を擦ってベッドを這い出し、慌ただしく化粧をし、満員の電車に乗り込まなければならないはずだった。

けれど、加奈にはもうそんな必要はないのだ。会社でみんなの机を拭く必要も、コーヒーをいれる必要もないのだ。借金の取り立ての電話に頭を悩ませる必要もないのだ。

それらの事実が加奈の心を弾ませた。

8

その月曜日の朝、加奈は登録してある人材派遣会社に電話を入れ、きょうで仕事を辞めたいと告げた。

急な話に人材派遣会社の担当者は少し驚いたようだったが、強く引き留めたりはしなかった。ただ、時間がある時に退職の手続きをしに来てほしいと言っただけだった。

加奈の銀行口座にはその朝いちばんで、岩崎一郎から金が振り込まれていた。借金の返済に当てるための３００万円と、結婚式までの支度金の２００万円だった。

預金通帳に印字された５００万円という数字を見た瞬間、加奈はまた心を高ぶらせた。そして、その瞬間、鋼鉄製の首輪など取るに足らないことだと確信した。

それらの金で、加奈は午前中にすべての借金の返済を済ませた。最後に訪れた消費者金融で借金を清算した時には心からホッとした。歯を食いしばって背負い続けて来た重い荷物を、何年かぶりで地面に降ろしたかのような気分だった。

午後からはペットショップに行って、預かってもらっていたオカメインコを引き取って来た。主人の気持ちが伝わったのか、オカメインコも何だか嬉しそうだった。

自宅に戻ると、加奈は入念に化粧をし、思い切り着飾って、婚約者に指定されたスポーツクラブに入会の手続きに行った。

そのスポーツクラブには岩崎一郎も通っているということだった。入会金は加奈の年収の約2倍、月々の会費は加奈の月収とほぼ同額という高級スポーツクラブで、名の知れた芸能人もたくさん通っているらしかった。

スポーツクラブのあとでは、料理教室に入会の手続きに行った。そこは普通の家庭料理ではなく、かなり手の込んだ料理の指導をしている料理教室だということだった。婚約者の考えで、加奈はそこで一対一の個人レッスンを受けることになった。

その後は菓子折りを持って製菓メーカーに出向いた。そして、金曜日まで上司だった課長と部長に急に辞めたことの詫《わ》びを言い、仲のよかった同僚たちに別れの挨拶をした。

「急に辞めてごめんね。でも、彼が今月末に結婚しようって言うから、いろいろと忙しくて……」

微かな優越感を覚えながら、加奈は同僚だった女たちに言った。

その日の最後に、加奈はいつものように百貨店に向かった。そして、銀行から降ろしたばかりの現金を使って、いつもよりずっと高級な店で、洋服やバッグや靴やアクセサリーを買った。バリ島で着るためのビキニの水着もたくさん買った。そのことで、支度金として振り込まれた200万円はたちまちなくなってしまったが、店員たちにちやほやされて、気分はとてもよかった。

その後はいつものように、地下の食料品売り場でいつもより高価な何種類かの総菜と、いつもと同じ缶入りのカクテルを買った。荷物があまりに多かったので、帰りはアパートまでタクシーに乗った。

その晩、加奈は群馬県の実家に久しぶりに電話を入れた。そして、電話に出た父親に、月末にバリ島で結婚式を挙げることになったから、できたら来てほしいと言った。

相談もなしに勝手に結婚を決めたことを、父親になじられるかもしれないと加奈は思っていた。『そんなものには行けない』と言われれば、それでいいとも思っていた。大学を卒業後、実家との仲はぎくしゃくしたものになっていた。

だが、意外なことに、父は娘の結婚を喜んでくれた。電話を代わった母や祖母も、父と同じように喜んでくれた。それが加奈にも嬉しかった。

祖母や両親は加奈に、岩崎一郎のことを細かく尋ねた。加奈はできるだけ正直に彼らの質問に答えた。ただ、男の離婚歴についてだけは、4回ではなく、1回と嘘をついた。

群馬の実家のあとでは、大学の時からの親友の大林玲華と杉山ゆかりに順番に電話を入れた。急な結婚に、ふたりはひどく驚いたようだった。だが、加奈が旅費と宿泊費を負担すると言うと、大喜びで式に参列してくれると言った。

「飛行機の座席はファーストクラスだし、ホテルの部屋はゴージャスなスィートルームを用意するからね」

強い優越感を覚えながら、加奈は友人たちにそう言った。

憧れの有閑マダムになる日が刻々と近づいていた。

9

結婚式までの日々は、加奈にとって非常に忙しいものだった。

加奈はたいてい午前中にスポーツクラブに行った。そして、若くてハンサムな男性インストラクターの丁寧な個人指導を受けながらマシントレーニングをし、ランニングマシンで走り、競泳水着になってプールで泳いだ。

そのスポーツクラブは入会金や会費がべらぼうに高いだけあって、通っている会員たちの多くは年配の男女だった。そんな人々に若く美しい肉体を見せつけることに、加奈は少なからぬ優越感を覚えた。

日ごろはしなかった運動を始めたおかげか、生活が規則正しくなったせいか、わずか10日で加奈の体重は3キロも減り、49キロになった。40キロ台になるのは久しぶりだったから、とても嬉しかった。

午後からは毎日のように料理教室に通った。そこで教えられることはとても高度で、ダシの取り方どころか、包丁の使い方さえよくわからない加奈は戸惑うばかりだった。それでも、初老の女性講師が付きっきりで、一から丁寧に教えてくれたおかげで、半月ほどのうちに料理に関する多少の基礎は身についた。

夕方にはいつもエステティックサロンに通った。そして、その広々とした静かな個室で、担当のエステティシャンに顔や体をマッサージしてもらったり、スキンケアをしてもらったり、髪や爪の手入れをしてもらったりした。

一度、そのエステティックサロンで首と肩のマッサージをしてもらっている時に、担当のエステティシャンに、「三浦さま、恐れ入りますが、チョーカーを外していただけますか？」と言われたことがあった。

「すみません。これ、外せないんです」

ぎこちなく微笑みながら加奈が言い、化粧の濃いエステティシャンは少し不思議そうな顔をした。けれど、ありがたいことに、彼女はそれ以上は質問しなかった。


引っ越しの準備も忙しかった。

加奈はバリ島に旅立つ前日までに、必要なものを婚約者が暮らす横浜のマンションに送ることになっていた。残りのものは業者に処分してもらうつもりだった。

「必要なものは何でも買ってあげるから、全裸で来てくれてもいいよ」

電話で男は加奈にそう言った。

それで加奈は、ほとんどのものを処分してしまうことにした。

洋服、バッグ、靴、アクセサリー、香水、鏡台、ベッド、ソファ、テーブル……それらはどれも、ない金を工面して加奈が必死で購入したものだった。けれど、今となってはどれも安っぽくて、貧乏臭くて……取るに足らないものに見えた。

岩崎一郎も仕事がとても忙しいようで、バリ島に向かうまでのあいだに、加奈は彼と二度しか会えなかった。その一度ではふたりで高級服飾店に行き、ゴージャスなウェディングドレスをオーダーメイドした。

次に会った時には、あの横浜伊勢佐木町の古ぼけた宝石店で、結婚式の時につけるアクセサリー類を買った。男は「加奈の好きなものを、いくらでも買っていいよ」と言ったので、加奈はほかにも、指輪やネックレスやブレスレットを買った。派遣会社にいた頃の年収の何倍もするスイス製の高級腕時計も買った。

買い物のあとでは、二度ともふたりで食事に行った。一度目は港区元麻布の日本料理店で、二度目は大磯にある老舗の寿司店だった。

そして、食事のあとでは、二度ともホテルに行き、その部屋のベッドで愛し合った。どちらも都内の高級ホテルのスィートルームだった。

あまり会えなかったけれど、岩崎一郎は毎晩のように電話をして来た。電話のたびに、男は加奈に体重を尋ねた。そして、彼女の答えを聞くたびに、『よし、偉いぞ』と嬉しそうに言った。

『5キロの減量に成功した暁には、何か特別なご褒美をあげるからね』

その優しげな口調は、子供に向けられた父親のもののようだった。

けれど、加奈がいまだに禁煙できていないことには、男は苛立った様子も見せた。

『そんな簡単なこともできないなんて……どうしてそんなに意志が弱いんだ?』

強い口調で男が言った。

「ごめんなさい、一郎さん。でも、結婚式までには絶対にやめるわ。約束する」

『わかった。その言葉を信じるよ。でも、もし、その約束が守れなかったら、その時はお仕置きが待ってるからね』

やはり子供に言い聞かせるかのように男が言った。

「お仕置き？」

加奈は男の言葉を繰り返した。そんな言葉は久しぶりに耳にしたような気がした。

『そうだよ。約束を破った人はね、お仕置きを受けることに決まっているんだよ』

「あの……今までの奥さんたちの中には、お仕置きをされた人がいるの？」

『ああ。いるよ。だから、加奈はお仕置きをされないように気をつけなさい』

男が言った。その口調は穏やかだったけれど、一瞬、加奈の肉体を戦慄《せんりつ》にも似た感触が走り抜けた。

結婚式が数日後に迫ったある日の午後、加奈が暮らしている駒沢のアパートに、岩崎一郎の弁護士だというスーツ姿の男がやって来た。

その弁護士は痩せて背が高く、年は岩崎一郎より少し下、30代の前半に見えた。にこやかに微笑んでいる顔は優しげで、口調も穏やかだったが、目付きは鋭かった。

北村と名乗った弁護士は黒革製のカバンから2部の書類を取り出し、よく読んだ上で加奈にサインをするように言った。それは、もし岩崎一郎と離婚した時には財産分与を求めないという内容の書類のようだった。

「どちらも内容はまったく同じです。1部はわたしがいただいて帰ります。もう1部は三浦さんのお控えです。大切に保管しておいてください」

穏やかに微笑みながら弁護士の男が言った。

「もし、その書類にサインをしないと、彼はわたしと結婚しないんですよね?」

確認のために加奈は訊いてみた。

「はい。岩崎さんからは、そうお聞きしています」

きっぱりとした口調で弁護士が言った。そして、スーツの内ポケットから高価そうな万年筆を取り出し、それを加奈の前にそっと置いた。

加奈に選択肢はなかった。書類にはほとんど目も通さずに、彼女は2部の書類に自分の名を書き込んだ。

10

結婚式の3日前に、加奈と男は成田空港からバリ島へと旅立った。旅の予定は9泊11日だった。加奈の祖母と両親、それにふたりの女友達は、式の前日にバリ島に来て、3日ほど宿泊していくことになっていた。

　ゴールデンウィークの初日だったから、出国する人々で空港はとてつもなく混雑していた。けれど、ファーストクラスの搭乗客は一般客とはカウンターが別だったから、チェックインはスムーズで、待たされるようなことはまったくなかった。長蛇の列をなしているエコノミークラスの客たちが、自分たちに興味深そうな視線を向けていることに、加奈は強い優越感を覚えた。

　チェックインが済むと、加奈は空港内の免税店で高級ブランドのバッグやアクセサリーや腕時計を買ってもらった。その後は離陸時間の直前まで、静かで広々とした専用ラウンジで、冷たい酒を飲みながらのんびりと過ごした。

　そのラウンジでも岩崎一郎はフランス製の白ワインを飲んでいた。加奈はバーテンダーに甘いカクテルを作ってもらった。

　加奈たちの周りには何人かの人々がいた。彼らもファーストクラスの搭乗客に違いなかった。けれど、彼らの見た目はとてもラフで、普通の人々と何も変わらなかった。

　加奈と男もラフな恰好をしていた。「南の島に行くんだから、カジュアルな恰好でかまわないよ」と男が言ったからだ。

　加奈は擦り切れたマイクロミニ丈のデニムのスカートに、裾の短い黒いタンクトップ姿で、足元は踵の高い銀色のストラップサンダルだった。着ているものは高くなかったが、その代わり、高価なブランド物のアクセサリーを全身に光らせていた。

岩崎一郎のほうは擦り切れたジーパンに、ブランド物のボタンダウンシャツをまとい、その袖を無造作にまくり上げていた。靴下は履かず、素足に白いデッキシューズをつっかけていた。

飛行機に乗り込むとすぐに、中年の女性客室乗務員が挨拶に来た。

「三浦さま、岩崎さま。本日の担当をさせていただく広瀬でございます。よろしくお願いいたします」

飲み物を訊かれた岩崎一郎はロゼのシャンパンを注文した。横浜のホテルの最上階で、彼と初めて会った時のことを思い出しながら、加奈も同じものを頼んだ。

思い返してみれば、岩崎一郎と出会ってから、まだ1カ月も経っていなかった。

「さあ、加奈、乾杯しよう」

男がシャンパンのグラスを掲げて無邪気に笑った。その笑顔を、加奈はとても素敵だと思ったし、その男のことをとても頼り甲斐があると感じていた。

バリ島の空港には黒塗りの巨大なリムジンが迎えに来ていた。細い道は絶対に曲がり切れないような、とても長いリムジンだった。

空港を出た加奈たちのほうに、痩せた中年の現地人が、「三浦さま、岩崎さま、いらっしゃいませ。バリ島にようこそお越しくださいました」と、とても流暢《りゅうちょう》な日本語で言って歩み寄って来た。彼はホテルの従業員で、ホテルでは加奈たちの執事をしてくれることになっていた。

執事が開けてくれたドアから、加奈が先にリムジンに乗り込んだ。その瞬間、デニムのスカートが脚の付け根までまくれ上がり、その剝き出しの腿を婚約者と執事がほとんど同時に見つめた。

加奈には何だか、それがおかしかった。

広々としたリムジンの中には、シートの革のにおいと、ジャスミンみたいな甘い花の香りが満ちていた。


そのホテルはビーチ沿いではなく、空港から1時間以上も離れた山あいの土地にあった。辺りには田園風景が広がる、とてものどかなところだった。

椰子《やし》の樹に覆われた山を川の流れが削り取り、そこにとても深い谷を形成していた。加奈たちが宿泊するホテルは、そんな渓谷の縁に沿うようにして建てられていた。

そのホテルはバリ島でも有数の高級リゾートホテルのひとつだった。そして、加奈たちが宿泊するのは、そのホテルの中でも最高のヴィラだということだった。

ヴィラに案内された加奈は、そのあまりの豪華さに息を飲んだ。それはホテルの部屋というより、広くて美しい二階建ての大邸宅だった。

「すごい……すごすぎるわ……」

執事と一緒に部屋をまわった加奈は、何度も大きな声を上げた。目に入って来るもののすべてが別世界のように思えたのだ。

ヴィラの一階部分には、ふたつの部屋があった。どちらも大理石張りのとても広々とした部屋で、どちらの部屋にも庭に面した大きなテラスが付いていた。

執事によると、そのひとつ、大きなテーブルがあるほうがダイニングルーム、もうひとつ、ソファのセットが配置されているほうがリビングルームだということだった。どちらの部屋の面積も、畳に換算すれば30畳近くあるように思われた。そして、どちらの部屋も見上げるほどに天井が高かった。

二階には寝室がふたつあった。ひとつは主寝室で、黒っぽい大理石の床の中央に、天蓋《てんがい》のついた巨大なベッドが置かれていた。天蓋は4本の太い木製の柱に支えられていて、そこから半透明の白い布がカーテンのように垂れ下がっていた。加奈の目には、それは皇帝が使うベッドのようにも見えた。

もうひとつの寝室には、ベッドが2台並べられていた。主寝室にも副寝室にも、広々としたバルコニーがあって、そこから渓谷が一望できた。

トイレと浴室は別になっていて、一階にも二階にもあった。トイレも浴室もとても清潔で、大理石に囲まれた浴室は加奈のアパートの部屋より遥かに広かった。

緑の芝生が敷き詰められた広大な庭には、複雑な形をした大きなプールがあった。それはこのヴィラの専用プールだった。プールサイドには椰子の樹が何本も植えられ、その下にビーチチェアが並べられていた。

「誰にものぞかれないから、裸でだって泳げるよ」

婚約者が無邪気に笑い、加奈はそばにいる執事の目を気にしながら微笑んだ。

庭にはオレンジ色の屋根のある巨大なガゼボもあった。4本の太い柱に支えられたガゼボには清潔なクッションが敷き詰められていて、まるで屋外にある巨大なベッドという風情だった。

広大な庭はブーゲンビリアの生け垣と、白い鉄製のフェンスで囲まれていた。そのフェンスの向こうは切り立った断崖《だんがい》になっていて、その数十メートル下を川が音を立てて流れているのが見えた。

耳を澄ましてみると、鳥たちの鳴き声が絶えず聞こえた。時刻は間もなく6時半になるところで、朱に染まった空に線香花火みたいな赤い夕日が浮かんでいるのが見えた。

腕をそっと絡めた。


「夢を見ているみたい……」

囁くように加奈は言った。そして、すぐ脇に立っていた婚約者の腕に、ほっそりとした腕をそっと絡めた。

11

その晩はヴィラに食事を運んでもらって食べた。焼いたばかりのロブスターや魚や貝、サテやガドガドやナシゴレンといった現地の料理だった。男は「バリ島のワインはおいしくないんだよ」と言って、フランス製の白ワインを注文した。

加奈も男もすでに入浴を済ませていて、ふたりは素肌にタオル地のバスローブという恰好だった。

テラスに面した巨大な窓はいっぱいに開け放たれていて、川のせせらぎや、カエルの声が絶え間なく聞こえた。現地の人たちが『トケ』と呼んでいる爬虫類が鳴いているのも聞こえた。時折、窓の向こうを、ホタルのものらしい光が横切って行くのも見えた。

「一郎さん、前にもバリ島には何度か来ているの?」

メタルフレームの眼鏡をかけた男の目を見つめて、加奈は訊いた。窓から流れ込んで来た風が、洗ったばかりの髪を気持ちよくそよがせていった。

「3番目の妻と4番目の妻とはこの島に新婚旅行に来たから、これが3度目だよ」

男が無邪気に笑った。

「最初の新婚旅行と2回目はどこに行ったの？」

加奈はさらに尋ねた。彼は前妻たちのことを尋ねられるのが嫌ではないようだった。

「ふたり目の妻とはフランスとイタリアのワイナリー巡りをしたんだ」

「ワイナリー？　素敵そうね」

「ああ。彼女はワインが好きだったからね。でも、最初の妻とは新婚旅行には行っていないんだ。あの頃の僕は貧乏だったから、どこにも連れて行ってあげられなかった。かわいそうなことをしたよ」

男が笑った。その率直さに、加奈は少し胸を打たれた。

「でも、4回も新婚旅行ができて、一郎さんは幸せね」

冗談交じりに加奈は言った。

「新婚旅行なんて1回で充分だよ。僕はこれを最後の新婚旅行にするつもりだよ」

真面目な顔で男が加奈を見つめた。

そんな男の顔がおかしくて加奈は笑った。

食事の途中で、加奈は何度も室内を見まわした。今になってもまだ、夢の中にいるような気がしていたのだ。

「加奈……幸せになろうね」

加奈を真っすぐに見つめ、呟くように男が言った。

そんな婚約者の目を見つめ返し、加奈は深く頷いた。


その夜、皇帝が寝るような豪華なベッドの上で、加奈と男は愛し合った。

「加奈……一段とスタイルがよくなったな」

小さなショーツだけの姿になった加奈の全身をまじまじと見つめ、わずかに声を上ずらせて男が言った。

「そうかしら？」

ベッドにひざまずき、小ぶりな乳房を両手で押さえ、加奈は身をくねらせた。

「ああ。前から素敵だったけど……さらにほっそりとして、さらに引き締まって……まるでファッションショーのモデルがいるみたいだ」

加奈の体から目を逸らさずに男が言った。

「そう？　満足した？」

「ああ。最高だよ」

呻くように男が言った。そして、両手で加奈を強く抱き寄せ、その唇に自分の唇を重ね合わせた。

第五章

1

三浦加奈と婚約者がバリ島に着いた翌々日、結婚式の前日に、日本からの客人が同じ飛行機でやって来た。加奈の祖母と両親、それに大学時代のふたりの女友達だった。

加奈は婚約者や執事と一緒に、黒塗りのリムジンで空港まで5人を迎えに行った。

「加奈、おめでとうっ！」

昔から陽気な大林玲華は、加奈の姿を目にした瞬間に大声で叫んだ。そして、ハイヒールを響かせて駆け寄って来ると、両手で加奈を強く抱き締めた。大林玲華は大学を卒業してすぐに結婚し、たった1年で離婚したという経歴の持ち主だった。

大林玲華とは対照的に、淑やかでおとなしく、おっとりとした性格の杉山ゆかりは、「おめでとう、加奈」と言って優しく微笑んだ。杉山ゆかりは未婚だったが、大学生の頃から付き合っていた恋人といまだに交際を続けていた。

祖母と両親と友人たちに、加奈は婚約者を紹介した。岩崎一郎は日焼けした顔に人懐こそうな笑みを浮かべ、「岩崎です。これから末長くよろしくお願いします」と言って、ひとりひとりに深く頭を下げていた。

岩崎一郎はハンサムで、すらりと背が高く、とても見栄えがよかった。彼を見た大林玲華や杉山ゆかりだけではなく、加奈の祖母や母親も少し驚いたような顔をしていた。

そんな彼らの態度に加奈は満足した。

初めて乗った旅客機のファーストクラスの座席に、日本からの客人はみんな興奮ぎみだった。人を褒めるということがめったにない加奈の父親までが、「岩崎さん、いい思いをさせてもらいました」と、嬉しそうに礼を言っていた。

「どういたしまして。さっ、ホテルに向かいましょう。あちらの車にどうぞ」

日焼けした顔に無邪気な笑みを浮かべて岩崎一郎が言い、すぐそばに停車していたリムジンを指さした。

予想していたことではあったけれど、その巨大な車を目にした瞬間、祖母や両親や友人たちの顔に驚きの表情が浮かんだ。

そんな人々を見ていると、加奈も鼻が高かった。

車の中で杉山ゆかりが「加奈、何だか一段と綺麗になったみたい」と言った。杉山ゆかりはお世辞を言う性格ではなかったから、その言葉も加奈には嬉しかった。

そのホテルでは、自分たちはほかの客たち以上にスタッフたちから歓待されているように加奈には感じられた。

いや、実際にそうだったのだろう。

日本にいる時もそうだったが、その島でも岩崎一郎は実によく金を落とした。運転手や執事には顔を会わせるたびにチップを与えていたし、ほかのスタッフにも、部屋に氷を運んでもらえばチップを渡し、荷物を運んでもらえばチップを渡し、ガゼボの隅にあった蜂《はち》の巣を取り除いてもらえば、またチップを渡していた。

「そんなにチップをあげなきゃいけないの？」

一度、加奈はそう尋ねてみたことがあった。ガイドブックによれば、この島にはチップの習慣はないはずだった。

「お金がある人は、そのお金を落とすべきなんだよ」

にこやかに微笑みながら岩崎一郎が言った。「そうすることによって、みんなが豊かになれるんだ」

加奈は無言で頷いたけれど、男の言うことはよく理解できなかった。

そのホテルで、岩崎一郎は加奈の祖母と両親のために一部屋、友人たちのために一部屋を用意していた。どちらもふたつのベッドルームと、広々としたリビングルームとダイニングルーム、それに渓谷を臨む美しい庭と専用のプールとガゼボを備えた二階建てのヴィラで、どちらの部屋にも日本語が堪能な執事がひとりずつついていた。

そのヴィラの豪華さに、加奈の祖母も両親も、友人たちもまた息を飲んだ。加奈がそうだったように、彼らの目にも、それは別世界に映ったに違いなかった。

岩崎一郎が初婚ではないことを少し気にしていたらしい祖母や母親も、彼の財力にはかなり驚かされたようで、「加奈、いい人と出会えてよかったわね」と言ってくれた。大林玲華と杉山ゆかりは、来たばかりの時の加奈と同じように、「すごいっ！」「素敵っ！」と繰り返すばかりだった。

足が悪くて階段の上り下りの辛い祖母のために、岩崎一郎は別のベッドを運ばせ、巨大なそれを一階のリビングルームに置かせていた。その細やかな心遣いにも、祖母は感激したようだった。

その晩の食事は、日本からの客人と一緒にホテル内のイタリア料理店でした。渓谷に面した広々とした個室での豪勢な食事だった。

岩崎一郎はとても気さくで、会話が巧みで、冗談もうまかったから、食事の席はとても和やかなものになった。彼は加奈の両親を、「お父さん、お母さん」と呼んでいた。祖母のことは加奈と同じように「おばあちゃん」と呼んだ。

人見知りの激しい加奈の母親も岩崎一郎には好感を覚えたようで、ふたりきりの時に加奈の耳元で、「大金持ちなのに、気取ったところが少しもなくて、本当に素敵な人ね」と言ってくれた。

母親に褒められたのは久しぶりで、加奈はとても嬉しくなった。


その晩、客人がそれぞれのヴィラに戻って行ったあとで、加奈は間もなく夫になる男に寄り添って、自分たちのヴィラへと続く暗い小道を歩いた。

湿度が高くて、かなり蒸し暑い夜だった。辺りにはプルメリアの花の甘い香りが満ちていた。カエルの鳴き声が、四方八方からやかましいほどに聞こえた。渓谷を流れる川のせせらぎもした。

「きょうはいろいろとありがとう。嬉しかったわ」

男を見上げて加奈は言った。自分の家族や友人たちに優しくしてくれたことの礼のつもりだった。

「どういたしまして」

男が笑った。そして、加奈の体をそっと抱き寄せた。

小道に敷き詰められた白い砂利を踏むふたりの足音がした。ブーゲンビリアの植え込みで鳴く虫たちの声も聞こえた。生温かい風に流されるようにして、何匹ものホタルが飛んで行った。

「愛してるわ」

囁くように加奈は言った。

「僕もだよ」

男はそう言うと、ほっそりとした加奈の体を、自分のほうにさらに強く抱き寄せた。

これからヴィラに戻ったら、皇帝が使うようなあのベッドで、前夜と同じように裸の体を合わせることになるのだ。疲れを知らないロボットかアンドロイドのように、男は加奈の中に硬直した男性器を、何度も繰り返し突き入れ続けるのだ。その行為に、加奈は声が嗄《か》れてしまうほど激しく喘ぎ、悶え、呻き、身をよじることになるのだ。

それを想像するだけで、体が火照るのを加奈は感じた。

あと数日で加奈は生理になる予定だった。けれど、いつもなら感じるはずの生理前の兆候が、今回はまったく感じられなかった。

妊娠したのかもしれない。

そう思うと、加奈の心はさらに弾んだ。

2

翌日、ホテルの教会で挙げられた結婚式は、加奈が幼い頃から憧れていたような豪華なものではなかった。ただ、牧師の前で永遠の愛を誓い、指輪の交換をしただけだった。客席にいたのも、ホテルのスタッフを除けば、たったの5人だった。

それでも、加奈はその質素な式に充分に満足した。

ホテルのスタッフのひとりがカメラマンをしてくれていたにもかかわらず、加奈の父親は持参したカメラで娘の晴れ姿を何枚も撮影していた。母親と祖母は泣いていた。大林玲華や杉山ゆかりまでが、ハンカチで目を押さえていた。

そんな人々の姿を見ていたら、泣くつもりなんてなかったのに、加奈の目からも涙が溢れ出た。

幸せすぎて、少し怖い。

加奈はそんなふうにさえ感じていた。


結婚式は午前中で終わったので、午後から加奈はふたりの友人とホテル内のスパに行った。夫となった男が「久しぶりに友達とのんびりするといいよ」と言ってくれたからだ。

夜はまた、ホテル内にある前日とは別のレストランで結婚式の披露宴を兼ねた食事をする予定だった。

加奈の両親と祖母は、娘が友人たちとスパにいるあいだ、執事に案内されて観光に出かけた。加奈の夫になった男は、プールサイドでビールを飲み、読書をしながら日光浴をすると言っていた。

スパでは個室に並べられた3つのベッドに、加奈は友人たちと3人で川の字に並んでマッサージを受けた。3人とも小さな紙のショーツを穿いただけだった。バリ島に着いた翌日に、婚約者とふたりで1日中プールサイドにいたせいで、ほっそりとした加奈の体にはビキニの水着の跡がくっきりと残っていた。

ロウソクの炎が揺れる薄暗い個室には、甘いアロマオイルの香りが柔らかく漂い、音量を抑えた環境音楽が静かに流れていた。時折、ブラインドを降ろした窓の向こうから鳥たちの声が聞こえた。

「ねえ、玲華とゆかりは、あの人のこと、どう思う？　正直なことを聞かせて」

真ん中のベッドに俯《うつぶ》せになり、若い現地人の女の手が優しく背を撫でるのを感じながら、加奈は友人たちに訊いてみた。前日から、そのことがずっと気になっていたのだ。

「すごくいい人だと思う。明るくて、お茶目で、気遣いがあって……おまけに背が高くて、ハンサムで、大金持ちなんでしょう？　完璧《かんぺき》すぎて、ちょっと頭に来るぐらいよ」

ベッドに顔を伏せた加奈の耳に、左側にいる大林玲華の少し甲高い声が届いた。

その素直な言葉が加奈を喜ばせた。

「ゆかりはどう？　ゆかりは、あの人のこと、どう思う？」

顔の下に空いた丸い穴から、ベッドの下に置かれたアロマオイルの壺《つぼ》を見つめて、加奈は今度は杉山ゆかりに同じ質問をした。

「わたしも……あの……いい人だと思うよ」

今度は加奈の耳に杉山ゆかりの声が届いた。無口でおとなしい杉山ゆかりは、いつも落ち着いた口調でゆっくりと話した。

「本当？　ゆかりも本当にそう思う？」

「うん。いい人だと思う。だけど……」

「だけど、何？　あの人、何か問題があるように見えた？」

亀のように首をもたげ、加奈は右隣で俯せになっている杉山ゆかりに目をやった。

「ううん。やっぱり、いい。何でもないの。ごめん。気にしないで」

ベッドに顔を伏せたまま、杉山ゆかりが小声で言った。

「はっきり言ってよ。そんな言い方されたら、かえって気になるじゃない」

首をもたげたまま加奈は言った。育ちのいい杉山ゆかりは、昔からおとなしくて、淑やかで、おっとりとしていて、余計なことは口にしなかった。だからこそ、彼女の言葉が加奈には気になった。

「うん。あの……結婚式の直後にこんなことを言ったら、加奈は気を悪くするかもしれないけど……」

「何？　何なの？」

「あの……わたし……あの人のことが何となく怖いの」

相変わらず顔を伏せたまま、杉山ゆかりが言った。

「怖い？　あの人が怖いの？」

加奈はさらに首をもたげ、杉山ゆかりの全身をまじまじと見つめた。ゆらゆらと揺れるロウソクの炎が、色白の彼女の裸体を妖艶《ようえん》に照らしていた。

4番目の妻は、僕のそばにいると怖いって言いました——。

初めて会った晩に、岩崎一郎の口から出た言葉を加奈は思い出した。瞬間、全身をうっすらと鳥肌が覆った。

「最初にあの人を見た瞬間に、そう感じたの。でも……あの……きっとわたしの気のせいだと思うから、気にしないで……こんな時におかしなこと言って、ごめんね」

杉山ゆかりが伏せていた顔をゆっくりと上げた。そして、隣にいる加奈を見つめて、そっと笑った。

「ゆかり、こんなおめでたい時に、縁起の悪いこと言うのやめなよ」

加奈の左隣で、大林玲華が少し強い口調で言った。

「うん。ごめん。加奈、気にしないで」

杉山ゆかりが申し訳なさそうな顔でまた微笑んだ。

3

結婚式の披露宴を兼ねたその晩の食事は、ホテル内の中国料理店でした。それは前夜以上に豪勢なものとなった。

前夜と同じように、加奈の祖母も両親も、とても楽しそうだった。加奈の夫となった男も楽しそうだったし、大林玲華も楽しそうだった。

新婦としてにこやかに振る舞いながらも、その食事のあいだずっと、加奈は杉山ゆかりの様子をうかがっていた。

気にしないで――。

杉山ゆかりは、スパで加奈にそう言って詫びた。けれど、夫を『怖い』と言った彼女の言葉は、今も心に引っ掛かっていた。

ゆかりはどうして、そんなふうに感じたのだろう？　会ったばかりのこの人の、いったいどこが怖いというのだろう？

だが、加奈の目には、杉山ゆかりもまた楽しそうに見えた。

自分の夫となったばかりの男を、加奈はじっと見つめた。彼は加奈の父親を相手に、仕事での失敗談を楽しげに話していた。その様子はやはり、とても陽気で、無邪気で親しげだった。


加奈たちがヴィラに戻ったのは、もう午前0時に近かった。

シャワーを済ませたあとで、ふたりは湯上がりの素肌に白いタオル地のバスローブを羽織り、ガゼボに並んで氷を浮かべたウィスキーを飲んだ。

渓谷を渡って来た草のにおいのする風が、ガゼボの中を静かに吹き抜け、洗ったばかりの加奈の髪を優しくそよがせていた。渓谷からのせせらぎや、庭のあちこちで鳴く虫たちの声、それにカエルの声が聞こえた。時折、夜の森に響き渡るような、野生の猿の甲高い叫び声もした。夜空には驚くほどたくさんの星が瞬いていた。

風が吹くたびに、頭上の椰子の葉が、さらさらという優しい音を立てた。

何て素敵なんだろう。

そのロマンティックな雰囲気に、加奈がうっとりとなっていた時だった。

その時、急に、加奈の隣でクッションに寄りかかっていた男が、「処女がほしい」と呟くように言った。

「えっ？　何て言ったの？」

加奈は夫となったばかりの男を見つめた。

「今夜は僕たちの初夜だから……だから、僕は加奈の処女がほしいんだ」

加奈を見つめ返し、男が小声で繰り返した。

処女がほしい――。

最初は何を言われているのか、加奈にはまったくわからなかった。だが、よくよく聞いてみると、それは肛門を使って性交をしたいということのようだった。

そのおぞましい要求に、加奈は全身を強ばらせた。これまでの加奈は、男性器を肛門に受け入れたことは一度もなかった。

「そんなの嫌よ……わたし……そんなことをされたことがないし……怖いわ……」

さらに顔を強ばらせて男を見つめ、加奈は嫌々をするかのように首を左右に振った。洗ったばかりの長い髪から、ジャスミンの甘い香りがふわりと立ち上った。

「加奈にその経験がないことはわかってる。でも、だからこそ、僕が最初にそれをしたいんだ。僕が加奈にとって初めての男になりたいんだ」

その切れ長の目で、妻となったばかりの女の目を真っすぐに見つめて男が言った。

「でも……でも、やっぱり無理よ……わたし、そんなこと、したくないわ……」

夫となった男からわずかに身を引きながら、加奈はなおも顔を左右に振り続けた。

「僕は加奈にとっての特別な男になりたいんだ。最初の男になりたいんだ。そうでないと……僕はこれから一生、加奈の処女を奪った男のことを恨みながら暮らすことになってしまうよ」

苦しげに顔を歪《ゆが》めて男が言った。そして、加奈の華奢な二の腕を、バスローブの上からがっちりと摑んだ。メタルフレームの眼鏡が冷たく光った。

込み上げる恐怖にわななきながら、加奈はしばらく夫の顔を見つめていた。それから、ついに心を決めて夫に訊いた。

「あの……痛くしない？」

そう。夫となった男がどうしてもそうしたいのなら、妻となった自分にはそれを受け入れる義務があるように感じたのだ。

「大丈夫。痛くしないよ」

加奈の目をのぞき込むように見つめて夫が頷いた。

「本当？　本当に痛くしない？」

縋るような思いで加奈は繰り返した。さっきまでのロマンティックな気分は、今ではもう完全に吹き飛んでいた。

加奈の目を見つめて、男が静かに頷いた。

込み上げる不安に胸を詰まらせながらも、加奈もまた尖った顎を引くようにして頷いた。

耳たぶで大きなピアスが静かに揺れた。

4

肛門での性交に加奈が同意した直後に、男は日本から持参した薬のポーチを探り、そこから取り出したものを差し出した。

「それじゃあ、まず、これを使ってトイレで浣腸をしてきなさい」

加奈は男から受け取ったものをじっと見つめた。それはイチジクの形をした日本製の浣腸薬だった。

そう。これは今、夫が急に思いついたことではなく、とても計画的なことだったのだ。彼は日本にいる時から、ずっとこのことを考えていて、薬局で浣腸薬を購入したのだ。

それを思うと、新たな恐怖が加奈の中に込み上げて来た。

けれど、彼女にできたことは、やはり頷くことだけだった。

その晩、４本の太い柱に支えられた大きなベッドの天蓋の下、白く透き通ったレースのカーテンの中で——加奈は夫となった男に命じられ、両肘と両膝を突いた四つん這いの低い姿勢をとった。

加奈が身につけているのは、耳たぶと臍のピアス、ブレスレットとアンクレット、真新しい結婚指輪、それに外すことのできない鋼鉄製のチョーカーだけだった。けれど、日焼けした体にはビキニの跡がくっきりとついていて、今も白い水着をまとっているかのように見えた。

「これでいい？」

自分のすぐ脇であぐらをかいている夫に加奈は訊いた。ついさっきトイレで、慣れない浣腸を繰り返したせいか、肛門には今も違和感が残っていた。

「そうだな……もう少し脚を大きく広げてごらん」

妻の全身をじっと見つめ、ほっそりとした長い指で、自分の顎を撫でながら男が言った。男の左の薬指にも新品の結婚指輪が光っていた。

加奈と同じように男も全裸だった。まだ何をしたというわけでもないのに、あぐらをかいたその股間では、巨大な男性器が真上を向いてそそり立っていた。

加奈はさらに大きく左右に脚を開いた。彼女には性毛がほとんどなかったから、そんな姿勢を取ると、背後からだと性器や肛門が丸見えになっているはずだった。

「これでいい？」

加奈はさっきと同じ言葉を繰り返した。恐怖のために胃が硬直し、強い吐き気が喉元まで込み上げて来た。

「ああ。それでいいよ」

男がゆっくりと腰を上げた。そして、加奈の背後にまわり、ベッドの上に転がっていた白い小瓶を手に取った。そこに潤滑油が入っているようだった。

男は白い小瓶を逆さにし、トロリとした液体を左の掌に垂らした。そして、それを指先ですくい取り、小豆色をした加奈の肛門にゆっくりと塗り込み始めた。

しなやかな男の指が肛門を執拗に撫でまわし、加奈は反射的に肛門をすぼめた。

「恥ずかしいわ……」

身をよじるようにして加奈は訴えた。

「動かないで。たっぷり塗らないと痛いからね」

男はそう言って、また指先に潤滑油をすくい取った。そして、再び妻の肛門を撫でまわしたあとで、その指の１本を——たぶん中指を、肛門の中にゆっくりと挿入した。

「うっ……いやっ……」

加奈はまた身をよじった。そうせずにいられなかったのだ。

男はいったん肛門から中指を抜き、そこにたっぷりと潤滑油を付けたあとで、それを再び肛門に深く差し込んだ。そして、今度は指をまわすようにして、直腸の内側の壁に潤滑油を塗り込めていった。

「いやっ……ううっ……」

シーツを握り締めて加奈は呻き続けた。太腿の内側の筋肉がプルプルと震えた。

妻の肛門の内外に潤滑油をたっぷりと塗り込んだあとで、男は妻の背後にひざまずいた。そして、骨張った妻の尻を両手で抱え、硬直した男性器の先端を肛門に宛てがった。

「ああっ、やめてっ！　やっぱり、いやっ！」

込み上げる恐怖に身を震わせて、加奈は必死で男に哀願した。「一郎さん、許して……ほかのことなら何でもするわ……だから、これだけは勘弁して……」

けれど、男には妻となった女の願いを聞き入れる気はないようだった。

「力を抜きなさい」

男が静かに命じた。そして、次の瞬間、妻の尻を手前に引き寄せながら、腰を前方に強く突き出した。

加奈の手首ほどもある男性器がゆっくりと、だが、強引に肛門を押し広げていった。

「うっ！……ダメっ！……無理よっ！……ああっっ！」

加奈は前方に這い出そうとした。けれど、それはできなかった。彼女を押さえ付けた男の力は、それほどに強かった。

男はさらに力を込めて加奈の尻を引き寄せ、さらに力強く腰を前方に突き出した。石のように固い男性器が肛門を強引に押し広げ、少しずつ直腸へと侵入していった。

ある程度の痛みは加奈も予期していたし、それに耐える覚悟もしていた。けれど、彼女に襲いかかって来た痛みは、その予想や覚悟を遥かに上まわるものだった。

「あっ、いやっ！」

目が眩《くら》むほどの激痛に耐えられず、加奈は再び前方に這い出そうとした。

けれど、やはりそれはできなかった。

「痛いっ！　あっ！　やめてっ！　お願いっ！　ああっ！」

長い爪が折れてしまうほど強くシーツを握り締め、加奈はベッドマットに顔を擦り付けて悲鳴を上げた。

だが、夫がその行為を中断することはなかった。黒光りする巨大な男性器は、直腸の壁を擦りながら、少しずつ、少しずつ加奈の中に入り込んでいった。

今ではほとんど失神しかかりながらも、加奈はベッドマットに顔を押し付けて苦しげな声を上げ続けた。

やがて男が腰を突き出すのを中止した。あの巨大な男性器は、どうやら加奈の体内に根元の部分まで埋没したようだった。

5

男性器が完全に加奈の中に埋まると、男は今度はゆっくりと腰を引いた。そして、次の瞬間、彼女の尻を自分のほうに強く引き寄せながら、腰を前方に素早く突き出した。黒光りする男性器が、肛門を引きつらせながら加奈の体内に深々と沈み込んだ。

「あっ！　いやっ！」

加奈は細い首をいっぱいにもたげ、脂汗に光る背を弓なりに反らした。長く伸ばした栗色の髪がオレンジ色の光の中に振り乱された。

そんな妻を背後から見下ろしながら、男は彼女の尻を両手で鷲摑みにし、腰を前後に打ち振り始めた。

「あっ……いやっ……うっ……いやっ……ああっ……ダメっ……」

ふたりの肉がぶつかり合う音と、加奈の口から漏れる苦しげな声とが、静かな室内に果てしなく響き渡った。

岩崎一郎は執拗に行為を続けた。ベッドにしがみつくようにして悶絶《もんぜつ》する妻の中に、硬直した男性器を、これでもかというほど激しく突き入れ続けた。

あまりの痛みと苦しみに、加奈は何度も意識を失いかけた。いや、実際、何度かはすーっと意識が遠ざかった。だが、気を失いかけた次の瞬間に、新たに襲いかかって来た激痛によってまた意識を取り戻した。

シーツに押し付けられた加奈の目からは、ぽろぽろと涙が溢れていた。口からは唾液が流れ落ち、シーツに染みを作っていた。

今夜も男は、疲れを知らないアンドロイドのようだった。あるいは、モーターで動き続けるロボットのようだった。

いつ終わるとも知れない苦しみ——加奈は自分が、地獄の火の中に投げ込まれたような気がした。

だが、やがて、男は動きを止めて低く呻いた。そして、小さな水着の跡が白く残る加奈の尻をさらに強く摑み、痙攣するように身を震わせながら、彼女の直腸の内部に熱い体液を注ぎ入れた。


体液の放出を終えると、夫が男性器を引き抜いた。

閉じ切らない肛門から液体が溢れ出て、加奈の太腿の内側を伝って流れ落ちた。彼女の小さな尻には、彼の指の跡が赤く残っていた。

妻の背後から頭部のほうに移動すると、四つん這いのままシーツに顔を押し付けてぐったりとしている妻の顔に、男はゆっくりと手を伸ばした。そして、栗色に光る柔らかな髪を、汗ばんだ掌で静かに撫でた。

「さあ、加奈、咥えなさい」

夫の声に加奈はゆっくりと目を開いた。そして、朦朧となりながらも、顔の前に突き出された男性器を目にした。

相変わらず巨大なそれは、濡れて青黒く光っていた。

普通の性交のあとだったら、それを口にすることをためらいはしなかっただろう。実際、岩崎一郎は性交のあとでは常にそれを求めたし、加奈もそれに応じていた。

けれど、たった今まで大便の排泄器官に挿入されていたそれを、口に含むということはためらわれた。

「いやっ……もう許して……」

低く呻きながら、加奈は首を左右に動かした。肛門がズキズキと痛んでいた。どうやら出血しているようだった。

「咥えなさい。愛の証しだよ」

妻の髪を撫で続けながら、男はまたしてもその言葉を振りかざした。

「でも……」

「言われた通りにしなさい」

静かに、だが、有無を言わせぬ口調で男が言った。

もはや加奈に選択肢はなかった。

覚悟を決めると、加奈は日焼けした上半身をゆっくりと起こした。そして、そっと唇をなめたあとで、いまだに硬直している巨大なそれを——たった今まで大便の排泄器官に埋没していた男性器を深く口に含んだ。

ぬるぬるとした男性器からは、いつもとは違う不気味な味がした。屈辱と嫌悪感、おぞましさに体が震えた。

「いい子だ、加奈。いい子だ」

男の満足げな声が、目を閉じた加奈の耳に届いた。それはまるで、飼い犬を褒めているかのような口調だった。

その瞬間――加奈は口の中のものを食いちぎってやりたいという衝動に駆られた。

これほどの屈辱を感じたのは、覚えている限りでは初めてだった。

6

妻の肛門を犯した初めての男になったことに、岩崎一郎は非常に深い満足を覚えたようだった。いつもなら、性行為のあとでは加奈が先に眠りに落ちる。けれど、今夜は彼のほうが先に静かな寝息を立て始めた。

眠ってしまった夫の隣で、加奈はその大きな目をいっぱいに見開き、暗がりに沈んだベッドの天蓋の裏側を見つめていた。

引き裂かれた肛門は、今も強い痛みを発し続けていた。悲鳴を上げ続けていたせいか、喉も少し痛むような気がした。肛門からの出血が続いているので、加奈はそこに生理用のナプキンを宛てがい、生理用のショーツを穿いていた。

明かりはすべて消してあったけれど、カーテンを開け放った大きな窓から、冷たい月の光が深く差し込み、大理石に囲まれた寝室を明るく照らしていた。閉めた窓ガラスの向こうから、微かに虫やカエルの声がした。

わたしはいったい、ここで何をしているのだろう？

すぐ脇で規則正しく繰り返されている夫の寝息を聞きながら、加奈はぼんやりとそんなことを思った。

寝返りを打つと、また肛門が鋭く痛んだ。そして、その時、何の脈絡もなく、加奈はかつての恋人のひとり、奥田幸太のことを思い出した。

奥田幸太は加奈より3歳年上だった。

3年前のちょうど今頃、加奈は彼との2年近い交際にピリオドを打った。これからの人生に不安を抱いてのことだった。

今から5年ほど前、加奈は友人の紹介で奥田幸太と出会った。彼は大手新聞社の社会部で記者として働いていた。

大学時代はラグビー部で活躍していたという奥田幸太は、背が高く、がっちりとした体つきをしていた。体重は１２０キロに近かったが、脂肪の塊というわけではなく、鍛え上げられた体は引き締まっていて逞《たくま》しかった。性格は温和で、いつも落ち着いていて、ハンサムではなかったけれど、優しい人柄が風貌《ふうぼう》にも現れていた。

加奈は彼が好きだった。将来は彼と結婚して新聞記者の妻になってもいいと思っていた。あの頃の加奈は、今ほどには有閑マダムの暮らしに固執していなかったのだ。

そんな加奈が将来に不安を抱くようになったのは、彼が新聞社を辞めてからだった。ノンフィクションライターになるというのが、昔からの彼の夢だった。

あれは今から4年前のことで、加奈は26歳になったばかり、奥田幸太は29歳だった。あの時、加奈は彼が新聞社を辞めることに反対した。けれど、彼はその反対を押し切って新聞社に辞表を提出した。

彼には彼なりの成算があったのだろう。実際、新聞社を辞めてすぐに、彼は1冊のノンフィクションを刊行した。いろいろな雑誌にも文章を掲載していた。刑事事件に関するノンフィクションが彼の得意の分野だった。

加奈は恋人が書いた本や雑誌の記事を丁寧に読んだ。こんなことが書けるなんてすごいとも思ったし、たくさんの人に彼の文章を読んでもらいたいとも思った。

けれど、新聞社にいた頃に比べると、彼の収入は激減した。まとまった金が入って来る月もないことはなかったが、1円の収入もない月のほうが多かった。

奥田幸太はそんな暮らしに満足しているようで、新聞社にいた頃よりずっと生き生きとしていた。加奈と会うたびに彼は、執筆中の本について目を輝かせて語っていた。

だが、加奈は不安だった。彼の経済状態がこんなでは、たとえ結婚したとしても、金のやり繰りに追われる日々になることは明らかだった。あの当時すでに、加奈は多額の借金の返済に苦しんでいた。

加奈は何度となく彼に、就職することを提案した。会社勤務をしながら、ノンフィクションを書いていけばいいと思ったのだ。実際、知り合いの出版社から、社員にならないかという話も来ていた。

けれど、奥田幸太は加奈の提案を受け入れなかった。「会社になんか勤めたら、取材に当てる時間がなくなる」というのが彼の言い分だった。

加奈は彼がとても好きだったから、随分と悩んだ。貧乏に耐えながら、彼を支えていこうと考えたこともなくはなかった。

だが、結論として、加奈は彼と別れることを選択した。

彼と一緒にいる限り、恐らく加奈はずっと貧乏生活を続けなければならなかった。あの頃の加奈には、それは耐えられないことに思えた。

加奈が別れを切り出した時、彼は少し驚いた顔をした。けれど、「加奈が決めたことだったら、僕は受け入れるよ」と言って、ふたりが別れることに同意した。

その後、加奈が奥田幸太に連絡を取ったことはなかった。彼のほうから連絡が来ることもなかった。

けれど、加奈は時折、書店に彼の本が置かれているのを目にしていた。いくつかの雑誌に彼の名が載っているのを見たこともあった。聞こえて来る噂によれば、彼は今も独身のようだった。


加奈の隣では相変わらず、夫となったばかりの男が静かな寝息を立てていた。それを聞きながら、加奈はかつての恋人のことを、強い哀愁とともに思い出していた。

この人と結婚してよかったのだろうか？

結婚式からまだ12時間と少ししか経っていないというのに、加奈は早くもそんなことを考えていた。

加奈が恋人と別れる時は、いつだって、相手か加奈のどちらかの愛が冷めた時だった。あるいは諍《いさか》いの末にだった。けれど、奥田幸太だけはそうではなかった。

わたしは幸太くんと一緒になるべきだったのではないだろうか？　結婚というのは、お金のためにではなく、愛のためにするべきものだったのではないだろうか？

とてつもなく広く豪華な寝室の、とてつもなく広く豪華なベッドの上で、加奈は両手を握り合わせながら強く奥歯を噛《か》み締めた。

7

加奈の祖母と両親、それにふたりの女友達は、バリ島に3泊したあとで日本に戻った。帰りの飛行機の座席もファーストクラスだった。

巨大なリムジンに乗って、加奈は夫と一緒に5人を空港に送って行った。

「岩崎さん、ふつつかな娘ですが、よろしくお願いします」

空港での別れ際に、加奈の父親はそう言って、岩崎一郎に深く頭を下げた。父の隣では祖母と母が、同じように頭を下げていた。

「岩崎さんとふたりで残りの休日を楽しんでね」

加奈を抱き締めて大林玲華が言った。

「旦那さんと仲良くやってね」

杉山ゆかりは両手で加奈の手を握って優しく微笑んだ。「あの……スパでは変なことを言っちゃってごめんね」

空港にはファーストクラス専用のラウンジがあったから、彼ら5人は飛行機の離陸の直前まで、そこで酒を飲んだり食事をしたりしながら、のんびりとできるはずだった。

「玲華もゆかりも元気でね。近いうちにまた会おうね。おばあちゃんも、お父さんもお母さんも元気でね」

空港の中に消えて行く5人に、できるだけ明るい口調で加奈は言って手を振った。けれど、心の中は複雑だった。自分だけがこの島に置き去りにされるような気分になっていたのだ。


加奈たちがホテルに戻った時には、辺りはすでに暗くなっていた。

その晩はホテルの近くにある日本料理店で食事をすることになっていて、すでに予約も済ませてあった。だが、その時間までにはまだ余裕があるので、ホテルのバーラウンジに行って冷たい酒を飲むことを男が提案した。

いつもに比べると、男は少し疲れたような顔をしていた。平気な顔をしていても、数日にわたって加奈の親戚《しんせき》たちの相手をして、気を使ったのかもしれなかった。

「いいわね。でも……わたし、ちょっとお化粧を直したいから、一郎さん、先に行ってて。わたしもすぐに行くわ」

「今でも充分に綺麗で、化粧を直す必要があるようには見えないけどね」

加奈の顔をまじまじと見つめ、男がまた笑った。

「うん。でも、やっぱり、人前に出る時はちゃんとして行きたいし……」

加奈は言った。だが、それは嘘だった。

「そうか。わかった。それじゃあ、僕は先に行ってシャンパンでも飲んでるよ」

そう言うと、男はヴィラを出て行った。

男がいなくなると、加奈はクロゼットに駆け寄った。そして、そこにあった自分のバッグから、煙草とライターと携帯用の吸い殻入れを取り出し、照明灯に美しく照らされた庭に出た。

夫には結婚式までには禁煙すると約束していた。けれど、加奈はいまだに、煙草をやめることができずにいたのだ。

大林玲華や杉山ゆかりと行ったスパでは、加奈は喫煙所で煙草を吸った。ヴィラに戻っても、夫が入浴中に庭で急いで煙草を吸い、においに敏感な彼に気づかれないように、その直後に、もうひとつの浴室で入念に歯を磨き、指先を石鹸《せっけん》で丁寧に洗っていた。

小走りに庭に出た加奈は、指を震わせるようにしてパックから煙草を取り出した。そして、ライターで火を点けるのももどかしく、そのメンソールの煙草をふかし始めた。

頰を凹ませて煙をいっぱいに吸い込むと、頭の中心部に微かな痺れが起き、頰や首筋に鳥肌が立った。

「おいしい……」

誰にともなく加奈は呟いた。それはまるで、喉の渇きが癒されるかのようだった。

あっと言う間に1本目の煙草を吸い終わり、加奈はすぐ次の煙草に火を点けた。そして、さっきと同じように、それを夢中で吸った。

それが約束違反だとはわかっていた。だが、それほどの罪悪感はなかった。成人の喫煙は違法なことではなく、多くの人が普通にしている当たり前のことだった。

加奈が2本目の煙草を吸い終わり、3本目に火を点けた時のことだった。

その時——加奈はふいに、誰かに見られているような気がして顔を上げた。

その視線の先に夫がいた。

いつの間にか夫は大きな窓のところに立っていて、照明灯の下で煙草をふかしている加奈をじっと見つめていたのだ。

8

その瞬間、加奈は悲鳴を上げかけた。だが、悲鳴を上げることはなかった。彼女を見つめる夫が、にこやかに微笑んでいたからだ。

「一郎さん……バーに行ったんじゃなかったの？」

指先からなおも煙を立ちのぼらせながら、加奈は夫に微笑みかけた。

「うん。加奈の喫煙の現場を押さえようと思ってね」

にこやかに微笑み続けながら夫が言った。「現行犯逮捕っていうやつだね」

「わたしがまだ煙草を吸っていること、知ってたの？」

「ああ。加奈の髪や洋服からはいつも、煙草のにおいがプンプンするからね」

「ごめんなさい。あの……どうしてもやめられなくて。でも、あの……なるべく早くやめるようにするわ」

そう言うと、加奈は手にした煙草をまた深く吸い込んだ。

「約束を守れない時にはお仕置きをするって、僕は前に加奈に言ったよね？」

夫が言った。その顔には相変わらず、無邪気な微笑みが浮かんでいた。

「ええ。ごめんなさい。でも……」

「約束を破った人間はね……罰を受けなくちゃならないんだよ」

加奈の言葉を遮って夫が言った。「だから、これからお仕置きをするよ。さっ、加奈、その煙草を消しなさい」

言われるがまま、加奈は携帯用の吸い殻入れに煙草を押し潰した。そして、悪戯《いたずら》の現場を押さえられた子供のような表情で夫を見つめた。

夫は相変わらず、加奈を見つめて優しげに笑っていた。

室内に戻ると、夫は加奈を主寝室ではなく、2台のベッドが並べられた副寝室に連れて行った。

そちらの寝室を使ったことは一度もなかったけれど、その部屋もまた、窓が大きくて、とても広々としていた。主寝室と同じように、床も壁も磨き上げられた大理石だった。ベッドは主寝室のものほどは大きくはなかったが、どちらも4本の柱に支えられた天蓋がついていて、そこから白い半透明のカーテンが垂れ下がっていた。

どうして主寝室じゃないんだろう？　たまには気分を変えたいのかな？

加奈はそう思ったが、何も訊かなかった。こちらの寝室もとても天井が高く、とても清潔でロマンティックだった。

副寝室に入るとすぐに、男は加奈に服を脱いでベッドに仰向けになるように命じた。だが、その命令は予期していたことだった。

「あの……何をするつもりなの？」

細い眉を寄せるようにして、加奈はまた尋ねた。けれど、恐れてはいなかった。相変わらず夫が微笑んでいたからだ。

「だからこれから、加奈にお仕置きをするんだよ」

「お仕置きって……どんなことをするつもりなの？」

「すぐにわかるよ」

静かな口調で夫が言った。整ったその顔には、今も笑みが浮かんでいた。

夫の言う『お仕置き』とは性的なことを意味するのだと加奈は考えていた。だからこそ、自分を寝室に連れて来たのだ、と。

きっとわたしを、いつもより乱暴に犯すつもりなのだろう。それが『お仕置き』なのだろう。もしかしたら、荒々しく口を犯すつもりなのかもしれないし、まだ出血している肛門にまた男性器を挿入するつもりなのかもしれない。

だが、加奈はやはり、怖いとは思わなかった。また肛門を犯されるのは嫌だったが、彼の行為はいつだって荒々しく乱暴だったから、今さらそれを恐れる必要もなかった。

「さあ、加奈、着ているものを脱ぎなさい」

夫が繰り返し、加奈は命じられるがまま、首の後ろで結ばれていた紐《ひも》を解いた。そして、体を左右に揺らすようにして黒いホルターネックのワンピースを大理石の床にはらりと脱ぎ落とした。

ミニ丈のワンピースの下はショルダーストラップのない濃紺のブラジャーと、お揃いの小さなショーツだった。肛門からの出血が続いていたから、色の薄い下着は身につけることができなかったのだ。

カーテンをいっぱいに開けた大きな窓のガラスに、下着姿の加奈が映っていた。いつも見ているというのに、そのほっそりとした姿に加奈はまた見とれた。

「これでいい？」

その美しい肉体を夫のほうに向けて加奈は訊いた。

「下着も脱ぎなさい」

再び夫が穏やかに命じ、加奈は無言で頷くと、ゆっくりとブラジャーを外し、濃紺のそれを床にそっと落とした。水着の白く跡が残る小ぶりな乳房があらわになった。

続いて加奈は静かに腰を屈め、小さなナイロン製のショーツを足元に引き下ろした。そして、黒いサンダルの高い踵をぐらつかせながら、そこから1本ずつ脚を引き抜いた。

濃紺のショーツの内側には生理用のナプキンが張り付けられていた。そこにはいまだに、肛門から出た微量の血液が付着していた。

そんな加奈の姿を、男はまじまじと見つめ続けていた。

そう。横浜のホテルで初めて会った時から、岩崎一郎はいつも、そんなふうにじっと加奈を見つめた。

初めて彼の前で裸になった時は、見られるのを恥ずかしいと思った。けれど、今ではそんな感情はほとんどなくなっていた。

「これでどう？」

加奈は誘うような笑みを浮かべ、栗色に輝く長い髪を両手でゆっくりと搔き上げた。そして、まるで客の前でストリッパーがするように、小さなビキニの跡がついた日焼けした体を、夫の前でなまめかしくくねらせてみせた。

加奈が体をよじるたびに、臍のピアスが光りながら揺れた。

「うん。それでいい。それじゃあ、加奈、こっち側のベッドに仰向けになりなさい」

ベッドのひとつの上に乗っていた掛け布団と、羽毛の詰まった大きな枕を、床の上に乱暴に払い落として男が言った。

「あの……約束を守れなかったんだから、お仕置きされるのはしかたないけど……お尻の穴に入れるのだけは許して。まだ血が出てて、すごく痛いの」

「ああ。それは約束する。嘘つきの加奈とは違って、僕は約束はちゃんと守るよ。さあ、そこに仰向けになりなさい」

男の言葉に加奈は無言で頷いた。そして、ベッドにゆっくりと歩み寄り、踵の高いサンダルを履いたまま、ほっそりとした全裸の体をそこに仰向けに横たえた。

そんな姿勢になることで、もともと脂肪のなかった腹部がえぐれるほどに窪み、乳房の周りや脇腹にうっすらと肋骨が浮き上がった。股間に生えたわずかばかりの性毛が、部屋を満たしたオレンジ色の光に柔らかく光っていた。

9

全裸でベッドに横になった妻を、岩崎一郎はしばらく無言で見下ろしていた。それから、部屋の片隅のクロゼットに歩み寄り、そこに吊り下げられていた数着の白いタオル地のバスローブから数本の紐を引き抜いた。

男が手にしたバスローブの紐を目にした瞬間、加奈は夫が自分に何をしようとしているのかを理解した。

そう。夫はその紐を使って、加奈をベッドに縛り付けるつもりなのだ。

「やめて……お願い……怖いわ……」

顔を強ばらせて、加奈は哀願した。けれど、本当に怖がっていたわけではなかった。これまでにも何度か、恋人だった男たちに紐やロープで縛られたことがあったからだ。

加奈はマゾヒストというわけではなかった。けれど、そんなふうに四肢の自由を奪われて行われる性行為には、『犯されている』という被虐的な快感があり、彼女はいつも激しく高ぶったものだった。

加奈が予想した通り、夫はバスローブの紐を使って、ベッドの天蓋を支えている４本の柱に妻の四肢をしっかりと固定し始めた。

「痛いわ」

手首や足首を夫が柱に縛り付けている途中で、加奈は何度かそう訴えた。かつて恋人だった男たちとＳＭ行為の真似事をした時に比べると、その縛り方があまりにも強くて、手足の先に血が通わなくなってしまいそうだったからだ。

けれど、夫は何も言わずにそれを続けた。脚を左右に大きく広げられた時には、引き裂かれた肛門がズキンと強く痛んだ。

わずか数分後には、加奈は歓声に応えるヒーローのように両腕を広げ、開脚をする体操選手のように両脚を大きく開いた姿勢でベッドに仰向けに磔《はりつけ》にされてしまった。

全裸の加奈をベッドに固定すると、夫はその脇に立ち、そこに横たわる妻の無防備な姿を、いつものようにまじまじと見つめた。

「恥ずかしい……そんなにじっと見つめないで……」

わずかに声を喘がせて加奈は言った。これから起きることへの淫らな期待に、股間が潤み始めたのがわかった。

「いいじゃないか、僕たちは夫婦なんだから」

夫は加奈の体に手を伸ばした。そして、仰向けになったことでほとんど偏平になってしまった乳房を、ゆっくりとこねるかのように揉みしだいた。

「ああっ……ダメっ……いやっ……」

ビキニの跡がついた体を左右によじって、加奈は低く呻いた。手首と足首に、バスローブの紐が痛いほど強く食い込んだ。

「加奈……これから僕が何をするつもりだと思う？」

執拗に乳房を揉みしだきながら、夫が尋ねた。その顔には今も笑みが浮いていた。

けれど、加奈は返事をしなかった。ただ、左右に身をくねらせながら、淫らな呻きを漏らしていただけだった。

やがて夫は加奈の乳房から手を離した。

きっと自分も服を脱ぐのだろう。

加奈はそう予想した。そして、今度もその予想は当たった。夫は無言で木綿のショートパンツを脱ぎ始めたのだ。

ベージュのショートパンツの下に、夫は黒い木綿のボクサーショーツを穿いていた。夫は無造作に身を屈め、それも脱ぎ捨てた。

夫の性器はすでに硬直しているものだと加奈は予想していた。けれど、今度はその予想は外れた。青黒くて巨大なそれは、股間にだらりと垂れ下がったままだった。

ボクサーショーツを脱ぎ捨てた夫は、再び身を屈め、大理石の床から何かを拾い上げた。

それは、ついさっき加奈が脱ぎ捨てた濃紺のショーツと生理用のナプキンだった。

どうするつもりなんだろう？

加奈は夫を見つめた。わずかな不安が胸に込み上げて来た。

「さあ、加奈、これを口に含みなさい」

そう言うと、男は手にした加奈のショーツと自分のボクサーショーツ、それに生理用のナプキンを小さく丸め、加奈の口の中に押し込もうとした。

「いやっ！　やめてっ！」

加奈は歯を食いしばり、首を激しく左右に振った。

猿轡《さるぐつわ》を嵌められるのはかまわなかった。かつて恋人だった男たちも、何度かは似たようなことをしたからだ。

だが、脱いだばかりの下着だけでなく、生理用のナプキンまで口に押し込まれるのは御免だった。そんな屈辱を受けるわけにはいかなかった。

「いやっ！　いやっ！」

なおも抵抗する加奈の顎を、男は片手でがっちりと摑んだ。そして、頰を強く押すようにして加奈の口を力ずくで開かせようとした。

「痛いっ！　やめてっ！」

加奈は叫んだ。頰の内側のどこかが切れ、口の中に血の味が広がった。

加奈はなおも必死の抵抗を続けたが、ついには口を無理やり広げさせられてしまった。そして、たった今、脱ぎ捨てられたばかりの夫と自分の下着、それに生理用のナプキンを口に深く押し込まれてしまった。

たった今まで、加奈は怖がっていなかった。けれど、その瞬間、凄まじい恐怖が込み上げて来た。

ふたりの汗の染み込んだ下着や、血のこびりついた生理用ナプキンを口に押し込まれて、加奈は必死の叫び声を上げた。

けれど、それは、くぐもった呻きにしかならなかった。

加奈の口に下着と生理用ナプキンを押し込むことに成功すると、夫はそれらを吐き出すことができないように、彼女の口を白いバスローブの紐でしっかりと縛った。そして、自分はベッドの脇に立って、全裸で磔にされた上に猿轡までされた妻の屈辱的な姿を満足げに見下ろした。

「これがお仕置きだよ。そこでゆっくりと反省するといい」

精悍《せいかん》な顔を歪めるように岩崎一郎が笑った。そして、全裸の加奈をそこに残し、ゆっくりと部屋を出て行った。

第六章

1

副寝室のベッドのひとつに全裸で拘束された加奈は、塞がれた口からくぐもった呻きを漏らしながら、必死の身悶えを果てしなく繰り返した。手首と足首を拘束しているバスローブの紐から、何とかしてそれを引き抜こうとしていたのだ。

けれど、それは本当に強く縛られていて、どれほど頑張っても手足をそこから引き抜くことはできなかった。身をよじるたびに、バスローブの紐が食い込み、手首と足首が鈍く痛んだだけだった。

加奈の中では夫に対する怒りと憎しみが膨れ上がっていた。なぜ、これほどまでに理不尽な仕打ちを受けなければならないのかが、まったく理解できなかったのだ。

全裸だったけれど、室温がかなり高いせいで寒さは感じなかった。だが、四肢をいっぱいに広げた姿勢のまま、身動きをすることができないというのはひどく苦痛だった。

口に押し込まれた下着や生理用ナプキンのせいで、鼻でしか呼吸ができず、とても息苦しかった。血の通わなくなった手と足が痺れて、冷たくなっていた。長く寝返りをしないでいた時のように、体がひどくだるく感じられた。

加奈のショーツは化繊だったが、男のボクサーショーツは木綿だった。その木綿の布地や生理用のナプキンが唾液をどんどん吸い込んでしまうせいで、少し前から彼女は強烈な喉の渇きを覚えていた。

これまでに付き合った男たちとも、加奈は何度となく喧嘩をした。暴力を受けたこともあった。だが、これほどまでひどいことをされた経験はなかった。

畜生っ……許さない……絶対に、絶対に許さない……。

加奈は帰国した5人のことを思い浮かべた。きっと彼らは今頃、旅客機のファーストクラスの座席でのんびりとくつろいでいるはずだった。冷たい酒を飲みながら、フルコースのディナーに舌鼓を打っているかもしれなかった。

こんなわたしを見たら、みんな何と思うだろう？　玲華やゆかりはどう思うだろう？

不毛な身悶えを1時間近くにわたって断続的に繰り返していたあとで、加奈はぐったりとなってそれをやめた。そして、ベッドの天蓋の裏側を見つめ、夫に対する怒りと憎しみをさらに募らせていった。

すぐに夫が戻って来るだろうと加奈は思っていた。けれど、1時間が過ぎた今もその気配はまったく感じられなかった。

わたしにこんな仕打ちをしておきながら……あの人はきっと、バーラウンジのソファにもたれ、チーズやナッツやオリーブの実をつまみながら、冷たいシャンパンを飲んでいるのだろう。

その姿を思い浮かべると、さらに強い怒りと憎しみが込み上げた。

夫が出て行って1時間と少しが過ぎた頃、彼がヴィラの扉を開ける音がした。

やっと帰って来たんだ。

彼に対する怒りと憎しみは最高潮に達していたけれど、加奈は夫が戻って来たことにほっとした。

夫が階段を上って来る足音がした。

とりあえず、形だけでも謝ろう。そして、とりあえず、この紐を解いてもらおう。

あんな夫に謝罪するのは悔しかった。けれど、加奈はそうしようと考えていた。もう我慢の限界を遥かに超えていた。

加奈は夫の足音が近づいてくるのを待った。けれど、その足音は加奈のいる副寝室ではなく、いつもふたりで寝ている主寝室のほうに入っていった。

いったい何をしているんだろう？

加奈は首をもたげ、ビキニの跡が白く残る自分の体に目をやった。えぐれるほどに窪んだ腹部の中央では、加奈の呼吸に合わせてピアスがゆっくりと上下運動を繰り返していた。いっぱいに広げられた脚のあいだでは、わずかばかりの性毛が、黒く、つややかに光っていた。

やがて再び夫の足音が聞こえた。主寝室を出た夫は大理石の廊下をゆっくりと歩き、今度は加奈のいる副寝室に近づいて来て、ドアの前に立ち止まった。

そして、夫が副寝室のドアをゆっくりと開けた。

夫が？

いや、そうではなかった。ドアのところに立っていたのは夫ではなく、ハウスキーパーの服をまとった若い女だった。

彼女は毎日のようにヴィラの清掃に来ていたから、今では加奈ともすっかり顔見知りだった。加奈が片言の英語を使って何度か会話したところによれば、アニスと呼ばれているそのハウスキーパーはまだ19歳だということだった。

部屋に入った瞬間に、若いハウスキーパーはベッドに全裸で磔にされ、猿轡までされている加奈の存在に気づいた。

加奈を見た瞬間、若いハウスキーパーは目をいっぱいに見開いて顔を強ばらせた。そして、次の瞬間には慌てた感じで目を逸らした。加奈はいっぱいに開いた脚をドアのほうに向けていたから、おそらく彼女の目には、剝き出しになった女性器がはっきりと見えたはずだった。

ああっ、こんな年下の女に、こんな恥ずかしい姿を見られてしまった!

凄まじい羞恥《しゅうち》が全身を包み込み、加奈は反射的に体を左右に激しくよじった。けれど、四肢の自由を奪われた上に口まで塞がれた彼女には、乳房を押さえることも、股間を隠すことも、この状況を説明することもできなかった。

恥ずかしさは耐え難かった。だが、見られてしまったものはしかたなかった。

加奈はくぐもった低い呻きを漏らし、バスローブの紐を解いてもらうようハウスキーパーに訴えた。

「うぶぶっ……ぶぶっ……ぶぶうっ……」

ハウスキーパーはすぐに加奈に駆け寄り、拘束を解いてくれるのだと思っていた。

けれど、そうではなかった。

19歳のハウスキーパーがしたことは、もうひとつのベッドに歩み寄り、いつもそうしているように、そこに掛けられていた飾りのベッドカバーを取り除いてクロゼットの上段に押し込み、掛け布団の上に白いプルメリアの花をふたつ置いただけだった。

加奈はなおも必死で呻き、ハウスキーパーを見つめて必死で身を悶えさせた。

けれど、アニスという名の若いハウスキーパーは何もしてくれなかった。用事を終えた女はベッドに磔にされた加奈を一瞥し、無言のまま顔の前で両手を合わせ……そして、部屋を出て行ってしまった。

2

その後も加奈はくぐもった呻きを漏らしながら、ひとしきり身悶えを繰り返した。身悶えを続けているうちに体が熱くなり、日焼けした皮膚が汗にまみれた。けれど、きつく縛られたバスローブの紐から手足を引き抜くことはどうしてもできなかった。

さらに強くなった喉の渇きと息苦しさ、手足の痺れ、それに体の背面のだるさを感じながら、夫への怒りと憎しみを込めて加奈は天蓋の裏側をじっと見つめた。

そして、急に……昔、父親から折檻《せっかん》を受けた時のことを思い出した。

あれは加奈がまだ小学校の高学年の頃、10歳か11歳の冬の夜だった。その晩、加奈に対して父が怒りを爆発させた。あの頃、ふたりの娘に対して、特に下の娘である加奈に対して、父はそんなふうにしばしば怒りを爆発させていたのだ。

今ではもう、何が理由だったのか忘れてしまった。けれど、たぶん、加奈の口の利き方が気に食わなかったのだろう。おとなしかった姉とは違い、自分を曲げない加奈は事あるごとに、祖父母や両親に口答えをしていたから。

父はいつも、大声で怒鳴りながら加奈の両頬を腫《は》れ上がるほど強く張った。髪の毛を鷲掴みにして、床を引きずりまわすこともあった。それが父流の『躾』だった。

いや……もしかしたら、単なる憂さ晴らしだったのかもしれない。婿養子だった父はずっと、母やその両親に気兼ねをして暮らしていた。

あの晩も、父は許しを乞う加奈の頬を、平手で何度も繰り返し打った。そのことによって、両方の耳がキーンとなってよく聞こえなくなり、頬の内側のあちらこちらが切れて口の中に血の味が満ちた。

その凄まじい暴力に、加奈はいつものように悲鳴を上げて泣き叫んだ。

けれど、あの晩の父は、いつも以上に逆上していたようだった。その日の『躾』はそれだけでは終わらなかったのだ。

父は泣き叫ぶ彼女を裸にし、木綿のショーツだけの姿で二階のベランダに突き飛ばした。そして、「そこで反省しろっ！」と怒鳴ると、雨戸を閉め、窓に鍵を掛けた。

あれが何月だったのか、もう覚えていない。11月だったのかもしれないし、12月だったのかもしれない。いずれにしても、北風が音を立てて吹きすさんでいるようなとても寒い夜だった。

パニックに陥った加奈は、さらに大声で泣き叫ぼうとした。

けれど、叫ぶわけにはいかなかった。そんなことをしたら、近所に暮らす人々に、この惨めな姿を見られてしまうかもしれなかったから。

こんなショーツだけの姿を近所の人々に見られたくはなかった。近くには小学校の同級生も何人か住んでいた。まだ乳房はほとんど膨らんでいなかったが、あの頃の加奈にはもう生理があったはずだった。

ベランダの床は鉄板で、氷のような冷たさが靴下を履いていない足をかじかませた。冷たく乾いた風は痩せこけた加奈の全身に鳥肌を作り、それを激しく震わせた。

このままだと凍え死んじゃう。

骨の浮いた体を自分の両腕で強く抱き締め、歯をガチガチと鳴らしながら、加奈はそう思った。それは本当に、命の危険を感じるほどの寒さだった。

『そこで反省しろっ！』

父は加奈にそう怒鳴った。

けれど、加奈は反省などしなかった。凄まじい寒さに身を震わせ、音を立てて歯を鳴らし、涙と鼻水を流しながら、加奈は心から父を憎悪した。

あの晩、自分がどれくらいのあいだベランダで震えていたのかは、今ではもう忘れてしまった。5分だったのかもしれないし、10分だったのかもしれない。

けれど、加奈にはそれは、永遠のようにさえ感じられた。

雨戸を開けて加奈を室内に入れた父は、相変わらず怒りに顔を歪めたまま、加奈に「土下座をして謝れ」と言った。あの頃の父はしばしば娘たちに、そうやって謝罪することを求めたのだ。

強い屈辱を覚えながらも、それ以上の折檻を受けることになるのが恐ろしくて、加奈は正座をし、畳に額を擦りつけて謝った。

けれど、悪かったと思っていたわけでも、父を許したわけでもなかった。

3

夫がようやく戻って来たのは、加奈がベッドに磔にされて2時間が経過しようとしていた時だった。

その時には加奈の苦しみは、頭がどうにかなりそうなほどになっていた。喉の渇きは耐え難かったし、手や足先は触れられても感じないほどに痺れていた。手足だけでなく、背中も痺れ、鈍い痛みを発していた。噴き出した汗が冷えたせいか、寒気もした。

「やあ、加奈……気分はどうだい？」

戸口に立った男が、ベッドに大の字になっている加奈に微笑んだ。きっとアルコールのせいなのだろう。日焼けした夫の顔は、仄《ほの》かに赤くなっていた。

そんな夫の顔を目にした瞬間、加奈はまた凄まじい怒りに身を震わせた。自分がここで苦しみと屈辱に身を浸していた時に、夫は静かなバーラウンジで音楽を聴きながら、チーズやナッツやオリーブをつまみながら冷たい酒を味わっていたのだ。

けれど、その怒りが顔に出てしまうことを、加奈は必死になって抑えた。

「自分のしたことを、ちゃんと反省したかい？」

加奈が縛り付けられているベッドに歩み寄りながら夫が尋ねた。その顔は今も優しげに微笑んでいた。

「うぶうっ……うぶぶっ……」

くぐもった呻きを漏らし、夫の言葉に加奈は夢中で頷いた。

夫は加奈が拘束されているベッドに歩み寄ると、天蓋から垂れ下がった半透明の白い布をまくり上げ、その縁に静かに腰を下ろした。

「それは本当かな？　本当に反省しているのかな？」

加奈を見下ろし、疑わしそうに夫が笑った。夫の口から出た息からは、アルコールのにおいがした。

「どうなんだい、加奈？　自分が悪かったと心から思ってるのかい？」

加奈の顔に手を伸ばし、目に被さった前髪を掻き上げて夫が尋ねた。

もちろん、加奈は反省などしていなかったし、自分が悪いとも思っていなかった。けれど、父と同じように、その男もまた、加奈が謝罪しない限り、絶対に許さないだろうことはわかっていた。

バスローブの紐で口を塞がれたまま、加奈は夫を見上げた。そして、細く描いた眉を寄せ、泣きそうに顔を歪めて何度も頷いた。

「そうか……だったら、加奈にそれを態度で示してもらわないといけないな。謝罪や反省はね、口先だけじゃなく、形に見える態度で示すことが大切なんだよ」

勝ち誇ったかのように夫が笑った。その口調には、勝負のついた相手をなおも執拗にいたぶっているかのような陰湿さが感じられた。

「さて……それじゃあ、加奈にはどうやって反省を示してもらおうかな？」

不精髭《ぶしょうひげ》がわずかに生え始めた自分の顎を指先で撫でながら、男が加奈の目をじっと見つめた。「うーん。そうだな……よし、それじゃあ、いつも精液を飲んでもらっているみたいに、今夜は加奈に僕のおしっこを飲んでもらおうか」

男の言葉に加奈は耳を疑った。

この窮地から脱するためになら、嘔吐《おうと》するほど激しいオーラルセックスにも、子宮を突き上げるような荒々しい性交にも耐えるつもりでいた。もし、男がまた肛門での性交を望むのだったら、それさえ受け入れるつもりだった。

けれど、尿を嚥下するなんて……そんなおぞましいことが、できるはずがなかった。

「どうだい、加奈？　僕のおしっこを飲むかい？」

真上から加奈を見下ろして男が訊いた。その顔はもはや笑ってはいなかった。

「うぶぶぶっ……ぶぶぶっ……うぶっ、ぶぶぶぶっ……」

縋るような目で夫を見つめ、加奈は首を左右に振った。

『許して、お願い。もう、許して』

そう言ったつもりだった。

けれど、陰湿で陰険な岩崎一郎には、そんなつもりはまったくないようだった。

「そうか……できないのか……それじゃあ、しかたない。今夜はずっとそのままでいるんだな。幸いなことに、この部屋にはベッドが2台あるから、僕はそっちのベッドで、ひとり静かに眠ることにするよ」

嬉しそうに笑いながらそう言うと、男は自分の顎から加奈の胸に指を移した。そして、肋骨の浮き出た胸の上にちょこんと載った膨らみに乏しい乳房を、またゆっくりと、こねるように揉みしだいた。

白く焼け残った乳房に、男の手の跡がいくつも付いた。

けれど、加奈はもはや身を悶えさせはしなかった。もうへとへとに疲れ切っていて、そんな力さえ残っていなかったのだ。

4

やがて男は立ち上がり、寝室の片隅にあった大きな木製の机に歩み寄った。そして、机の上に置いてあったファイルのようなものを開き、それをしばらく眺めていたあとで、やはり机の上の電話を手に取った。

「ああ、岩崎です。こんばんは、スワルタさん」

電話に出た執事に、岩崎一郎は日本語で言った。いつものように、爽やかで、親しげで、とても丁重な口調だった。

「ええっと……お手数ですが、ルームサービスをお願いできますか？……大丈夫ですか？……それじゃあ、まず、ジャガイモのポタージュスープを二人前……そうです。今は妻は食事はできないのですが、あとで食べるかもしれないから、とりあえず、みんな二人前でお願いします……それから、ええっと、シェフのお勧めサラダって何ですか？……なるほど。それじゃあ、それをお願いします……ドレッシングですか？　そうだな、ええっと、僕はフレンチドレッシングにしてください。妻は……そうだな……マンゴドレッシングにしていただこうかな？」

ベッドに全裸で磔にされている妻を見つめ、顔に爽やかな笑みを浮かべながら、男はゆっくりと注文を続けた。「次に、シタビラメのムニエル……そう。19番のやつです……それから、牛フィレ肉のステーキ。日本産の牛肉はありませんよね？……いえいえ。オーストラリア産でけっこうです……僕のほうは焼き方はレアにしてください。妻のはミディアム・レアでお願いします。妻はルッコラが好きなんで、ルッコラをたくさん添えてくださ い……ありがとうございます……それから、ドン・ペリニオンのロゼがありましたよね？……それをうんと冷やして、1本運んでください。グラスもふたつ持って来てください……いいえ。デザートはいりません……妻ですか？　彼女はダイエット中なんで、甘いものはけっこうです……はい。二階の副寝室のほうまで運んで来てください……20分ですね。ええ。急がなくてけっこうですよ。夜は長いですから」

電話を切ると、岩崎一郎はまた加奈が磔にされたベッドに歩み寄って来た。そして、そばにあった椅子に腰を下ろし、自分の妻となったばかりの女をじっと見つめた。

「加奈が僕に隠れて煙草さえ吸わなければ、今頃はふたりで楽しく、おいしい日本料理を食べていられたんだよ。そんな楽しい夜が台なしになって、僕もすごく残念だよ」

微笑みながら男が言った。それは、すべての非は加奈にあるといった口調だった。

20分もしないうちに、ヴィラの呼び鈴が鳴らされた。

「おっ、早いな。もう、食事ができたみたいだ。ここに運んでもらおう」

嬉しそうに言うと、男は勢いよく椅子から立ち上がり、加奈の顔を一瞥したあとで部屋を出て行った。

ここに運んでもらう?

それはあまりに非常識なことに思われた。

だが、おそらく男はそうするつもりなのだろう。そして、食事を運んで来た者たちは、さっきのハウスキーパーと同じように、この加奈の姿を目にすることになるのだろう。

不思議なことに、岩崎一郎はこんな妻の姿をほかの者に見られることが、まったく苦にならない男のようだった。いや、それどころか、夫である自分に支配され、服従させられている妻の姿を、ひとりでも多くの人間に見せたいかのようだった。

すぐに夫の声が階下から聞こえた。執事の声と、もうひとり、若い男の声もした。続いて、この副寝室に食事を運んで来る男たちの足音がした。焦げたバターの香りがした。

彼らは英語で親しげに話していた。夫や執事が笑う声も聞こえた。岩崎一郎の英語は発音はおかしかったが、語彙《ごい》は豊富で、なかなか流暢だった。

来る! 間もなく、みんながわたしを見ることになる!

だが、加奈にできたことは、強く目を閉じることだけだった。

いつの間にか泣いていたのかもしれない。ギュッと目を閉じた瞬間、目から涙が溢れ出し、こめかみを伝わって耳の中に流れ込んだ。

5

全裸でベッドに磔にされたままの妻の姿を眺めながら、男はシャンパンのグラスを傾け、牛フィレ肉のステーキや白身魚のムニエルをおいしそうに食べていた。

ルームサービスのその食事は、いつもの豪勢な夕食に比べると質素だったし、品数もかなり少なかった。けれど、男はいつも以上に楽しそうだった。

ついさっき、それらの食事をここに運んで来た男たちは、加奈の姿を見てひどく驚いた。いや、加奈は固く目を閉じていたから何も見えなかったが、それまで楽しげに話していた男たちの声が、部屋に入った瞬間に突如として消えたから、彼らが言葉を失うほどに驚いていたことは間違いなかった。

そんな男たちに加奈の夫は、『妻は悪いことをしたんで、それでお仕置きをしているんですよ』と、笑いながら説明していた。

その言葉を思い出すと、加奈の体は恥辱と屈辱に震えた。

「ねえ、加奈。いつまで意地を張ってるつもりなんだい？　このステーキ、オーストラリア産だけど、シャトーブリアンみたいでなかなかいけるよ。早く一緒に食べようよ」

細長いグラスの中のピンク色のシャンパンを飲みながら男が言った。「ずっと意地を張っていてもいいけど、そんなことをしていても、苦しいだけで何もいいことはないよ」

食事を続けている夫を見つめ、加奈は考えを巡らせた。

巡らせた？

いや、そうではなかった。加奈に与えられた選択肢は、たったひとつしかなかった。

彼の申し出を加奈が受け入れない限り、夫は永久に加奈をこのままベッドに磔にしておくつもりなのだろう。たとえ加奈が発狂しようと、餓死しようと、絶対に拘束を解くことはないだろう。

今では加奈にも、それがはっきりとわかっていた。

このままでいることには、もう耐えられなかった。夫の言う通り、このまま意地を張り続けていても、この地獄のような苦しみが続くだけだった。

ついに加奈は心を決めた。そして、夫の顔を見つめて低く呻いた。

「うぶっ……うぶっ……うぶっ……」

食事を続けていた夫がフォークとナイフをテーブルに置き、加奈のほうに顔を向けた。その顔には今も笑みが浮かんでいた。

「どうしたんだい、加奈？　謝罪と反省を態度で示すことにしたのかい？」

勝ち誇ったかのような夫の口ぶりは気に入らなかった。けれど、加奈はその言葉にゆっくりと頷いた。

加奈の口から取り出された下着や生理用ナプキンは、どれも唾液をたっぷりと吸い込んでいて、とても重たそうだった。

口の中のものが取り除かれた瞬間、加奈は身をよじるようにして激しく咳き込んだ。そして、その直後に、乾き切った口から新鮮な空気を喘ぐようにして吸い込んだ。

岩崎一郎は妻の猿轡は外したが、手足の拘束は解かなかった。

手足の紐も解いて。

加奈は夫にそう訴えようとした。けれど、長く半開きに固定されていたその口から言葉は出なかった。ただ、また激しく、そして長く、咳き込んだだけだった。

どうやら夫は、加奈が『謝罪と反省を態度で示す』までは、手足の拘束を解くつもりはないようだったし、乾き切った口を水で潤してやるつもりもないようだった。

「さて、それじゃあ、加奈の謝罪と反省を態度で示してもらおうか」

とても穏やかな口調でそう言うと、夫は穿いていたショートパンツとボクサーショーツを無造作に降ろした。そして、ベッドに乗ると、仰向けに拘束された加奈の顔にまたがるような姿勢を取った。夫の股間からは、巨大な男性器がぶらりと垂れ下がっていた。

「一郎さん……許して……お願い……もう煙草はやめる。絶対にやめる……だから、お願い……今回だけは大目に見て……」

目の前の男性器から顔を背け、声を振り絞るようにして加奈は哀願した。あまりの屈辱のため、また涙が出そうだった。

けれど、夫の口から出たのは、「口を開きなさい」という冷酷な言葉だけだった。諦《あきら》めるしかなかった。その男は、やると言ったら絶対にやるのだ。彼に同情や、哀れみを期待するのは間違いなのだ。

加奈は目を閉じ、口を開いた。そして、意識して頭の中を空っぽにしようとした。

すぐに加奈の口の中に、柔らかな男性器が差し込まれた。直後に、生温かな液体が加奈の口の中に注ぎ入れられた。その液体は少し塩辛くて、少しアルコール臭かった。

夫が加奈の口に注ぎ込んだ尿の量は、それほど多くはなかった。きっと夫は服従のための儀式として、妻に尿を嚥下させたかっただけなのだろう。だが、その量がいくら少なくても、加奈が覚えた屈辱が少なくなることはなかった。

「よし、飲み込みなさい」

加奈の口から男性器を引き抜いて夫が命じた。

しっかりと目を閉じたまま、加奈は少しだけ首をもたげた。喉がヒクヒクと痙攣するように震え、口の中の液体が唇の端からわずかに流れ落ちた。

吐き出したい。飲みたくない。

そう思いながら、加奈は夫の目をすがるかのように見つめた。許してほしかった。もうこれで勘弁してもらいたかった。

「飲み込みなさい、加奈」

夫が冷酷に繰り返した。

もう、どうすることもできなかった。吐き気を催すほどの嫌悪と屈辱、そして、おぞましさを覚えながら、加奈は口の中のものを何とか飲み下した。

「よし。いい子だ」

尿の嚥下を終えた加奈の耳に、真上から発せられた夫の声が届いた。勝ち誇ったかのような、満足げな声だった。

閉じたままの加奈の目の奥が、悔し涙で熱くなった。


その晩も夫は加奈の体を求めて来た。

加奈としては、とてもそんな気分にはなれなかった。精神的にも肉体的にもくたくたになっていた上、心の中は夫への怒りと憎しみでいっぱいだったのだ。

けれど、また何か罰を与えられるのが恐ろしくて、加奈はそれに応じた。

岩崎一郎は本当に、疲れを知らないロボットかアンドロイドのようだった。その晩も彼は妻を俯せにさせたり、仰向けにさせたり、四つん這いにさせたりしながら、延々とその行為を続けた。だが、妻の中に体液を注ぎ込むと、男は今夜もすぐに眠ってしまった。男の寝顔はいつにも増して気持ちがよさそうに見えた。

けれど、肛門を引き裂かれたあの晩と同じように、加奈は眠ることができなかった。

かつてこの男の妻だった4人の女たちも、わたしと同じような気持ちでベッドに横になっていたことがあったのだろうか？　すぐ脇で夫が寝息を立てているのを聞きながら、怒りと嫌悪と屈辱に打ち震えていたことがあったのだろうか？

きっと、あったのだろう。あったに違いない。

加奈は今、それを確信していた。そして急に、初めて会った日に、岩崎一郎が加奈に笑顔で言ったことを思い出した。

3人目の妻は、ええっと……そうだ。軟禁されているみたいな気になるって言っていました。それから、鉄格子のない牢獄にいるみたいだとも言っていました——。

そう。おそらく、加奈は今、鉄格子のない牢獄にいるのだ。これからの人生をその牢獄で、その男から絶えず監視されて生きて行くことになるのだ。

ああっ、わたしは何ていう男と結婚してしまったのだろう。

内出血のできた左右の手首を交互にさすりながら、加奈はぼんやりと思った。ふーっと長く息を吐くと、自分の口から尿のにおいが漂ったような気がした。

6

その翌日、加奈と夫はリムジンに乗って島の南部にある巨大な免税店に向かった。「禁煙をすると約束してくれたご褒美に、加奈がほしいものを、いくらでも買ってあげるよ」と男が言ったからだ。

「ご褒美なんていらないわ」

ぎこちなく微笑みながら、加奈は言った。『お仕置き』と『ご褒美』で躾をされるなんて、飴《あめ》と鞭《むち》とで調教をされるサーカスの動物のような気がしたのだ。

けれど、男が「遠慮することは何もないよ。加奈は僕の大切な妻なんだから」と執拗に言うので、彼が気が済むようにすることにした。その男の機嫌を損ね、また『お仕置き』をされるのは懲り懲りだった。加奈の手首と足首には、いまだに昨夜の内出血がくっきりと残っていた。

ホテルを出発した時には、いつもと同じように、晴れてとても蒸し暑かった。けれど、車が走り始めて10分としないうちに空は分厚い鉛色の雲に覆われ、大粒の雨がぽつり、ぽつりと落ち始めた。

今は乾季だというこの島で、加奈が初めて目にした雨だった。

雨はたちまちにして土砂降りになり、十数メートル先も見えないほどになった。側溝からはあっと言う間に水が溢れ出し、道はすぐに水路のようになってしまった。

歩道を歩いている人や、オートバイに乗った人は、誰も彼もがずぶ濡れだった。風も嵐のように強くなり、道の両脇に並んだ椰子の樹が折れてしまいそうにしなっていた。

「いやあ、こんなにすごい雨は見たことがないなあ」

雨水が滝のように流れ落ちる車の窓を見つめ、子供のように岩崎一郎が言った。車のルーフを太鼓のように打ち鳴らす雨音のせいで、加奈にはその声が聞き取り辛かった。

そんな猛烈な雨の中を、巨大なリムジンは水路を行くゴンドラのようにゆっくりと進み続けた。広い車内にはいつものように、レモングラスの芳香が仄かに漂っていた。

「加奈……昨夜はひどいことをしてごめんよ」

加奈の右隣に座った男が言った。

加奈は夫のほうに顔を向け、ぎこちなく微笑みながら首を左右に振った。だが、心の中では、『謝るぐらいなら、最初からあんなことをするな』と思っていた。

「僕は加奈を愛してる。だから……許してくれ」

そう言うと、男は丈の短い濃紺のワンピースから剝き出しになった加奈の太腿にそっと手を乗せた。そして、まるで愛撫でもするかのように、それを静かに撫でた。

加奈は再び夫の顔を見つめた。

その顔はいつものように、とても無邪気で、とても親しげだった。それはまるで、昨日、自分にあんな仕打ちをした男とは別の人間のようでさえあった。

あれほど激しかった雨は、30分ほどで嘘のようにやんだ。そして、また、灼熱《しゃくねつ》の太陽が雨上がりの町に容赦なく照りつけた。雨のせいで湿度が異様に上がり、車の外はサウナのような蒸し暑さになった。

けれど、免税店の中は涼しくて、空気が乾いていて快適だった。

夫とふたりで訪れたその巨大な免税店で、加奈は懐具合をまったく考えることなく豪快に買い物をした。それほど派手に金を使うのは初めてのことだった。

ホテルを出る前に、加奈は夫に『ご褒美なんていらない』と言った。あの時は本当にそう思っていたのだ。けれど、いったん買い物を始めると、その快楽に酔ったようになってしまい、買うという行為を止めることができなくなってしまった。

夫はそんな加奈を咎めるどころか、「あれも買うといい」「これも加奈に似合いそうだ」と言って、さらに加奈の欲望を煽《あお》り立てた。

かつてだったら絶対に手が届かなかったような高価なブランド物のバッグや靴を、その日の加奈はいくつも買った。ブランド物のアクセサリーもいくつも買ったし、香水も化粧品も腕時計もサングラスもたくさん買った。ほとんど悩むこともなく、ちょっとでもほしいと感じたものを躊躇せず買った。その勢いには、店員たちも驚いている様子だった。大勢の店員たちに囲まれ、ちやほやされているのが嬉しくて、楽しくて、加奈は夢中になって買い物を続けた。

好きなだけ金を使えるという快楽——。

それは間違いなく、その男との結婚が、加奈に与えてくれたものだった。

たとえそれが、鞭に対する飴だったのだとしても、その飴はやはり、身をとろけさせるほどに甘くて、加奈をうっとりとさせずにはおかなかった。

7

免税店での買い物のあと、加奈と夫は巨大なリムジンに乗って、海辺に立ち並んでいるシーフードレストランのひとつに行った。それは観光客だけではなく、現地の人たちも訪れるような大衆的な店だった。

ふたりは店内ではなく、砂浜のビーチパラソルの下のテーブルについた。そして、そこで炭火で焼いた貝や魚やロブスターをつまみながら、よく冷えたビールを飲んだ。

雨上がりだというのに、熱帯の太陽に焼かれた砂はすでに白く乾いていた。海面を渡って来た熱く湿った風が、加奈の栗色の髪を優しくなびかせ、剝き出しの肩や腕や脚を撫でるように擦り抜けていった。サンダルを脱ぎ、ペディキュアの光る爪先を足元の砂に突っ込むと、中のほうはひんやりと湿っていて心地がよかった。

その広大な砂浜には水着姿のたくさんの人々がいた。現地の子供たちが波打ち際ではしゃぐ声が、辺りに甲高く響き渡っていた。エメラルドグリーンとターコイズブルーに染め分けられた海はとても遠浅で、１００メートル以上も沖にいる子供の腰ほどまでしか水面が来ていなかった。熱帯の強烈な日差しを受けて、海面は眩しいほどに輝いていた。

「こういう安っぽい店もたまにはいいね。若い頃に戻ったみたいで楽しいよ」

汗をかいたジョッキのビールを一息で飲み干した男が笑った。サングラスに隠れて目は見えなかったけれど、本当に楽しそうだった。

「ええ。気持ちがいいわね」

濃いサングラス越しに夫を見つめて加奈も笑った。

昨夜の加奈は、この結婚を後悔していた。けれど、今の彼女は、その男と結婚したのは、そんなには悪いことではなかったかもしれないとも考えていた。

おそらく、さっきの豪快な買い物が、加奈をそういう気分にさせていたのだろう。あんな金の使い方を許してくれるような男は、めったにいるとは思えなかった。

少女みたいに若いウェイトレスが、すぐに夫に2杯目のビールを運んで来た。そんなウェイトレスにも岩崎一郎は、丁寧に「ありがとう」と言い、にこやかに微笑みながら、少なからぬチップを手渡していた。

「僕は加奈と結婚できて、すごく嬉しいよ」

運ばれて来たばかりのビールを一口飲んだあとで、加奈のほうに顔を向けて夫が言った。彼はそういうことを、照れるでもなく口にできる男だった。

「ええ。わたしも嬉しいわ」

ゆっくりと頷きながら、加奈は微笑んだ。けれど、その言葉が本心なのか、そうでないのかは、彼女自身にもよくわからなかった。


「ねえ、加奈……実は君にひとつ、お願いがあるんだ」

3杯目のビールを注文したあとで、男がサングラスを外し、加奈の顔を真っすぐに見つめた。この島に来てから、男はさらに日焼けしていた。

「お願いって……なあに？」

加奈は夫を見つめ返した。穏やかだった心が、微かに波立ち始めた。

「実は加奈の体に、僕の印《しるし》を刻み込んでもらいたいんだ」

「一郎さんの印？　それ……何なの？」

ぎこちなく微笑みながら加奈は訊いた。

「うん。僕の印として、刺青を入れてもらいたいんだ。小さなヤモリの刺青だよ。それを加奈の左右のどちらかの胸に彫らせてほしいんだ。水着になった時には隠れて見えなくなるような、こんなに小さなやつだよ」

男が親指と人差し指でその大きさを示した。それは4センチか5センチほどだった。

胸は今も高鳴っていたけれど、加奈は少し安堵もしていた。もっと大きな要求があるのかと思っていたのだ。

加奈の体にはタトゥーも刺青もなかったが、若かった頃には肩や腕や足首にタトゥーシールを貼っていたこともあった。知り合いには肩甲骨の上にタトゥーをしている女もいたし、かつて加奈の恋人だった男のひとりも腕にタトゥーを彫っていた。だから、タトゥーや刺青には、それほどの抵抗はなかったのだ。

「あの……どうして……そんなことをしなければならないの？」

そっと唇をなめたあとで、加奈は再び訊いた。潮風に吹かれているせいか、その唇は少し塩辛かった。

「だから、僕の印だよ。それを加奈の体に刻み付けたいんだ。愛の証しだよ」

加奈の顔から目を逸らさずに男が言った。

「前の奥さんたちにも、その印を入れさせたの？」

しばらく夫の顔をぼんやりと見つめていたあとで、加奈はそう訊いた。

「無理強いしたわけじゃない。僕が頼み、妻たちは4人ともそれを受け入れたんだ」

夫が笑った。35歳にしては彼は若々しく見えたが、そんなふうに笑うと目の脇に小さな皺がいくつもできた。

「どうしてヤモリなの？」

「高校の頃まで、僕はみんなにヤモリって呼ばれていたんだ」

日焼けした顔に、男が照れたような笑みを浮かべた。その笑顔は今でも、加奈には子供のように無邪気に見えた。

「あの……それは、どうしてなの？」

「昔の僕の名字はヤモリだったんだ。『守る』に、『宮城県の宮』って書いて守宮。17歳の時にオフクロが岩崎っていう男と結婚して、それで僕の名字も守宮から岩崎に変わった。それでも、昔からの友達はみんな、今も『ヤモリ』って僕を呼んでるんだよ」

加奈は無言で頷いた。その話は初耳だったが、結婚相談所から受け取った書類に、かつての男の名字が『守宮』だったということが記載されていたような気がした。

「もし……わたしが嫌だって言ったら……そうしたら、一郎さんは怒る？」

夫の顔色をうかがいながら加奈は尋ねた。

そう。いつの間にか、加奈は夫の機嫌をひどく気にするようになっていたのだ。

「怒りはしないよ。そんなことぐらいで僕は怒らない。ただ……落胆するだけだよ」

男が静かに微笑んだ。そして、目の前にあったジョッキを摑み、残っていた液体を一息に飲み干した。

加奈は剝き出しになった長い脚をゆっくりと組み替えた。

乳房に刺青を施すなんて、何だか痛そうで、少し怖かった。だが、それを拒否することで夫の機嫌を損ねることは、もっと怖いような気がした。

「いいわ。わたしもヤモリの刺青をするわ」

小さく頷くと、微笑みながら加奈は言った。ふだんは目につかないところに、そんな小さな刺青をするぐらいのことは何でもないことだと思ったのだ。

「ありがとう。加奈……このお礼に、また何かご褒美を考えないといけないな」

男は嬉しそうに笑うと、テーブルに身を乗り出した。そして、人目もはばからず加奈の額に唇を押し付けた。

夫の唇は湿っていて、とても柔らかかった。

8

妻の同意を得ると、岩崎一郎はすぐにどこかに電話を入れ、ひどく発音の悪い英語で何かをしきりと話していた。電話の相手は刺青師のようだった。

「大丈夫だ。今すぐに来ていいって言ってるよ」

電話を切った男が嬉しそうに言った。

「あの……わたしに刺青を彫ってくれるのは女の人よね？」

「いや、男だよ」

「男の人？　前の奥さんたちの胸にも、その人が刺青をしたの？」

「うん。３人目と４人目の妻の胸には、その人にヤモリを彫ってもらったんだ」

あっけらかんとした口調で男が答えた。

普通の男だったら、ほかの男に妻の、ましてや新婚の妻の乳房を見られることを嫌がるだろう。けれど、彼は普通の男ではなかった。

加奈としては、見ず知らずの男に乳房を見られるのは嫌だったし、触れられるのはもっと嫌だった。けれど、もう何も言わなかった。

海辺のシーフードレストランを出ると、ふたりは店の前で待っていたリムジンに乗り込んで繁華街に向かった。３番目の妻と４番目の妻の胸にヤモリの刺青を彫らせた店が、そこにあるらしかった。

レモングラスの芳香が漂う静かなリムジンの中で、加奈はこれから自分の胸に彫り込まれることになる爬虫類の刺青を思い浮かべてみた。それから、かつて岩崎一郎の妻だった４人の女たちの乳房を想像してみた。

「別れた奥さんたちの胸には、今もその愛の証しのヤモリがいるのかしら？」

すぐ脇に座っている男の横顔を見つめて加奈は言った。

「さあ、どうなんだろう？　そこまでは僕にもわからないよ」

男は両腕を胸の前で組み、何かを思い出しているかのような顔付きになった。「でも……きっともう、誰の胸にもヤモリはいないだろうな。別れる頃にはみんな、僕のことを本当に嫌っていたみたいだからね」

加奈のほうに顔を向けて男が笑った。だが、その口調は少し寂しげだった。

僕の最大の欠点はね、たぶん……妻を愛しすぎることなんですよ——。

最初に会った晩に男が言ったことを、加奈はまた思い出した。

彼は確かに普通ではなかったが、正直ではあった。

夫が加奈を連れて行ったのは、市街地のあちらこちらで見かけるタトゥーの専門店ではなく、ひどく古いコンクリート作りの集合住宅のような建物だった。

「この建物の中にお店があるの？」

車から降りた加奈は、舌の先で唇をなめながら、その薄汚れた建物を見上げた。

「うん。ここにクルタさんの仕事場があるんだ」

加奈を見つめて、男が静かに微笑んだ。「クルタさんはすごく腕のいい刺青職人なんだ。今はもう引退して、仕事はほとんどしていないらしいんだけどね」

「引退って……お年寄りなの？」

「うん。僕の目には、かなりのお年寄りに見えるね」

そう言って笑ったあとで、男は歩道に面した錆《さ》び付いた鉄の扉を開いた。そして、薄暗い建物の内部にあるコンクリート製の階段を、加奈の前に立って上っていった。

その階段は幅が狭くて、とても急な上に手摺《てす》りがなかった。頭上にある小さな裸電球が階段を照らしていたが、外の明るさに慣れた目には、外光が差し込まない建物の中は真っ暗に感じられた。

そんな階段を、加奈はサンダルの高い踵をぐらつかせながら、ゆっくりと慎重に上がっていった。

階段を上り切ると狭い踊り場があり、その両側に錆び付いた鉄の扉があった。どちらの扉にもネームプレートのようなものは貼られていなかった。

岩崎一郎はその右側の扉を、軽くノックしたあとで引き開けた。その瞬間、黴《かび》とクローブ煙草のにおいのする温かくて湿った空気が、室内からふわりと溢れ出て来た。

錆びた扉の向こう側は、薄汚れたコンクリートの壁と床と天井とに囲まれた狭苦しい空間だった。

畳に換算すれば6畳ほどなのだろうか？　小さな窓がひとつあったが、そこには木製のブラインドが下ろされていて、狭い部屋の中は薄暗かった。ブラインドから差し込んだ日の光が、薄汚れたコンクリートの床に縞《しま》模様を描いていた。

部屋の中央にはマッサージの時に使うような木製の台が置かれ、そこに薄汚れたビニール製のマットが敷かれていた。空調設備がないために、室内はひどく蒸し暑かった。

部屋の片隅には古ぼけた木製の机と、やはり古ぼけた木製の椅子があった。そして、その椅子に、小柄な老人が座ってこちらを見つめていた。

老人は上半身裸で、腰に茶色いろうけつ染めの布をスカートのように巻いていた。足元は素足に革製のサンダルだった。茶褐色をした老人の皮膚にはつやがなく、体中の骨が浮き上がって見えるほど痩せていた。顔は皺だらけで、細い目は皺の中に埋もれていた。

老人の顔を見た瞬間、加奈の心臓が激しく高鳴り始めた。

「こんにちは、ミスター・クルタ。お元気でしたか？　彼女が妻の加奈です」

発音の悪い英語で言うと、男は小柄な老人に頭を下げた。それから、加奈のほうに笑顔を向け、「加奈、こちらが彫り師のクルタさんだよ」と日本語で付け加えた。

固い笑みを浮かべながら、加奈は夫と同じように老人に頭を下げた。

クルタと呼ばれた老人が、ゆっくりと頷きながら椅子から立ち上がった。そして、岩崎一郎と加奈を交互に見つめてから、顔の前で静かに両手を合わせた。

加奈の心臓がさらに高鳴った。

9

その老人は過去に二度、岩崎一郎の妻だった女に刺青をしたことがあるから、要領はわかっているのだろう。夫は老人に多くは話さなかったし、老人も何も尋ねなかった。

「それじゃあ、加奈、僕は下の車で待ってるからね」

加奈にそう言うと、夫は老人に頭を下げて部屋を出て行った。

小柄な老人とふたりきりで残された加奈は、戸口に佇んだまま室内を見まわした。狭くて天井が低いため、コンクリートに囲まれたその部屋には息苦しくなるほどの閉塞《へいそく》感があった。室内の空気はどんよりと淀んでいて、やはり黴とクローブ煙草のにおいがした。老人の体臭らしい、饐《す》えたようなにおいも漂っていた。

部屋の中は本当に蒸し暑かった。腕や肩や脚を剝き出しにしていたにもかかわらず、加奈の皮膚はたちまちじっとりと汗ばんだ。

岩崎一郎が出て行くとすぐに、老人が壁のスイッチに指を這わせた。その瞬間、木製の台の真上にぶら下げられていた裸電球が灯り、台に敷かれたマットを赤く照らした。

机の上にあった古ぼけた木箱を手に取ると、老人は加奈に歩み寄り、向かい合うように立った。老人の顔は能面のようで、表情というものがまったくなかった。

その老人は本当に小柄だった。加奈はとても踵の高いサンダルを履いていたから、そんなふうに向かい合うと、老人の目はちょうど加奈の胸の高さになった。

「ミセス・イワサキ、胸を出して、あの台に仰向けになってください」

癖が強くて、ひどく聞き取りにくい英語で、老人が加奈に言った。

その言葉に従い、加奈は部屋の中央の木製の台に歩み寄った。そして、その台の脇で指を震わせながら、首の後ろで結ばれていたホルターネックのワンピースの紐を解いた。今では息苦しいほどに心臓が高鳴っていた。

胸部を覆っていた濃紺の布を、鳩尾《みぞおち》の辺りまでそっと押し下げる。ショルダーストラップのない黒いブラジャーがあらわになる。

シルクサテン製のそれは、裸電球の光につやつやと光っていた。

今はもう肛門からの出血はなくなっていたが、念のために加奈はいまだに色の濃い下着を身につけていた。その兆候はまったくなかったけれど、間もなく生理の予定日だったから、色の濃い下着は急な出血に備えてという意味合いもあった。

加奈はそっと顔を上げ、老人の様子をうかがった。

だが、老人は加奈のほうには顔を向けず、古ぼけた木箱を抱えたまま、裸電球に照らされた壁の一点を見つめていた。きっとそれが、彼なりの気遣いなのだろう。

また何度か唇をなめ、しばらくためらっていたあとで、加奈は腕を背中にまわした。そして、ブラジャーのホックを外し、それをゆっくりと胸から取り除いた。

ビキニの水着の跡が残る小ぶりな乳房は、体と同じように汗ばんでいた。乳房の周りにブラジャーのワイヤーの跡が微かについていた。

剝き出しになった胸を両手で覆うようにして、加奈は木製の台に浅く腰を下ろした。そして、壁を見つめ続けている老人に「ミスター・クルタ」と声をかけた。

老人がゆっくりと加奈のほうに顔を向けた。裸電球からの光が、老人の皺だらけの顔に複雑な陰影を描いた。そこには相変わらず、表情というものがまったくなかった。

「ミセス・イワサキ、その台の上に仰向けになってください」

聞き取りにくい英語で老人が言った。

加奈は無言で頷くと、両腕で胸を押さえたまま、薄汚れたマットの敷かれた台に仰向けに身を横たえた。

戸口に立った老人は、またしばらく壁を見つめていた。だが、やがて加奈のほうに顔を向け、横たわった彼女のほうにゆっくりと歩み寄って来た。

老人が手にした木箱を台の端に置いた。それから、乳房を押さえていた加奈の右腕に触れ、それを胸からそっとどかした。

加奈は思わず目を閉じ、奥歯を嚙み締めた。

目を閉じたままの加奈の耳に、金属がぶつかるような音が届いた。時折、加奈の顔に吹きかかる老人の息からも、クローブ煙草のにおいがした。

刺青を始める前に筆のようなもので、皮膚に下書きをするのだろうと加奈は予想していた。だが、その予想は外れた。

次の瞬間、針で刺されたような鋭い痛みが右の乳首の内側の部分に走った。

加奈は思わず声を漏らし、小さく身を震わせた。

「動かないで」

そんな加奈の耳に老人の声が届いた。

加奈は無言で頷いた。そして、さらに強く目を閉じ、さらに強く奥歯を噛み締めた。

10

右の乳房を刺す針の痛みは悲鳴を上げるほどのものではなかった。それにもかかわらず、針の刺激を受け続けているうちに、なぜか、閉じた目の奥が熱くなった。

チクリ……チクリ……チクリ……。

やがて閉じたままの目から涙が溢れ出て、こめかみの脇を流れ落ちた。

「痛いですか？」

老人が訊いた。拙《つたな》いながらも、それは日本語だった。その瞬間、また加奈の鼻がクローブ煙草のにおいを嗅《か》ぎ取った。

「いいえ。大丈夫です。痛くありません」

加奈もまた日本語で答えた。また涙が流れ落ちた。

チクリ……チクリ……チクリ……。

刺青を施すのにかかった時間は、たぶん30分……長くても40分ほどだったと思う。けれど、その30分か40分は、とてつもなく長い時間に感じられた。

刺青を施されている時、あの人の妻だった4人の女たちも、わたしと同じように涙を流したのだろうか？

やがて、目を閉じた加奈の耳に、「終わりました」という老人の日本語が届いた。

目を開いた加奈は、頭上にある裸電球の眩しさに、何度か瞬きを繰り返した。そして、直後に首をもたげ、自分の右の乳房に目をやった。

その瞬間、加奈は思わず身を震わせた。右の乳首のすぐ内側に、不気味な爬虫類が這っていたからだ。

それがただの刺青だということはわかっていた。けれど、それはあまりにリアルで、あまりに生々しくて、あまりにグロテスクで不気味だった。まるで本物のヤモリが乳房に張り付いているかのようだった。

ひんやりとした脱脂綿で、老人が乳房の爬虫類を軽く擦った。アルコールらしい液体が傷口に染み、加奈はぶるっと身を震わせた。

やがて老人が爬虫類に白いガーゼをかぶせ、それを白い絆創膏《ばんそうこう》で止めた。

「黴菌《ばいきん》が入らないように気をつけてください。3日間は6時間おきに抗生物質を飲んでください。もし腫れるようなことがあったら、医師に相談してください」

老人が言った。今度は英語だった。

胸に張られた白いガーゼを見つめ、加奈は無言で頷いた。


建物から出て来た加奈を目にした瞬間、夫は車を飛び出して来た。そして、加奈に駆け寄り、「お疲れさま」と優しい口調で言った。

「痛かったかい？」

心配そうに顔を歪めて夫が訊いた。

「ええ。少し……でも、大丈夫よ」

夫を見上げ、加奈は力なく微笑んだ。そして、この人はいったい何を言っているのだろう、と思った。

そう。加奈にヤモリの刺青を施すよう強制したのは、紛れもなくその男だった。それにもかかわらず、夫の口調は、まるでそれを加奈に強要した人間がほかに存在しているかのようだった。

加奈が車に乗り込むとすぐに、夫は「刺青を見せてくれ」と言った。

「でも……こんなところじゃあ……」

加奈はためらった。車はとても巨大で、加奈たちが座っている場所は運転席からかなり離れているとはいえ、車内には運転手と執事というふたりの男がいたからだ。

けれど、夫は妻のためらいを無視して、加奈の首の後ろで結ばれていたワンピースのホルターネックの紐を解き、それを胸の下まで引き下ろした。そして、黒いブラジャーを無造作に押し下げ、右の乳房を覆っていたガーゼを毟《むし》り取るようにして取り除いた。

妻の胸に刻み付けられた爬虫類を見つめ、夫が息を飲んだ。そして、舌の先で唇をなめながら、何度も小さく頷いた。

「どう？　これで満足した？」

まじまじと乳房を見つめ続けている夫に加奈は訊いた。

「ああ。素晴らしいよ。これこそ、まさに、愛の証しだ。加奈……ありがとう」

声を震わせて言うと、剝き出しになった加奈の上半身を夫が両腕で強く抱き締めた。

刺青が施されたばかりの乳房が、ズキンと鋭く痛んだ。

11

自分たちのヴィラに戻ると、加奈は浴室で全裸になった。そして、大きな鏡の前に立ち、ビキニの水着の跡がついたその全身を映してみた。

ほとんど毎日のように眺めているにもかかわらず、加奈はまた、そこに映った裸体の美しさに見とれた。乳房は少し小さかったけれど、その肉体は完璧で、どんな女にも劣らないものに思われた。

その完璧な美しさを穢《けが》すかのように、右の乳房の内側に今、黒い爬虫類が張り付いていた。それは今まさに動き出し、加奈の首のほうに這い上がって来るかのようだった。

刺青なんて、たいしたことはないと思っていた。その刺青は本当に小さくて、ブラジャーをすれば完全に隠れて見えなくなったから、今後、誰かにその爬虫類の存在を知られることもなさそうだった。

けれど、乳房に彫り込まれた爬虫類の刺青や、今も首に巻かれている鋼鉄製のチョーカーを見つめているうちに、なぜか、また涙が込み上げて来た。

「畜生っ……」

唇をわななかせるようにして、加奈は低く呟いた。

そして――そして、その瞬間、加奈はもはや自分が、夫となった男を愛していないことに気づいた。

もはや？

いや、そうではない。加奈は一度だって、その男を愛したことはなかったのだ。彼女はただ、その男の経済力に目が眩んでしまっただけなのだ。

ああっ、わたしは何て愚かなことをしてしまったんだろう。

目から溢れた涙が頬を伝い、尖った顎の先から大理石の床に滴り落ちた。けれど、加奈はその涙を拭うこともせず、乳房の爬虫類を無言で見つめ続けた。

そして、岩崎加奈は——夫と別れようと心に決めた。


その晩も夫は加奈の肉体を求めて来た。今では完全な打算から、彼女はその求めに応じた。その晩の夫の行為は、いつにも増して長く、激しく、執拗だった。夫がようやく体液を放出した頃には、加奈は疲れ切って、歩くこともままならないほどだった。

行為のあと、トイレに行くために立ち上がると、いつものように、放出されたばかりの生温かい体液が女性器から溢れ出て、脚を伝って足首にまで流れ落ちた。

その液体が淡いピンクに染まっていることに加奈は気づいた。

生理が来たんだ。

加奈はそれを直感した。そういえば、夕方から下腹部がわずかに痛かった。

トイレに行くと、加奈は股間をトイレットペーパーでそっと拭った。

間違いなかった。遅れていた生理が来たのだ。

加奈はひどく落胆した。

そう。離婚しようと思っていたにもかかわらず、加奈は妊娠を望んでいた。そのほうが離婚交渉を有利に進められそうだったし、離婚後も夫が充分な額の養育費を払ってくれることはわかっていたから……。

いや、そんな打算からだけでなく、加奈は本当に子供がほしかった。

まだ大学生だった頃に、加奈は堕胎を経験していた。恋人だった男が堕胎することを強く望んだからだ。だが、あの時でさえ加奈はお腹の子を産みたいと切望していた。

母性本能？

いや、どうなのだろう？

淡いピンクに色づいたトイレットペーパーを見つめて、加奈は唇を噛み締めた。

どういうわけか、また涙が込み上げて来た。

第二部

第一章

1

バリ島から戻ると同時に、岩崎加奈はオカメインコと一緒に夫の部屋に移り住み、横浜のマンションの38階での新婚生活が始まった。

マンションの38階——それはまるで摩天楼に暮らしているかのようだった。

その部屋の大きな窓からは横浜港のほぼすべてが一望できただけでなく、北西方向に広がる東京の町並みもよく見えた。新宿副都心の超高層ビル群も見えたし、東京湾の対岸にある房総半島も見えた。丹沢山麓《さんろく》の山々や、富士山も見えた。

そんな景色のいい窓辺に吊るされたオカメインコも、何となく気分がよさそうで、駒沢にいた頃よりもよく囀《さえず》った。

新しく近所づきあいを始めることになる人々のことを、加奈は少し気にしていた。そういう高級マンションの住人は何となくお高くて、何となく気取っているのではないかと想像していたのだ。

だが、加奈の予想とは裏腹に、同じマンションに暮らす人々の多くは、新入りの彼女を暖かく迎え入れてくれた。彼らの多くはにこやかで、穏やかだった。エレベーターに乗り合わせれば、みんな笑顔で挨拶を交わした。廊下で擦れ違えば、顔見知りでなくとも会釈をし合った。

貧乏人はいがみ合い、見栄を張り合い、お互いを蹴落《けお》とそうとしてガツガツと生きているけれど……生活に余裕のある人たちはそうではないのだ。お金持ちたちは助け合い、お互いに譲り合って穏やかな気持ちで暮らしているのだ。

そのマンションの住人になってすぐに、加奈はそれを感じた。

金に余裕のある人ばかりが暮らす超高層マンションの住人になれたことは、結婚生活が加奈にもたらしてくれた恩恵のひとつだった。会社に通わなくて済むことも恩恵のひとつだったし、ほしいものを我慢せずに買えることもそうだった。

けれど、『結婚してよかった』と感じられることは、かつての加奈が予想していたほどには多くなかった。

帰国した翌々日から、夫は仕事に出かけて行った。毎朝、自宅を出る時に男は、「加奈、愛してるよ」と言って、玄関のところで妻を強く抱き締めた。

「わたしも愛してるわ。行ってらっしゃい。気をつけてね」

加奈も毎朝、夫を笑顔で仕事に送り出した。けれど、玄関のドアが閉まり、夫の姿が見えなくなると、心からほっとして胸を撫で下ろすのが常だった。

そう。岩崎一郎という男の存在は、加奈に常に緊張を強いたのだ。

そのマンションの多くの人々の部屋と同じように、その部屋にも毎日、上原さんという50代後半のお手伝いさんが通って来ていた。

上原さんはもう2年以上も前から、ここで働いているらしかった。彼女は背が高く、ギスギスに痩せていて、手も顔も皺だらけだった。鷲鼻《わしばな》で、目が落ち窪んでいて、声もしわがれていて、その容貌はどことなく西洋の魔女を彷彿《ほうふつ》とさせた。

その上原さんが、掃除や洗濯やアイロンかけ、ゴミ出し、バルコニーや室内の植物の手入れ、宅配便の受け渡しなどはやってくれることになっていた。マンションの一室とはいえ、その部屋はとても広かったから、掃除だけでも大変だった。

本当は加奈は食事の支度も上原さんにしてもらいたかった。せめて彼女に手を貸してもらいたかった。実際、加奈と結婚する前の岩崎一郎の食事は、すべて上原さんが作っていたらしかった。

けれど、夫は妻の手料理というものに固執し、上原さんに、炊事には手を出さないように強く命じた。しかたなく、加奈は毎日、何時間もひとりでキッチンに立ち、肉や魚や野菜と格闘することになった。

岩崎一郎は食べ物にひどくうるさかったし、加奈は料理が本当に苦手だった。だから、それは思っていた以上に大変なことだった。


大金持ちと結婚すれば、お金はいくらでも自由になる。

結婚前の加奈はそう思っていた。けれど、それも少し違っていた。

結婚してすぐに、加奈は銀行に隠し口座を作った。いつかするはずの離婚に備えて、そこにせっせと入金をしておくつもりだった。

けれど、それはままならなかった。掃いて捨てるほどの金があるにもかかわらず、夫は加奈に現金をほとんど渡してくれなかったのだ。

現金の代わりに、岩崎一郎は加奈にクレジットカードを1枚与えた。そして、買い物はそのカードでするように言い付けた。

「食材や日用品だけでなく、洋服でもバッグでも靴でも化粧品でもアクセサリーでも、ほしいものは何でもそれを使って買っていいからね」

夫は笑顔でそう言ったし、百貨店やスーパーマーケットでは加奈も遠慮なく金を使った。洋服も買ったし、バッグも靴も化粧品もアクセサリーも買った。

だが、クレジットカードの明細書は夫に送られることになっていたから、そのカードで何を、いつ買ったのかは、すべて彼にお見通しということだった。

男は日常の足として、加奈に車を1台買ってくれると言った。だが、加奈はペーパードライバーで車の運転に自信がなかった。それで外出の時にはタクシーを使い、その支払いもクレジットカードでした。

加奈がしなければならない家事は、基本的には食材の買い物と、朝夕の食事の支度だけだった。それを聞いた加奈の友人たちは「優雅でいいわね」と羨《うらや》ましがった。けれど、実際には、加奈が『優雅』だと感じることはほとんどなかった。

妻に常に美しくあり続けてほしいと切望する岩崎一郎は、週に3日以上はスポーツクラブに通うように加奈に命じたし、週に一度はエステティックサロンに行くことを求めた。やはり週に一度は料理教室に行って料理の腕を磨かなければならなかったし、月に一度か二度は美容室とネイルサロンにも行かなくてはならなかった。

その上、夫が帰宅する前には入浴を済ませ、髪や化粧を入念に整え、たくさんのアクセサリーを身につけて香水を全身に吹き付け、まるで高級娼婦のようにきちんと着飾っていなければならなかったから、加奈の毎日は製菓メーカーの派遣社員だった頃より忙しいほどだった。

バリ島から帰国した直後に、夫は加奈にGPS機能付きの携帯電話を持たせた。そうすることで、加奈がどこにいるのかを常に把握しようとしたのだ。

それだけでなく、夫は何の用もないのに、しばしば加奈の携帯電話にメールを送って来た。加奈の返信が少しでも遅れると、今度は電話をして来た。

それで加奈はいつも、夫に監視されているような気分になった。いや……実際に、夫は加奈のすべてを監視しようとしていたのだろう。

2

毎日の食事の支度は本当に大変だった。

加奈は毎朝、土鍋《どなべ》を使って米を炊き、はらわたと頭を取り除いたニボシや、昆布や鰹節で丁寧にダシを取った味噌汁を作った。味噌汁の具は、毎日、違うものでなければならなかった。夫は漬物が好物だったから、いろいろな野菜を使って漬物も漬けなければならなかった。

けれど、本当に大変だったのは夕食だった。岩崎一郎は手の込んだ何種類もの料理を、少しずつ食べることを望んだからだ。朝が和食だということもあって、夜の夫はワインに合うイタリア料理やフランス料理のようなものを食べたがった。

一日の食事に同じ食材は二度使ってはならないというのが、岩崎家の食卓のルールだった。たとえば、ある料理にズッキーニやアスパラガスを使ったら、ほかの料理にはそれらの野菜は使えなかった。たとえば、ある料理にスモークサーモンやタマネギを使ったら、ほかの料理にはスモークサーモンもタマネギも使えなかった。朝食の味噌汁にワカメを使ったら、その晩の食事にはワカメは絶対に使えなかった。お手伝いの上原さんも守っていたというこのルールは、簡単そうに見えて、なかなか難しかった。

夫はたいてい午後7時に帰宅し、入浴を済ませたあと、午後8時頃から食事をとった。夕食のワインはその日の料理に合わせて夫が選んだ。その部屋には立派なワインセラーがあり、そこにはいつも200本を超えるワインが貯蔵されていた。

加奈は毎日、一生懸命に料理をしたつもりだったし、自分ではいつも悪くない味だと思っていた。けれど、夫はめったに『おいしい』とは言わず、いつもいろいろと——たとえば『コクがない』とか、『単調だ』とか、『味にメリハリがない』とか、『田舎くさい』とか、『どの料理も同じような味がする』とか、いろいろと文句を言った。端的に『まずい』『うまくない』と言うこともあった。

加奈はたいてい、そんな夫の言葉を微笑みながら聞いていた。だが、必死で作った料理をけなされて、心の中では激しく苛立っていた。

そんなふうにして、岩崎一郎の妻としての加奈の日々が過ぎていった。

加奈たちがバリ島から帰国したのはゴールデンウィークの終わりだったが、いつの間にか、清々《すがすが》しい春の季節は過ぎ、今は鬱陶《うっとう》しい雨が降り続く梅雨の時期になっていた。

機嫌のいい時の岩崎一郎はとても優しくて、とても明るくてお茶目で、そういう時には加奈も、離婚しようという決意が揺らいだりもした。夫が妻である自分に、強い関心を抱いていることが、彼女にもはっきりと感じられたからだ。

けれど、首に巻かれた鋼鉄製のチョーカーや、乳房に刻み付けられた爬虫類の刺青や、GPS機能付きの携帯電話を目にするたびに、強い怒りや屈辱や憎しみとともに、加奈はまた離婚への決意を新たにした。

かつての加奈の望みは、結婚によって人生を逆転することだった。だが、今のそれは、いかに有利な条件で夫と離婚するかということに変化していた。

その秋には36歳になるというのに、岩崎一郎は性欲がきわめて旺盛だった。

今の加奈は彼に触れられると嫌悪さえ感じた。だが、『心の中を知られたくない』という気持ちから、喜んでその性的な求めに応じているフリを続けた。

疲れを知らないアンドロイドかロボットのように、夫はほとんど毎夜、長時間にわたって硬直した男性器で加奈を責め苛《さいな》んだ。肛門を使っての性交や、彼女が嘔吐するほど激しく口を犯すのも毎度のことだった。その行為はたいていは1時間以上、時には2時間か、それ以上に及ぶこともあった。

そのことによって、加奈はいつもぐったりと疲れきり、行為のあとでは気を失うようにして眠りに落ちるのが常だった。

3

ふだんの加奈は渋々といった気持ちで、夫の性的な求めに応じている。けれど、その晩はそうではなかった。19歳の時から毎朝、欠かさずに行っている基礎体温の測定によれば、きょう辺りが排卵日のはずだった。

加奈は妊娠したかった。19歳の時には諦めた赤ん坊を、今度こそ産みたかった。

先月もその前の月も、排卵日と思われる日に加奈は夫と性交をしていた。夫はいつも避妊をしなかったから、先月もその前の月も、加奈は妊娠に大きな期待を持った。先月もその前の月もその期待は外れたが、今月こそはと思っていた。

夫が喜ぶので、夜の加奈はいつも扇情的な下着を身につけている。だが、その晩の加奈は、先月の排卵日と同じように、いつも以上に扇情的なブラジャーとショーツと太腿までのガーターストッキングを身につけ、極端に丈の短い透き通ったナイトドレスをまとった。そして、歩くのが容易でないほどに踵の高いストラップサンダルを履いて、夫の待つ寝室へと向かった。

夫婦の寝室は畳に換算すれば20畳を少し超えたほどの部屋だった。寝室には大きな窓がふたつあり、そのひとつからは光に彩られた横浜港や、七色の光を放ちながら回転する大観覧車が見えた。38階にあるその部屋からだと、観覧車を見下ろすような形になった。寝室の中央には巨大なベッドが置かれていたが、そのほかにはほとんど家具がなくて、少し殺風景な印象さえ受けた。

このマンションの床は、作られた時にはすべてがフローリングだったらしい。けれど、岩崎一郎は部屋を購入した際に、トイレや廊下や浴室や寝室や自分の書斎の床や壁を、鏡のように光る大理石に張り替えさせていた。

寝室に入った加奈が薄いガウンを脱ぎ捨てた瞬間、ベッドで読書をしていた夫が顔を上げ、妻の全身をまじまじと見つめた。寝室での夫はいつも、ボクサーショーツだけという恰好だった。

そんな夫の前で、加奈は誘うかのように夫を見つめ返し、長い髪を両手でもてあそぶようにしながら、ゆっくりと体を左右にくねらせた。

磨き上げられた床や壁に、扇情的な加奈の姿が映っていた。臍に嵌めたダイヤモンドのピアスや、首に巻かれた鋼鉄製のチョーカーが、室内に満ちた柔らかな明かりにキラキラと光っていた。

妻を見つめる夫の目に、たちまちにして強い欲望の色が浮き上がって来た。加奈はそれをはっきりと見た。

サンダルの高い踵をぐらつかせながら、鏡のような大理石の上でしばらく体を揺らしていたあとで、加奈は透き通ったナイトドレスの裾をゆっくりと持ち上げた。そして、ほっそりとした身をよじるようにして、それをゆっくりと床に脱ぎ捨てた。

「ああっ、加奈……おいで……」

声を上ずらせ、呻くように夫が言った。

けれど、加奈はそれに応じなかった。男の性的欲望を煽るためだけにデザインされたブラジャーとショーツとガーターストッキング、それにハイヒールのストラップサンダルという恰好で、なおも執拗に身をくねらせ続けた。

部屋の中はとても静かだった。加奈の履いたサンダルの細い踵が、大理石に当たる音のほかには、ほとんど何も聞こえなかった。

やがて加奈はその右腕を背中にまわし、ブラジャーのホックを外した。そして、左の腕で両の乳房を押さえてから、そこからゆっくりとブラジャーを取り除き、その半透明な小さな布をはらりと床に落とした。

「ああっ、加奈……」

ベッドに裸の上半身を起こし、夫がまた低く呻いた。

そんな夫に微笑みかけると、加奈は左腕で両の乳房を押さえたまま、ステージで踊るストリッパーのように、またしばらく身をくねらせた。

カーテンを開け放った窓から観覧車の光が差し込み、その光が白い天井や、大理石の壁や、下着姿の加奈の体をさまざまな色に染めていった。

大きなガラス窓には、片腕で乳房を押さえた加奈の姿が映っていた。その姿は女である加奈でさえ目を逸らせなくなるほどに、なまめかしくてセクシーだった。

やがて、加奈は乳房を押さえていた左腕を静かに降ろした。そのことによって、形よく張り詰めた乳房が剥き出しになった。今もビキニの水着の跡が残る右の乳房の内側には、小さな爬虫類が張り付き、今まさに吸盤のついた足を動かして加奈の首のほうに這い上がろうとしていた。

「加奈……頼む……じらさないで、こっちに来てくれ……」

夫がまた呻くように言った。

微笑みながら頷くと、加奈は部屋の中央の巨大なベッドにゆっくりと歩み寄った。

待ち兼ねたように夫がベッドを飛び出し、加奈の体を両手で、骨が軋むのではないかと思うほど強く抱き締めた。

「たぶん、きょうが排卵日みたいなの。だから、今夜は……あの……中に出してね」

夫の腕の中で加奈は言った。そして、右脚を高く上げ、腿の内側の部分を夫の腰に強く擦りつけた。とても幅の狭いショーツの布が、股間に深く食い込んだ。

加奈もまた、今夜は少し淫靡《いんび》な気持ちになっていたのかもしれない。最近では珍しいほどに股間が潤んでいた。

「ああ、わかってるよ」

妻の右側の尻を強く摑んで夫が言った。そして、次の瞬間、華奢な妻の体をベッドに押し倒し、汗ばんだ体をそこに重ねた。

4

その晩の夫の行為は、いつにも増して、長く、激しく、執拗だった。

夫は仰向けの加奈の膣に挿入し、しばらく腰を激しく打ち振っていたあとで、四つん這いの姿勢を取るよう彼女に命じた。そして、自分は妻の背後にひざまずき、今度は膣ではなく肛門に、体液にまみれた男性器を深々と挿入した。

ほとんど夜ごとにそれを強いられていたにもかかわらず、肛門への挿入という行為が彼女に与えるのは、今も苦痛と屈辱と、身が震えるようなおぞましさだけだった。

「あっ……いやっ……ああっ……」

夜ごとにそうしているように、加奈は両手でシーツを握り締め、ベッドマットに顔を擦りつけて苦しみの呻きを漏らし続けた。

随分と長いあいだ肛門への挿入を続けていたあとで、夫はようやく男性器を肛門から引き抜いた。そして、今度は加奈にそれを口に含むように命じた。たった今まで大便の排泄器官に挿入されていた男性器を、妻の口に押し込むということが夫は大好きだった。

拒否することは許されなかった。寝室での夫は絶対的な支配者であり、君主であり、国王だった。

ほとんど夜ごとにそうしているように、強い嫌悪とおぞましさに震えながらも、加奈は自分の肛門から引き抜かれたばかりのそれを口に含んだ。

その晩のオーラルセックスも、いつものように、長く、激しかった。喉の奥を執拗に突き上げられた加奈は、途中で何度も男性器を吐き出し、痩せた体をよじるようにして激しく咳き込んだ。

「お願いだから、優しくして……お願いだから、乱暴にしないで……」

涙の浮かぶ目で夫を見つめて、いつものように加奈は哀願した。

けれど、夫がしたのは、加奈の咳が終わるのを待ち兼ねて、また硬直した男性器を妻の口に押し込むことだけだった。

男性器を加奈の口に突き入れながら、夫は何度も「愛してる」と繰り返した。けれど、そんな言葉は加奈には信じられなかった。夫が今、彼女に強要しているのは、愛のためにではなく、妻を支配し、服従させるためのように感じられた。

拷問にも思われる長いオーラルセックスのあとで、夫はまた加奈を仰向けにした。そして、自分は加奈の上に身を重ね、両手で彼女の髪を掻き毟り、その唇を激しく貪りながら、再び膣に男性器を荒々しく突き入れた。

「ああっ……ダメっ……いやっ……」

今夜もまた、快楽からではなく苦痛から、加奈は絞り出すような声を上げた。自分がまるで、男性の性欲を処理するために作られた人形になったような気がした。

行為が終わったあとで時計を見ると、加奈が寝室に入ってからすでに1時間半が経過していた。

化粧を落とすために、加奈は裸のまま洗面所へと向かった。夫は自分が眠りに落ちる直前まで妻に化粧をしていてもらいたがったから、加奈はいつだって、こんな深夜に洗面所の鏡に向かわなければならなかった。

大理石の廊下を洗面所に向かって歩いていると、いつものように、女性器から溢れ出た夫の体液が、ナイロン製のガーターストッキングを履いたままの腿の内側を伝った。

妊娠するといいな。

強い期待を込めて加奈は思った。

充分な養育費を受け取りながら、子供とふたりで幸せに暮らすこと——。

今ではそれが加奈の最大の望みだった。

加奈には過去に一度、妊娠の経験があった。

それは大学2年の時の秋のことで、彼女はまだ19歳だった。相手は加奈と同じ英文科の20歳の学生で、ふたりは半年ほど前から恋人として付き合っていた。

妊娠判定薬が陽性を示した時には、加奈もひどく驚いた。だが、同時に、嬉しくもあった。加奈は恋人のことを愛していたし、いつかは彼と家庭を持つつもりだったからだ。

金銭的なことは確かに不安だった。だが、自分や恋人の両親が援助してくれるはずだと考えていた。

加奈は恋人も自分と同じ気持ちでいると確信していた。けれど、相手の男はそうではなかった。妊娠を聞かされた男はひどくうろたえ、加奈に「お金は何とかするから、子供を堕ろしてほしい」と言った。

その言葉は、自分が妊娠をしたという事実以上に加奈を驚かせた。

堕胎するということは、自分たちの子供を、親である自分たちが殺すということだった。

少なくとも、当時の加奈はそう考えていた。

加奈は「産みたい」と涙ながらに訴えた。けれど、恋人は「堕ろしてくれ」と繰り返すだけだった。

何日にもわたる激しい言い争いのあとで、加奈はついに堕胎に同意した。そして、恋人だった男に付き添われて婦人科に行き、そこでお腹の子を堕胎した。

手術自体は思っていたよりずっと呆気なかった。入院をすることもなく、加奈はその日のうちに自分の部屋に帰ることができた。けれど、それは今でも、加奈の人生の最悪の経験となっていた。

手術のあとで、加奈は恋人と別れた。そんな男の顔は二度と見たくなかった。

親である自分に殺された子供のことを思うと、今も胸が締め付けられるような気持ちになった。

そう。加奈は今でも、堕胎に同意してしまった自分を激しく責めていたのだ。

5

それは加奈の排卵日から1週間ほどが過ぎた夜のことだった。

その晩、加奈はリビングルームのテーブルの上に、夫の携帯電話が無造作に置かれていることに気づいた。少し前に帰宅した夫は、ちょうど入浴中だった。

加奈は人の携帯電話を盗み見たりするような女ではなかった。自分がされたくないことは、ほかの人にもしないというのが彼女の信条のひとつだった。

だが、その晩、加奈は恐る恐る夫の携帯電話に手を伸ばした。そして、ひどく心臓を高鳴らせながらも、ふたつ折りになっていたそれを開き、少し考えたあとで、メールの受信ボックスを呼び出した。

受信ボックスに『鮫島楓』という女の名前があった。

カエデ――。

時折、夫は加奈に、ふたり目の妻が産んだ娘の話をした。その時に、その娘の母親の名として、彼が『カエデ』という言葉を口にしたことがあったことを加奈は思い出した。

結婚相談所から送られて来た書類によれば、岩崎一郎の2番目の妻は、夫より2歳下で、彼らの結婚生活は1年ほどしか続かなかったはずだった。

もし、鮫島楓という女が夫のふたり目の妻だとすると、彼女は離婚時に、夫からかなりの財産分与を受け、今も少なくない額の養育費を受け取りながら、都内の高級マンションで5歳になる娘とふたりで悠々自適の暮らしを送っているはずだった。

鮫島楓からのメールは、きょうの午前中に届いたものだった。

小さな画面を見つめて加奈は唇をそっと噛んだ。そして、浴室からシャワーの音が続いていることを確かめたあとで、鮫島楓という女からのメールを開いた。

『ありがとう。感謝してるわ。愛美もわたしも元気よ。仕事、頑張ってね。楓』

鮫島楓から送られて来たメールの文面はそれだけだった。

何が『ありがとう』なのだろう？　彼女はいったい、何に感謝しているのだろう？

いずれにしても、鮫島楓という女のメールは親しげで、馴《な》れ馴れしくて、加奈は少し不愉快になった。かつてのふたりがどうであろうと、今の岩崎一郎は加奈の夫だった。

加奈は続けて、その前に送られて来た鮫島楓のメールを開いた。

『お久しぶり。元気にしてる？　新しい奥さんとの暮らしはどう？　まだ嫌われていない？

ところで、幼稚園の夏休みに愛美をハワイに連れて行ってあげたいの。だから、今月はいつもより少し多めに振り込んでくれない？　よろしくね。楓』

浴室からのシャワーの音を聞きながら、加奈はさらに強く唇を噛み締めた。女の馴れ馴れしさと、図々しさに苛立っていたのだ。

愛美——それは岩崎一郎の下の娘の名に違いなかった。ということは……そのメールはやはり、夫のふたり目の妻からのものだと考えていいようだった。

加奈は何度か繰り返して、夫のかつての妻からのメールを読んだ。それから、今度は携帯電話のメールの送信ボックスのほうを開いてみた。

案の定、そこには岩崎一郎が2番目の妻に送ったメールが2件あった。

加奈はまず、最初のメールを開いて見た。それは鮫島楓から最初のメールを受けた直後に発信されていた。

『こんにちは。久しぶりだね。僕は元気だ。妻とも仲良くやってる。そっちはどうだい？　愛美は元気かい？　誕生日に送った自転車、喜んでるかい？　夏休みに愛美とハワイに行くんだね。いいね。楽しんでおいで。それじゃあ、今月はいつもより２００万円多く振り込んでおくよ。もし、それで足らないようだったら言ってくれ。一郎』

加奈は携帯電話から顔を上げ、シャワーの音が続いている浴室のほうに目をやった。

そう。加奈の夫は、娘とハワイに行くという元妻のために、今月はいつもより２００万円も多くの金を彼女の銀行口座に振り込んだのだ。

夫の資産は、彼が自分の才覚で稼ぎ出したものだった。けれど、妻である自分に何も言わず、元妻に２００万円もの送金をするということが、加奈には納得ができなかった。

浴室からシャワーの音がなおも続いていることを確認してから、加奈は夫が元妻に送ったふたつ目のメールを開いた。

『どういたしまして。愛美によろしく。彼女に僕が、心から愛していると伝えてくれ。本当に伝えてくれ。一郎』

メールはそれだけだった。だが、その短い文面からは、夫が娘をとても気にかけていることがよく伝わって来た。彼は今も月に一度ずつ、最初の妻とのあいだの娘と、ふたり目の妻とのあいだの娘に会っていた。下の娘に会う時には、その母親である鮫島楓とも会っているようだった。

浴室のシャワーの音が止んだ。

加奈は急いで自分の携帯電話を取り出した。そして、鮫島楓という夫のふたり目の妻だった女のメールアドレスを記録した。

そう。加奈は咄嗟《とっさ》に、鮫島楓という女に会ってみたいと思ったのだ。

いったい、どんな女なのだろう？　なぜ、たった1年で離婚したのだろう？　あの人は彼女の首にも外せない鋼鉄製のチョーカーを巻いたのだろうか？　彼女の乳房にもヤモリの刺青を施したのだろうか？　GPS機能付きの携帯電話を常に持たせていたのだろうか？　彼と結婚したわたしを、その女はどう思っているのだろう？

訊いてみたいことは山ほどあった。


その後、二日にわたって悩んだあとで、加奈は夫のふたり目の妻だった鮫島楓という女にメールを送り、『ぜひ、お会いしたい』と伝えた。

1時間ほど経ってから、鮫島楓から返信が来た。

『近くまでおいでいただけるのでしたら、加奈さんにお会いすることはやぶさかではありません』
鮫島楓からのメールにはそうあった。
やぶさかではない――それは岩崎一郎がしばしば口にしているセリフだった。

6

加奈が夫のふたり目の妻だった女と会ったのは、鬱陶しい雨が降り続く蒸し暑い水曜日の午前10時半すぎのことだった。娘が幼稚園に行っている午前中が都合がいいと、鮫島楓が時間を指定して来たのだ。

鮫島楓は自由が丘駅のすぐ近く、世田谷区内の高級マンションに暮らしていた。最初、彼女は加奈に、自宅の最寄り駅の自由が丘まで出て来るように言った。だが、加奈は彼女に自由が丘駅から東横線で4駅離れた中目黒駅まで出向いてもらい、その改札口で待ち合わせることにしてもらった。

自分が自由が丘駅に行くのはかまわなかった。だが、加奈は夫にGPS機能付きの携帯電話を持たされていたから、あまり元妻の自宅の近くに行くと、自分が彼女とコンタクトを取ったことが夫にバレてしまうのではないかと危惧したのだ。

駅で待ち合わせたにもかかわらず、加奈は中目黒に行くのに自宅の前からタクシーに乗った。最近の加奈はどこに行くにも必ずタクシーを使っていた。

鮫島楓という女も、やはりタクシーでやって来た。

駅前に停まったタクシーから女が降り立った瞬間に、加奈には鮫島楓がわかった。彼女のほうも、ほぼ同時に加奈がわかったようだった。

そう。鮫島楓という女は、加奈によく似ていたのだ。

いや、顔立ちが似ているというわけではなかった。だが、鮫島楓という女が放っている雰囲気は、加奈のそれとよく似ていた。

加奈より3つ上、33歳の鮫島楓は、すらりと背が高く、ほっそりとした体つきをしていた。白と黒の横縞のぴったりとしたミニ丈のワンピースをまとい、その上にオレンジ色の薄手のカーディガンを羽織り、高級ブランドのバッグを抱えていた。足元は踵の高い高級ブランドのサンダルだった。女からはフローラル系の香りが漂っていた。

「鮫島さんですね？」

加奈は微笑みながら、女に真っすぐに歩み寄った。

そんな加奈を鮫島楓がじっと見つめた。

女は少し冷たそうな顔に丁寧に化粧を施し、少し明るく染めた真っすぐな髪を背中に垂らし、全身にたくさんのアクセサリーを光らせていた。ストッキングを履いていない2本の脚は、加奈のそれと同じように細くて美しかった。

「岩崎……あの……岩崎加奈です。お呼び立てしてしまって申し訳ありません」

鮫島楓に向かい合うように立って、加奈はペコリと頭を下げた。

加奈もまた、体に張り付くようなミニ丈のワンピースをまとい、薄いカーディガンを無造作に羽織り、とても踵の高いサンダルを履いていた。顔にはしっかりと化粧をし、たくさんのアクセサリーを身につけ、シトラス系の香水をたっぷりとつけ、小さなバッグを抱えていた。もちろん、すべてが高級ブランド品だった。

「いいのよ。わたしもあの人の新しい奥さんに興味があったから」

微笑まずに女が言った。それは上司が部下にするような、少し横柄な口調だった。

いや、その女は実際に加奈のことを、自分の仕事を引き継がせた部下のように思っていたのかもしれなかった。


鮫島楓と加奈は、中目黒駅のすぐ近くにあった明るくて洒落たカフェに入った。

大きな窓辺のテーブルに向かい合って座るとすぐに、鮫島楓はバッグから煙草を取り出して口に咥えた。

「あなたも吸う？」

煙草のパックを加奈のほうに差し出して女が訊いた。女の指は、加奈と同じようにほっそりとしていて、とても長かった。伸ばした爪には派手なマニキュアが光っていた。

「あの……煙草はやめたんです」

ぎこちなく微笑みながら加奈は言った。

「あの人にやめろって言われたのね？」

細くすぼめた唇から、白い煙を吹き出して女が笑った。

「ええ。そうです。あの……鮫島さんは言われなかったんですか？」

「もちろん、言われたわよ。あの人、煙草が大嫌いだから、でも、離婚したから、また吸い始めたの」

平然とした口調で女が言い、加奈はまたぎこちなく微笑みながら頷いた。

まだ開店して間もないせいか、カフェには客の姿がほとんどなかった。30代前半に見えるスーツ姿の男が3人、煙草をふかしながらコーヒーを飲んでいるだけだった。その男たちは全員が、加奈たちのほうを、ちらりちらりと盗み見ていた。

「ねえ、加奈さん、どうしてわたしのメールアドレスがわかったの？」

鮫島楓が訊いた。どことなく楽しげな口調だった。

「あの……あの人の携帯電話を盗み見たんです」

「そんなことして、見つかったらお仕置きをされるわよ」

リップグロスが光る女の口元には、楽しげな笑みが浮かんでいた。彼女の歯は綺麗に揃っていて、不自然なほどに白かった。

7

ウェイトレスがコーヒーを運んで来たあとで、加奈は鮫島楓への質問を開始した。

「鮫島さんは、あの人の前の奥さんだった人たちのことはご存じですか？」

自分の前に4人もの女たちが岩崎一郎と結婚し、夫には期待通りの豊かな経済力があったにもかかわらず、その4人全員が彼に愛想を尽かして出て行ったということは、加奈がもっとも気にしていたことだった。

「会ったことはないけど……あの人からいろいろと話は聞いているから、だいたいの想像はつくわ」

なおも煙草をふかし続けながら鮫島楓が言った。

岩崎一郎はふたりの娘に定期的に会っていたが、最初の妻とのあいだにできた娘は、面会日にはひとりで父親に会いに来るらしかった。だから、岩崎一郎と定期的に会っている元妻は、4人のうちで鮫島楓ひとりのはずだった。

「あの……その女の人たちは、どんな人たちなんでしょう？」

加奈はテーブルに身を乗り出した。

「どんなって……そうね……みんな美人で、みんなスタイルがよくて……いわゆる、典型的ないい女よ。あなたやわたしみたいにね」

そう言って笑うと、鮫島楓は手にしていた煙草を灰皿に押し付けるようにして消した。灰皿に転がった白いフィルターに、薄いピンクのリップグロスが仄かに残っていた。

「みんなどうしてあの人と別れたんでしょう？　あの……鮫島さんはどうして離婚なさったんですか？」

丁寧に化粧がされた女の顔を見つめて、加奈はさらに質問を続けた。

「加奈さん、結婚してもうすぐ2カ月になるんでしょう？」

女がまた笑った。「だったら、もう、その理由はわかっているんじゃない？」

目の前に座った美しい女の顔を、加奈はまじまじと見つめた。そして、四つん這いの姿勢で背後から肛門を犯されているその女が、ベッドにしがみついて泣き叫んでいる様子を想像した。髪を鷲摑みにされたその女が、嘔吐するほど激しく口を犯されている姿を想像した。

いや、それは単なる想像ではなく、実際にあったことなのだ。おそらく、今の加奈と同じように、その女もかつては毎日、岩崎一郎の男性器に責め苛まれていたのだ。今の加奈と同じように、夫のために手の込んだ料理を作り続けていたのだ。

「その鉄のチョーカーにはもう慣れた？」

今度は鮫島楓が質問をし、加奈は反射的に、首のチョーカーに触れた。

「あの……鮫島さんも、これと同じものを嵌められていたんですか？」

「わたしのはもう少し太かったから、結婚しているあいだ、ずっと鬱陶しかったわ」

女がまた笑った。細くて長い女の首では今、大粒のダイヤモンドが光っていた。

「あの……刺青のことなんですけど……」

「愛の証しのことね？」

鮫島楓がおどけたように笑った。

「ええ。はい……」

「ヤモリは今もここにいるわよ」

女が自分の右の胸に触れた。加奈とは違って、その女の乳房はなかなか豊かだった。

「あの刺青……今も消してないんですか？」

「ええ。消してもいいんだけど……あのヤモリ、よく見ると、なかなか可愛いのよ」

鮫島楓がまた、おどけたように笑った。

安堵に満ちたその笑みが、『ババぬき』の『ババ』をほかの人間に押し付けた人のそれに……あるいは、凶悪犯に解放された人質のそれに、どことなく似ているように加奈には思えた。

そう。銃を持って立てこもる凶悪犯に人質にされていた鮫島楓は、今はそこから解放されたのだ。そして、彼女の代わりに加奈が人質になり、今も犯人から銃を突き付けられているのだ。

鮫島楓が2本目の煙草に火を点けた時、加奈のバッグの中の携帯電話がメールの着信音を発した。その音は夫からのメールを知らせるものだった。

「あっ。すみません」

目の前に座った鮫島楓にそう言うと、加奈はバッグから携帯電話を取り出した。もし、返信せずに放っておくと、すぐに電話がかかって来るはずだった。

『今、どこにいるんだい?』

携帯電話のパネルにはそうあった。加奈が中目黒にいるということを、夫はすでに知っているはずだった。

「すぐに返信していいわよ」

鮫島楓が面白そうに笑った。岩崎一郎という暴君から解放され、その女は本当にほっとしているようだった。

無言で頷くと、加奈はすぐに夫に返信をした。

『今、中目黒。大学の時の友達とお茶を飲んでるの。でも、もう横浜に帰るわ』

メールの送信を終わると、加奈は携帯電話をバッグに戻した。そして、ふーっと溜め息をついた。

そんな加奈を見て、鮫島楓がまた笑った。加奈と同じようにマスカラを塗り重ねた長い睫毛が、女の目の下に大きな影を作っていた。

ふたり目の妻は……確か……僕と一緒に暮らしていると、いつも見張られているみたいで、息が詰まるって言っていました――。

加奈はまた夫の言葉を思い出した。

8

その後も加奈は、夫の元妻にたくさんの質問をした。驚いたことに、鮫島楓は加奈と同じ結婚相談所で岩崎一郎と巡り会ったようだった。

「あの頃、わたし、学生の時から付き合っていた人と別れちゃって……もう27になっていたから、結婚するのも悪くないかと思って……でも、周りにはなかなか、これと思う人がいなくて……」

3本目の煙草に火を点けながら鮫島楓が言った。「それであの結婚相談所に入会したのよ。どうせ愛のない結婚するなら、お金持ちがいいなと思ったの」

「そうなんですか」

女を見つめ、加奈は無意識のうちに唇をなめた。

「わたしだけじゃなく、あの人、3番目の奥さんになった人とも、4人目の奥さんになった人とも、あの結婚相談所で知り合ったみたいよ。つまり、最初の奥さん以外は全員が、お金に目が眩んであの人の妻になったのよ」

鮫島楓が自嘲《じちょう》するかのように笑った。

愛のない結婚でいいと思っていたにもかかわらず、岩崎一郎と初めて会った時、鮫島楓は激しく心をときめかせた。

前の妻とのあいだに娘がいるのは気にならなくはなかった。だが、それを別にすれば、結婚相手としての岩崎一郎は、ほとんど非の打ち所のない男のように思われた。

付き合い始めてすぐに、岩崎一郎は鮫島楓に求婚した。彼女はその申し出を喜んで受け入れた。

奇跡が起きた。

その時、鮫島楓はそう思ったという。

結婚式は都内の一流ホテルに併設された教会で挙げ、そのホテルに200人を超える人々を招いて盛大な披露宴を行った。そのあまりの豪華さに、鮫島楓の両親や親戚はひどく物怖じしたという。

ワインが好きでソムリエの資格も持っていた鮫島楓の提案で、新婚旅行にはフランスとイタリアに行き、ワイナリーやブドウ畑を巡った。その旅で岩崎一郎はワインという飲み物に目覚め、その後はワインを愛飲するようになったらしい。

「新婚旅行は楽しかったですか？」

鮫島楓の表情をうかがうようにして加奈は訊いた。

「たぶん……旅行の始まりの頃は、わたしはバリ島に着いたばかりの加奈さんと同じようなことを考えてたと思うわ。それから……その旅の終わりの頃には、やっぱりバリ島での旅の終わりの頃の加奈さんと同じことを思うようになっていたんじゃないかしら」

加奈の目をのぞき込むように見つめ、鮫島楓が意味ありげに笑った。

新婚旅行から戻った鮫島楓は、今、加奈が暮らしている横浜のマンションの38階の一室で『岩崎楓』として暮らし始めた。加奈と同じように、鮫島楓もまた幸せになるつもりでいた。けれど、一緒に暮らし始めてすぐに、あるいは、加奈と同じように新婚旅行中に、今後もずっと彼の妻であり続けることは不可能だということを悟った。

離婚を決意すると、鮫島楓は離婚訴訟を得意としている弁護士に相談をした。そして、娘を出産した直後、盛大な結婚式からわずか1年後に夫に離婚を切り出した。

結婚式の1年後に離婚したというのは、3番目の妻や4番目の妻と同じだった。けれど、鮫島楓が3番目の妻や4番目の妻と大きく違っていたのは、彼女が岩崎一郎の娘を出産したことと、離婚した時に莫大な財産を手に入れたことだった。

「あの人、わたしにお金を巻き上げられて、すごく懲りたみたいね。それで、あんな書類を作ってサインをさせるようになったのよ」

鮫島楓が嬉しそうに言った。娘と一緒に月に一度ずつ岩崎一郎に会っているだけあって、鮫島楓はその後に彼の妻となった女たちについてよく知っているようだった。「加奈さんもその書類にサインしたんでしょう?」

「ええ。まあ……」

「お気の毒に」

鮫島楓が細い眉を寄せ、同情をしているような顔をした。けれど、その口調には加奈に対する同情はまったく感じられなかった。

話を続けているうちに、加奈は鮫島楓に嫉妬を感じるようになった。その後は憎しみさえ覚えるようになった。

いろいろと苦悩はあったのかもしれないが、とにもかくにも、鮫島楓はうまくやったのだ。彼女はチャンスをものにし、夫からその富の一部を毟り取ったのだ。

細くて長い鮫島楓の指には、たくさんの指輪が嵌められていた。だが、かつて結婚指輪があったはずの左の薬指には、何も嵌められていなかった。

加奈はつくづく、それを羨ましいと思った。

9

鮫島楓がそろそろ幼稚園に娘を迎えに行かなければならないと言うので、加奈も横浜に戻ることにした。

　もっと彼女に尋ねたいことはあったが、加奈にもそんなに時間はなかった。これから夫のために夕食の支度をしなければならなかった。

　カフェを出ると雨はやんでいて、外はひどく蒸し暑かった。鮫島楓と加奈は、ほぼ同時にカーディガンを脱ぎ、薄手のそれを小脇に抱えた。鮫島楓の肩は加奈のそれと同じように尖って、とてもほっそりとしていた。

「あの……鮫島さんは、あの人の3人目の奥さんや4人目の奥さんたちと、今も連絡を取り合っているんですか？」

　駅前のタクシー乗り場に向かって歩きながら、加奈は訊いた。

「連絡？　取り合ってないわよ。取りようがないもの」

　背筋を伸ばして姿勢よく歩きながら鮫島楓が笑った。

　ふたりの履いたサンダルの踵は同じくらいの高さだったが、こうして並んで立つと、加奈のほうがほんの少し背が高かった。

「連絡の取りようがないって……それはどういうことでしょう？」

「そうか、加奈さんは何も知らないんだ？」

　鮫島楓が足を止め、加奈も同時に立ち止まった。

「知らないって……あの……何をですか？」

「あのふたりは、もう生きていないのよ。ふたりとも死んじゃったの」

あっけらかんとした口調で鮫島楓が言った。

「えっ。死んだ？　あの……病気か何かですか？」

鮫島楓の顔を見つめて加奈は訊いた。無意識のうちに顔が強ばるのがわかった。

「病気じゃないわ。3人目の奥さんは事故だって聞いてるわ。クルーザーから落ちて、どこかに流されちゃったの。死体は見つからなかったみたいね」

「そんな……」

白くて巨大なあのモータークルーザーを思い浮かべて、加奈は低く呻いた。

「4人目の奥さんは自殺よ。横浜のあのマンションで……寝室だったって聞いてるけど……首を吊って死んだの」

「寝室で……あの……嘘でしょ？」

「わたしが加奈さんに嘘をつく必要なんてないじゃない？　あの人の4人目の奥さんは、今もあなたが寝てる寝室で首を吊って死んだのよ」

加奈を見つめて鮫島楓が楽しげに笑った。

「そんな……どうして自殺なんて……」

加奈は再び低く呻いた。下腹部でどす黒い恐怖が膨らみ、全身に鳥肌が広がった。

「でも、わたしの推測だと、たぶん、ふたりとも違うと思うの」

「違うって……」

「たぶん……ふたりとも、あの人に殺されたのよ」

鮫島楓がまた楽しげに笑った。

「そんな……まさか……」

顔を強ばらせて加奈は笑った。脚が震えて、うまく歩けなかった。

「証拠はないのよ。ほらっ、あの人、証拠を残すようなドジはしないから。でも、わたしはそうだと確信してるわ。３人目の奥さんは、あの人にクルーザーから突き落とされて死んだのよ。４人目の奥さんだって、あの人が殺したに違いないわ。だから、加奈さんも……あの人に殺されないように気をつけてね」

鮫島楓がまた、とても楽しげに笑った。

10

中目黒駅前で客待ちをしていたタクシーに、鮫島楓が先に乗り込んだ。

「それじゃあ、加奈さん。また何か知りたいことがあったらメールちょうだい。あの人と仲良くね。バイバイ！」

鮫島楓がタクシーの窓から嬉しそうに手を振った。ほっそりとした手首で、いくつものブレスレットがキラキラと光った。

鮫島楓が乗ったタクシーのテイルランプを見つめながら、加奈は無言で唇をなめた。サンダルの高い踵に支えられた脚が、今も細かく震えていた。頭の中は真っ白で、ほとんど何も考えることができなかった。

「お客さん、乗りますか？」

後続のタクシーの運転手が加奈に訊いた。まだ30代に見える女の運転手だった。

「はい。乗ります」

小声で答えると、加奈はタクシーに歩み寄った。

そんな加奈の肩を誰かがポンと軽く叩いた。

反射的に振り返った加奈は、あやうく悲鳴を上げかけた。

そこに夫が立っていたのだ。

夫は加奈をタクシーの後部座席に押し込むようにして乗せると、自分もその隣に乗り込んだ。そして、女の運転手に横浜の自宅の場所を告げた。

「一郎さん……あの……どうしてここにいるの？」

顔を強ばらせて加奈は訊いた。恐怖のあまり尿が漏れてしまいそうだった。

「加奈を迎えに来たんだよ。僕もちょうど近くにいたからさ」

無邪気な口調で夫が言い、加奈を見つめて優しく微笑んだ。

女の運転手はすぐに車を発進させた。助けを求めるかのように、加奈はミラーに映った彼女の顔を見た。

薄く化粧がされた運転手の顔には、微かな笑みが浮かんでいた。

「楓は元気だったかい？」

今度は夫が加奈に訊いた。

そう。夫がいつから近くにいたのかはわからないが、彼はすでに加奈が鮫島楓と一緒にいたことを知っていた。

加奈は無言で頷いた。胃が硬直し、強い吐き気が込み上げて来た。

「どんなことを話したんだい？」

ワンピースの裾から剝き出しになっていた加奈の太腿を、夫がゆっくりと撫でた。夫に触れられた腿に鳥肌が立ち、それが全身へと広がっていった。

「あの……ただの世間話よ」

ぎこちなく微笑みながら、呻くように加奈は答えた。

「ふーん。そうなんだ」

加奈の腿から手を離し、夫がゆっくりと彼女のほうに顔を向けた。

ああっ！

また加奈は悲鳴を上げそうになった。夫の目はそれほど冷ややかだったのだ。

タクシーの中では、夫は加奈を責めはしなかった。きっと、運転手の存在を気にしてのことだったのだろう。けれど、横浜に向かって走り続けるタクシーの中で、加奈はずっと膝の上で両手を強く握り締め、恐怖に身を固くしていた。自宅に戻り、ふたりきりになったら、きっと何かひどい『お仕置き』が待っているはずだった。

全裸でベッドに縛り付けられ、口に下着や生理用ナプキンを詰め込まれたことを、恐怖と屈辱とともに加奈は思い出した。

11

マンションの38階にある自宅に戻ると、魔女のような風貌をしたお手伝いの上原さんが、皺だらけの顔をさらに皺だらけにして出迎えてくれた。

「奥様、おかえりなさい。あらっ……岩崎さんもご一緒だったんですね？」

タオルで手を拭いながら、しわがれた声で上原さんが言った。

「ええ。早く仕事が終わったものですから、ふたりでお茶を飲んで来たんですよ」

親しげな口調で岩崎一郎が答えた。

ああっ、きっとこれからひどい目に遇わされるんだ。

助けを求めるかのように、加奈はお手伝いさんを見つめた。けれど、彼女は何も気づいていないようだった。

「さあ、加奈、ちょっと話したいことがあるから、僕の書斎に行こうか」

薄手のカーディガンの上から夫が加奈の二の腕をがっちりと摑んだ。そして、半ば引きずるようにして、廊下の外れの一室に加奈を連れて行った。

加奈は大声でお手伝いさんに助けを乞おうと思った。けれど、そうはしなかった。そんなことをしたら、もっとひどい目に遇わされるような気がしたのだ。

自分が書斎として使っている15畳ほどの洋室に加奈を連れ込むと、夫はドアを閉め、そこにしっかりと鍵を掛けた。

「さあ、加奈。説明してもらおうか？」

夫の口調はいつものように穏やかだったが、その目は冷たい血を持った爬虫類のように冷ややかだった。

「ごめんなさい……あの……特別な意味はないのよ……ただ……あなたの奥さんだった人に会ってみたくなって……」

しどろもどろになって加奈は言った。恐怖で声が震えていた。「ごめんなさい、一郎さん……こんなことはもうしないわ……だから、今度だけは許して……お願い……」

夫への謝罪を口にしながら、加奈は自分ばかりが謝るのは不公平だと思っていた。

自分は確かに、夫に隠れて鮫島楓に会っていた。けれど、夫はもっと大切なことを――3番目の妻と4番目の妻が生きていないということを、自分に隠したまま結婚をした。それは加奈がした以上の罪であり、夫こそが加奈に謝罪すべきだった。

だが、加奈はもちろん、それを口にはしなかった。

「楓とは何を話したんだい？」

タクシーの中でもした質問を、穏やかな口調で夫が繰り返した。その顔には相変わらず笑みが浮かんでいた。加奈の目には、それは勝利者のそれのように加奈には見えた。

「ただの世間話で、特別なことは何も話していないわ……本当よ……だから、許して……お願い。もう絶対に勝手なことはしないわ……」

縋るように夫を見上げ、加奈は必死で言葉を続けた。3番目の妻と4番目の妻の話を、今ここでするつもりにはなれなかった。

「加奈は本当に自分が悪かったと思っているのかい？」

口元に笑みを漂わせながらも、冷ややかに加奈を見つめて夫が訊いた。

「ええ。思ってるわ。わたしが悪かったの……ごめんなさい……だから、許して……お願い……お願い……」

込み上げる涙を堪えながら、加奈は祈るかのように顔の前で両手を合わせた。

「そうか……悪いと思ってるのか……それじゃあ、そこに土下座して謝りなさい」

「土下座？」

「ああ。そうしたら、今度だけは大目に見ることにするよ」

平然とした口調で夫が言った。

加奈は夫の顔を見つめた。整った顔が自分の父親のそれに重なって見えた。

「どうした、加奈？　さっさとそこに土下座しなさい」

夫が冷ややかに繰り返した。「それとも、土下座はやめて……またお仕置きをしたほうがいいのかな？」

選択の余地はなかった。加奈は剝き出しになった脚を曲げ、大理石の床にゆっくりと正座をした。それから、ひんやりとした床に両手を突き、華奢な体をふたつ折りにして床に額を近づけた。

耳たぶにぶら下がった大きなピアスが、床に触れて小さな音を立てた。

「言葉に出して謝罪しなさい」

床に顔を伏せた加奈の耳に、真上から放たれた夫の声が届いた。

「勝手なことをしてすみませんでした……許してください……」

呻くように加奈は言った。悔しさのあまり、目から涙が滲《にじ》んだ。

加奈の後頭部に、夫が足を乗せた。その重みによって、額が床に押し付けられた。

「よし。今回だけはこれで許そう。だけど、加奈、次はないよ。そのことを、しっかりと胸に刻んでおきなさい」

夫に後頭部を踏み付けられたまま、加奈は奥歯を嚙み締めた。溢れた涙が、磨き上げられた床に滴り落ちた。

次の瞬間、夫が加奈の頭から足をどかし、代わりに髪を乱暴に鷲掴みにした。そして、その髪を力強く引っ張るようにして、加奈に無理やり顔を上げさせた。

「なんだ、加奈、泣いているのか?」

加奈を見下ろし、勝ち誇ったように夫が笑った。

その瞬間、溢れ続ける涙を通して夫の顔を見つめながら……加奈はその男を殺してやりたいと思った。


妻に土下座をさせたその晩も、岩崎一郎は寝室で加奈の肉体を執拗に貪った。行為の最後には妻に体液を嚥下させ、満足して眠りに落ちた。

けれど、加奈は眠れなかった。

柔らかな枕に後頭部を埋めて、加奈は暗がりに目を見開いていた。

天井の片隅には四角い通風孔があり、そこに鉄格子が嵌められていた。それはロープを結ぶのにちょうどいいように思えた。

もし、鮫島楓が言ったことが真実なのだとすれば……夫の４人目の妻となった女は、この寝室で首を吊ったのだ。たぶん、あの通風孔の鉄格子にロープを結び、そこからぶら下がって死んだのだ。もしかしたら、加奈の夫に、そうするように強要されたのだ。

加奈さんも……あの人に殺されないように気をつけてね──。

鮫島楓の言葉が耳に甦り、冷たい恐怖が加奈の体を強ばらせた。

第二章

1

今度こそ妊娠したのではないか——岩崎加奈は大きな期待を抱いていた。何となく、そんな気がしていたのだ。

けれど、その期待は今月もまた裏切られた。

かつて堕胎したことが、なかなか妊娠しない原因になっているのかもしれない。

そんな不安を抱き始めていた加奈は、不妊治療専門のクリニックに行ってみることを思い立ち、予約を取る前に夫にそれを相談した。

そんなことを、わざわざ相談する必要はないような気もした。だが、支払いにはクレジットカードを使うので、どうせ夫はすぐに気づくはずだったし、そのことであとから責められたり、説明を求められたりするのは鬱陶しかった。

「子供は天からの授かりものだし、まだ結婚したばかりなんだから焦ることはないとは思うけど……加奈が気になるなら診てもらうといいよ」

岩崎一郎はいつものように、無邪気に親しげに笑った。

焦ることはない――。

夫は言ったが、ぐずぐずしているわけにはいかなかった。加奈は一刻も早く子供を産み、一刻も早く夫と別れたかった。そして、最初の妻や鮫島楓がしているように、彼から充分な養育費を受け取り、子供とふたりで暮らしたかった。

横浜の私鉄駅の近くにある有名な不妊治療専門のクリニックで、加奈はさまざまな検査を受けた。検査の中には強い痛みを伴うものもあったし、診察台の上で下半身を剝き出しにして屈辱的な姿勢を取らなければならないものもあった。

けれど、加奈には痛みも屈辱もあまり気にならなかった。妊娠できるのなら、どんなことでもするつもりだった。

検査の結果、異常はどこにも見当たらなかった。

「不妊の原因のほぼ半分は男性側にあります。ですから、旦那さんにも検査を受けていただくといいですね」

加奈の担当をした中年の医師はそう言った。「男性の検査は女性に比べるとすごく簡単なんですよ。わざわざ本人にお越しいただかなくても、精液を持って来ていただくだけでいいんですからね」

帰宅した加奈は夫に、精液検査のことを告げた。

けれど、夫は「僕に問題があるわけないよ」と笑うだけで、『精液を採取してクリニックに提出したい』という加奈の希望に応じようとはしなかった。

加奈もまた、あえて夫の精液を調べてもらいたいとは思わなかった。夫には娘がふたりもいるのだから、彼に原因がないことは明らかだった。

鉄格子のない牢獄——加奈の日常が続いた。

加奈は毎日、起きるとすぐに朝食を作り、夫を起こす前に鏡の前でしっかりと化粧をし、夫が好むような衣類をまとい、夫に食事をさせて会社に送り出した。その後はタクシーに乗って食材の買い物に行き、帰宅しては夫のために手の込んだ夕食を作った。

週に3日か4日はスポーツクラブで汗を流し、週に1日は料理教室に通った。月に二度か三度はネイルサロンや、エステティックサロンや美容室にも行った。夫に勧められて、月に一度は歯医者に行き、VIP専用の個室で、歯のクリーニングや漂白や、歯茎のマッサージなどもしてもらっていた。

そういうことをしていると、毎日はあっと言う間にすぎていった。

寝室での岩崎一郎は、加奈の肉体を執拗に求め続けた。

夫の4番目の妻が命を失ったという寝室で——ほとんど毎夜のように、加奈は巨大な男性器で肛門を貫かれ、それを口に押し込まれ、子宮を荒々しく突き上げられ……また肛門を犯され、口を犯され、女性器を犯された。

夫は加奈の肛門から引き抜いたばかりの男性器を彼女の口に含ませることで、妻を服従させている気分になるようだった。

もし、加奈が夫を愛していたとしても、それはきわめて屈辱的なことのはずだった。だが、今の加奈にとっては、それは屈辱を通り越し、ほとんど拷問のように感じられた。

結婚前とは違って、加奈が金に困るようなことはなかったし、旺盛な物欲もそれなりに満たされていた。ぼんやりとしていられる時がないほど忙しいにもかかわらず、夫の強い希望でいつも身だしなみに気をつかっているせいか、スポーツクラブできちんと体を動かしているせいか、それとも、定期的にエステティックサロンに通っているせいか、苦労や疲労が顔に出るようなこともなかった。

つい先日、久しぶりに会った大林玲華は、「加奈って、結婚してからますます綺麗になったわね」と言って笑った。杉山ゆかりは「有閑マダムのオーラが漂ってるよ」と、加奈の優雅な暮らしを羨んだ。

だが、常に夫から監視され、さまざまなことを強いられている今の暮らしは、加奈にとって、まさに鉄格子のない牢獄に閉じ込められているようなものだった。

加奈の頭にはいつも、鮫島楓の言ったことが引っ掛かっていた。

本当にそうなのだろうか？　あの人は本当に3番目の奥さんと、4番目の奥さんを殺したのだろうか？　いつか……このわたしのことも、殺そうとするのだろうか？

そんな時、また、かつての恋人の奥田幸太のことを思い出した。以前は大手新聞社の社会部で働いていて、今はフリーのノンフィクションライターをしている彼なら、加奈にいろいろと力を貸してくれるのではないかと思ったのだ。

幸太くんに相談してみよう。そうしよう。

その日、マニキュアが輝く長い爪でモヤシの髭を1本1本取り除きながら、加奈はそう決意した。


奥田幸太に電話をするにあたって、加奈は随分とためらった。彼がひどく怒っているのではないかと思っていたのだ。一方的に別れを言い出したのは加奈のほうだったから。

「あの……もしもし……わたしよ」

小さな電話を握り締め、加奈は言った。どういうわけか、心臓が高鳴っていた。

『やあ、加奈！　久しぶり。元気だったかい？』

耳に押し当てた電話から、奥田幸太の明るくて太い声が聞こえた。

「わたしは元気よ。あの……幸太くんは？」

『俺はいつだって元気いっぱいだよ』

電話の向こうで彼が笑った。

その笑い声を聞いた瞬間、加奈の目が涙で潤んだ。

2

その週の木曜日の午後に、加奈は奥田幸太に自宅まで来てもらった。日曜日と木曜日が通いのお手伝いさんの休日だったからだ。

彼とやましいことをするつもりではなかった。だが、やはり、夫以外の男を、それもかつての恋人を、自宅に招き入れたということを誰かに知られるのは嫌だった。

お手伝いの上原さんは、加奈に対してもいつも丁重に接してくれていた。だが、心の中で、何を思っているかはわからなかった。彼女は加奈が結婚するずっと前からこの家で働いていたから、夫にいろいろなことを告げ口する可能性も否定できなかった。

奥田幸太と外で落ち合うことも考えた。だが、鮫島楓と会った時のことを思うと、自宅で会うほうが安全なように感じられた。

「いやあ、加奈……綺麗になったなあ」

玄関のドアを開けた加奈を見た瞬間に、奥田幸太が驚いたように言った。彼はとてつもなく体が大きかったから、そうやってドアのところに立つと、向こう側がほとんど見えなくなった。

わずか3年ちょっとのあいだに、奥田幸太は驚くほどに太っていた。かつては引き締まっていた腹部も、今はだらしなく前方に突き出していた。髪の毛も少し薄くなり、額も広くなっていた。けれど、穏やかで優しげな笑顔は変わっていなかった。

「失礼なこと言わないでよ。わたしは昔から綺麗じゃない？」

かつての恋人の顔を見上げて、加奈はすねたような顔をしてみせた。彼は190センチ以上あったから、恋人として過ごしていた頃も、加奈はいつも彼を見上げていた。

「うん。確かに昔から綺麗だったけど……でも、今のほうがずっと綺麗だな。何ていうか……オーラが出てる気がするよ。やっぱり、大金持ちの奥さんは違うな」

加奈の全身をなめまわすように見つめて奥田幸太が笑った。付き合っている時にはいつも感じたことだったが、彼の声は太くて低くて、耳にとても心地よかった。

加奈はいつものように丁寧に化粧をし、栗色の長い髪をドライヤーとヘアアイロンで整え、全身にたくさんのアクセサリーを光らせていた。少し前までは夕食の支度をしていたからTシャツとジーパンという恰好だったけれど、今は黒いホルターネックのワンピースに着替えていた。とても裾の短いぴったりとしたワンピースだった。

「そう？　ありがとう、幸太くん」

かつての恋人に加奈は微笑んだ。「それにしても、幸太くん、太ったわね。今、何キロぐらいあるの？」

「先月、サウナで計った時は、確か……１４０キロぐらいだったかな？」

突き出した腹を撫でながら、奥田幸太が無邪気に笑った。

「１４０キロ！　わたしが47キロだから……ちょうど3倍よ！　養豚場に行ったほうがいいんじゃないの？」

「余計なお世話だよ」

奥田幸太が怒ったような顔をした。

その顔を見ていたら、どういうわけか、加奈は泣き出してしまいそうになった。


加奈はかつての恋人を連れて、部屋のひとつひとつを案内してまわった。その広さと豪華さ、そして、窓からの眺望に、彼はひどく驚いた様子だった。

空には分厚い雲が低く垂れ込め、今にも雨が降り出しそうだった。それにもかかわらず、きょうもその部屋からの眺めは息を飲むほど素晴らしかった。

「加奈……すごい人と結婚したんだなあ。俺と別れてよかったじゃないか」

辺りをキョロキョロと見まわし続けながら奥田幸太が言った。その無邪気な口調には嫌みな響きがまったくなかった。

「ねえ、幸太くん、もう怒っていないの？」

体重１４０キロの大男を連れて、あちらこちらの部屋を歩きながら加奈は訊いた。

「怒ってるって、何を？」

奥田幸太が不思議そうに訊き返した。

「だから……わたしが幸太くんを捨てたことをよ」

「ああ、そのことか……怒ってるわけないだろ？　まあ、あの時はかなりショックではあったけど……でも、今はお互いに幸せなんだから、昔のことはもう忘れようよ」

白い歯を見せ、奥田幸太が屈託なく笑った。エアコンが効いているというのに、その額には汗が光っていた。

今はお互いに幸せ――。

その言葉を聞いた加奈は、また泣き出しそうになった。

リビングルームの窓辺には鳥籠が置かれていた。彼はそこに歩み寄り、「こんにちは、カノン。久しぶりだな。俺のこと、覚えてるか？」と、オカメインコに声をかけた。

かつての彼は駒沢の加奈のアパートにしばしば来ていたから、そのオカメインコとも顔見知りだった。もしかしたら、オカメインコも彼を覚えていたのかもしれない。彼の問いかけに、ピッピキピーと嬉しそうに鳴いた。

最後に加奈は奥田幸太を広々とした応接室に案内した。もちろん、その部屋の大きな窓からも横浜港が一望できた。大桟橋にはきょうも、マンションのように巨大な客船が停泊し、雲に覆われた空に白い煙を立ちのぼらせていた。

かつての恋人のために加奈は紅茶をいれた。シフォンケーキも添えた。

「このシフォンケーキ、わたしが焼いたのよ」

奥田幸太の向かいのソファに腰を下ろし、少し自慢げに加奈は言った。

「加奈が？　本当かい？　信じられないな」

目を丸くして奥田幸太が笑った。

そう。かつての加奈はカップ麺に湯を注ぐことや、冷凍食品を電子レンジで温めることぐらいしかできなかったのだ。

「わたし、今では何でも作れるのよ。和食だって、中国料理だって……イタリア料理だって、フランス料理だって……インドネシア料理だって、タイ料理だって……」

言っているうちに、堪えていた涙がついに溢れ出て来た。

「どうした、加奈？　何で泣いてるんだい？」

奥田幸太が驚いたように加奈を見つめた。

加奈はティッシュペーパーで目の下を押さえ、音を立てて鼻をかんだ。それから、赤くなった目でかつての恋人をじっと見つめた。

「幸太くん、わたしね……わたし……少しも幸せじゃないの……」

加奈は言った。その瞬間、また両目から大量の涙が溢れ出した。

3

ひとしきり泣いたあとで、加奈はかつての恋人に、これまでに自分が夫から受けたさまざまな仕打ちについてぶちまけた。

今も首に巻かれている外すことのできない鋼鉄製のチョーカーのこと……禁煙を強制されたこと……離婚した時には財産分与を求めないという書類にサインをさせられたこと……体重を減らすように強要されたこと……結婚式の晩に肛門を無理やり犯されたこと……新婚旅行中に隠れて煙草を吸っているのを見つけられ、ひどい『お仕置き』をされた上に、尿まで嚥下させられたこと……右の乳房にヤモリの刺青をされたこと……帰国してからは、毎日毎日、手の込んだ料理を作るように強いられていること……GPS機能付きの携帯電話を持たされ、いつも監視されていること……いつも着飾り、化粧をしているように言われていること……そして……つい先日、鮫島楓と密会しているのを見つけられ、土下座を強いられ、頭を踏み付けられたこと……。

込み上げる涙をティッシュペーパーで拭いながら、次から次へと加奈は話した。そんな加奈の顔を見つめて、奥田幸太は信じられないというふうに首を何度も左右に振った。

彼が信じられないのは当然のことだった。目の前に座っているかつての恋人は、彼の周りにいるどんな女より美しくて優雅に見えたし、彼女が暮らしているこの家は彼の知っている誰の家より広くて豪華で素晴らしかった。

そう。奥田幸太の目には、大金持ちの妻となったかつての恋人は、幸せの象徴のようにさえ映っていたのだ。

最後に加奈は、つい先日、鮫島楓から聞いたことを話した。夫の3番目と4番目の妻がもう生きてはおらず、鮫島楓の推測によると、ふたりは加奈の夫に殺されたのだという話だった。

「それ……本当なのかい？」

奥田幸太が顔を強ばらせた。

「わからないの。だから……あの……それを幸太くんに調べてほしいの」

涙を拭い続けながら、声を詰まらせて加奈は言った。流れ落ちたマスカラやアイラインで、今では目の周りが真っ黒になっていた。

「俺が調べるのかい？」

奥田幸太が加奈を見つめた。夫とは違い、加奈を見るその目はとても優しげだった。

彼の体重を受けたソファが、見たこともないほど深く沈み込んでいた。こんなことを話している時だというのに、加奈にはそれがおかしかった。

「お願いできないかしら？」

加奈はまた鼻をかんだ。

「引き受けてやりたいのは山々なんだけど……俺、今、仕事が立て込んでて猛烈に忙しいんだよなあ……」

奥田幸太が丸太のように太い腕を、胸の前で窮屈に組んだ。

「お願い。幸太くん。力になって……わたしにはほかに頼める人がいないの……」

真っ赤な目でかつての恋人を見つめ、加奈は縋るような口調で哀願した。

「うーん。加奈の頼みじゃあ、断りにくいなあ……よし、わかった。引き受けるよ」

ゆっくりと頷きながら、奥田幸太が巨体を揺らして笑った。

「ありがとう、幸太くん。恩に着るわ」

加奈は両手を顔の前で合わせた。また新たな涙が込み上げて来た。

「そんなに泣くなよ。せっかくの美人が台なしだぞ」

「うん。わかってる」

「ところで……できれば調査料をいただきたいんですけど……」

おどけたような口調で奥田幸太が言った。

「ええ。それが……払ってあげたいんだけど……お金はないのよ」

申し訳なさそうに顔をしかめて加奈は言った。

「金がない？　どうして？　だって、旦那は大金持ちなんだろう？」

「ええ。そうなんだけど……あの人、わたしには現金は渡してくれないの。だから、わたし、買い物はみんなクレジットカードでしてるのよ」

「それじゃあ、俺はただ働きですかい？」

また巨体を揺らして奥田幸太が笑った。子供のようにも見えるその笑顔が、加奈は昔から大好きだった。

加奈は奥田幸太の優しげな顔や、トドかゾウアザラシのように大きな体を見つめた。彼の様子を見ると、加奈のためにだったら、ただ働きをしてくれそうな雰囲気だった。

「そうだ！　いい考えがあるわ！」

「何だい？」

相変わらず、優しげな笑みを浮かべながら奥田幸太が言った。

「わたしの体で払うっていうのはダメかしら？」

「あの……加奈……それ……本気かい？」

声をひそめるようにして奥田幸太が言った。その顔からは笑みが消えていた。

「ええ。前払いでもいいわよ。そうだ、幸太くん、ヤモリの刺青、見たくない？」

「そりゃあ、見てみたいけど……」

「だったら、見せてあげる」

加奈は言った。そして、泣いたことですっかり化粧が崩れてしまった顔に、誘うような笑みを浮かべた。

その木曜日の午後、毎夜のように夫と性行為を繰り返している寝室の巨大なベッドの上で——加奈はかつての恋人と3年ぶりに愛し合った。

「すごいな、加奈……」

下着姿になった加奈を見た奥田幸太が目を見張った。「前からスタイルがよかったけど……今は何ていうか……ファッションモデルがいるみたいだ」

「そう？　ありがとう」

加奈はかつての恋人の前でクルクルとまわってみせた。栗色の長い髪が、遠心力で尖った肩の周りにふわりと広がった。

かつては毎日のように見ていたはずなのに、奥田幸太の裸体は信じられないほどに大きかった。本当にトドかゾウアザラシがいるかのようだった。加奈の夫に比べると、体重も遥かに多くて、彼が身を重ね合わせて来た瞬間には息が詰まりそうになった。

かつてと同じように、奥田幸太のその行為は乱暴で、自分勝手で、せっかちで稚拙だった。だが、それにもかかわらず……加奈は久しぶりに、心からの快楽の声を上げた。

そう。性の営みにおいて、もっとも大切なのは愛情だった。自分がその相手を好きかどうかだった。奥田幸太の男性器に身を貫かれて悶えながら、加奈はそのもっとも基本的なことに改めて気づいた。

「ああっ……幸太くん……好きよっ……あっ、好きっ……好きっ……」

自分の3倍も体重のある男の巨大な背を抱き締め、加奈は無意識のうちに『好き』という言葉を繰り返していた。それは夫との性行為の中では、一度も口にしたことのない言葉だった。

行為の途中で加奈は男に、体液を自分の中に注ぎ込むように言った。

「えっ、いいのかい？」

真上から加奈を見つめて男が訊いた。上気した顔が、噴き出した汗にまみれていた。

「ええ。いいの……」

「妊娠したら、どうするんだ？」

「そうしてほしいの……お願い……」

込み上げる快楽に声を喘がせて加奈は言った。

偶然ではあったが、奥田幸太と夫の血液型は同じだった。だから、もし奥田幸太の子を宿したとしても、夫にはわからないのではないかと考えたのだ。

加奈は妊娠を強く望んでいた。そして、もし、可能なら……愛していない夫の子ではなく、好きな男の子を産みたかった。その子を育てていきたかった。

やがて加奈の上で男が身を硬直させた。そして、直後に、低い呻きを漏らしながら巨体を細かく震わせた。その瞬間、加奈は自分の内部に注ぎ込まれた、熱い液体の存在をはっきりと感じた。

4

性交のあとで、奥田幸太と加奈は全裸のままベッドに並んで横たわり、白くて高い天井を見つめた。彼の巨体は噴き出した汗にまみれていたし、いまだにビキニの水着の跡が残る加奈の皮膚もじっとりと汗ばんでいた。

「そのヤモリの刺青、見れば見るほどリアルで、今にも這い始めそうだな」

加奈のほうに巨体を向け、イモムシのように太い指で彼女の小ぶりな右の乳房に触れながら奥田幸太が言った。

「ええ。本当に生きてるみたいよね……鏡に映すたびにゾッとするわ」

たっぷりと肉のついた男の顔を、加奈は強いいとおしさとともに見つめた。

かつての加奈は、その男が好きだったのだ。好きで好きでたまらなかったのだ。そして、たぶん、その男も加奈と同じ気持ちだったのだ。それなのに……経済的なことが不安だからというバカバカしい理由で、加奈は一方的にその男の元を立ち去ったのだ。

「この部屋で首を吊ったっていうのは、ええっと……4番目の奥さんだったっけ？」

奥田幸太が太い首をもたげ、広々とした寝室を興味深げに見まわした。

「ええ。彼の2番目の奥さんだった楓さんは、わたしにそう言ったわ」

細い眉を寄せ、忌まわしげに顔をしかめて加奈は言った。

「なるほど……あの鉄格子の嵌まった通風孔なんか、首を吊るロープを結び付けるにはうってつけだな」

奥田幸太が笑った。どうやら、加奈と同じことを思ったらしい。

その瞬間、加奈はこれまで何度となく想像した映像を——その通風孔からぶら下がった痩せた女の姿を思い描いてしまった。

「やめてよ……怖いじゃない」

「ごめん。ごめん」

奥田幸太がまた笑った。

加奈は毎日、この寝室に入るたびに、言い知れぬ不気味さを感じていた。けれど、奥田幸太は不気味がったり、怖がったりしているふうではなかった。

「ねえ、調査料のことなんだけど……これで足りた？」

加奈はさらに男に身を寄せ、すべすべとした細い脚を、太くて毛むくじゃらな男の脚に絡ませた。

「調査料？　いや。あれっぽっちじゃ、全然、足らないよ」

丸太のように腕で加奈を抱き寄せ、男がまた笑った。脚と同じように、その腕も太くて黒い毛に覆われていた。「だって、この調査はすごく面倒そうだからな」

「だったら、今、追加料金を払ってもいいわ」

汗ばんだ男の腕の中で、加奈は淫靡な笑みを浮かべた。

「今すぐ、いいのかい？」

男が加奈を見つめた。その熱い息が、加奈の前髪をよそがせた。

男を見つめて加奈は頷いた。新たに滲み出た体液で、股間がまた潤むのがわかった。

「そうか……だったら遠慮なく、追加料金をいただくことにするよ」

そう言うと、男は加奈をベッドに仰向けにし、ほっそりとした彼女の体の上に、トドかゾウアザラシのような巨体を重ね合わせた。

「うっ……ああっ……」

乳房のヤモリが押し潰され、加奈は低く呻きながら、再び男の背を強く抱き締めた。快楽が全身に広がっていくのがわかった。


いつものようにその晩も、岩崎一郎は寝室で加奈の体を求めた。もちろん、加奈に与えられた選択肢は、その要求に応じることだけだった。

今から数時間前、かつての恋人を玄関から送り出してすぐに、加奈はベッドのシーツを取り替え、布団カバーと枕カバーを取り替えた。そして、すべての部屋の窓を開け放ち、それぞれの部屋に消臭剤を撒いてまわった。だからこの家にはもう、奥田幸太の体臭は残っていないはずだった。

案の定、つい数時間前に自分の妻が、そこでかつての恋人と激しく愛し合っていたことに、夫は気づいていないようだった。彼の様子は、いつもとまったく変わらなかった。

だが、加奈のほうはそうではなかった。夫の手に身をまさぐられることに、いつも以上に強い嫌悪とおぞましさを覚えていたのだ。

奥田幸太とのそれは、まさに愛の営みだった。好きだというお互いの気持ちを伝え合うための行為だった。だが、今の加奈は、きわめて旺盛な夫の欲望を満たすための性の奴隷にすぎなかった。

そんな自分の心の内を夫に悟られることがないように、その晩の加奈は、いつにも増して激しく悶え、いつにも増して淫らに喘いだ。それはまるでアダルトビデオの女優のようで、自分でも恥ずかしくなるほどだった。

「何だか、今夜の加奈は感度がいいなあ。いったい、どうしたんだい？」

淫らな喘ぎを漏らし続ける妻の裸体をまさぐりながら、嬉しそうに夫が笑った。

その様子はやはり、何かに気づいたふうではなかった。

5

その後もお手伝いさんが休みの木曜日ごとに、奥田幸太は加奈が暮らすマンションの部屋を訪れた。そして、そのたびにふたりは真っすぐに寝室に向かい、巨大なベッドで激しく愛し合った。

「幸太くんの子を妊娠するといいなあ」

ある日、性交のあとで、自分の腹部を撫でながら加奈は言った。その日はまさに排卵日だったのだ。

性交のあとではいつもそうしているように、その日も加奈は太くて毛むくじゃらな男の腕を枕にしていた。

「もし、旦那にバレたら殺されるぞ」

空いているほうの手で加奈の髪を優しく梳きながら、奥田幸太が笑った。その指先からは仄かに、加奈の体液のにおいが漂っていた。

「大丈夫。絶対にバレないわ」

加奈は言った。けれど、確信があるわけではなかった。もし、奥田幸太との関係が夫に発覚したら、ただで済まされるはずがなかった。

その日の最初の性交が終わると、ふたりはいつも応接間に行った。そして、その広々とした部屋で紅茶を飲み、眼下に広がる横浜港を見下ろしながら、加奈は男からの調査報告を受けた。

長年にわたって奥田幸太が培って来たコネと調査網をフル活用して調べた結果は、鮫島楓の言った通りのようだった。

そう。岩崎一郎の3番目の妻、岸本真由美は、千葉県の銚子沖をクルーザーで航行中に、その甲板から転落して行方不明になっていた。空と海からかなり大規模な捜索が行われたようだったが、その死体は結局、見つからなかったという。そして、夫の4番目の妻、小林理沙も、鮫島楓の言った通り、ついさっきまでふたりが愛し合っていた寝室で首を吊って死んでいた。

「やっぱり、そうだったのね……」

呻くように加奈は言った。冷たい恐怖が全身に広がり、頬に鳥肌が立った。

「俺たちが思った通り、天井の通風孔の鉄格子にロープを結んだらしい」

加奈の目をじっと見つめ、深刻な口調で奥田幸太が言った。

岩崎一郎の3番目の妻と4番目の妻のことを調査すると同時に、奥田幸太は夫の最初の妻とふたり目の妻、鮫島楓のことも調べてくれていた。夫の元妻だったふたりはやはり、それぞれの娘とともに、穏やかに暮らしているようだった。

最初の妻である茜は別れた夫から、渋谷区内に一戸建の家を買ってもらっていた。彼女は別れたあとも、かつての夫だった男の岩崎姓を名乗り続けていた。

ふたり目の妻である鮫島楓はやはり、自由が丘駅近くの高級マンションを与えられていた。岩崎茜と鮫島楓のふたりは、離婚時に巨額の財産分与を受けた上に、今も毎月、充分な養育費を受け取っているらしかった。

「あの人、二度の離婚でかなり痛い目に遇ったのね」

加奈は膝に乗せた両手をそっと握り合わせた。その手がわずかに震えていた。

「ああ、そのようだな」

奥田幸太が頷いた。その目は見たことがないほどに深刻だった。

「それで……3番目の奥さんと4番目の奥さんは殺しちゃったのかしら？」

「それは何とも言えないな。加奈の夫がふたりを殺したっていう証拠はどこにもないし……そのふたりは加奈と同じように、財産分与を求めないっていう書類にサインしてるんだからな」

「本当に証拠はないのかしら？」

「ああ。特に4番目の奥さん……小林理沙が自殺した時は、警察は徹底的に調べたはずだよ。3番目の奥さんだった岸本真由美の死に方が普通じゃないからね。だけど、加奈の旦那が殺したという証拠はどこにもなかった。４番目の奥さんの小林理沙が書いた自筆の遺書まであったんだぜ」

「でも……でも、きっと、そうなのよ……３番目の奥さんも、４番目の奥さんも……ふたりともきっと、あの人に殺されたのよ」

そう口にしながら、加奈はさらに強い恐怖が這い上がって来るのを感じた。

そう。次に彼に殺されるのは、自分かもしれなかった。

6

梅雨が終わって夏が来た。

けれど、その夏はいつにも増して暑いようだった。いつもエアコンの効いた場所にいる加奈には実感できなかったが、テレビのニュースによると、毎日のように熱中症で大勢の人々が病院に運び込まれているらしかった。

空は毎日のように晴れわたり、結婚式を挙げたバリ島を思わせるかのような強烈な太陽が照りつけていた。けれど、加奈の心は晴れなかった。

鉄格子のない牢獄に閉じ込められたような毎日が続いていた。加奈の１日のすべての時間は、夫というただひとりの男のために費やされていたと言ってもいいほどだった。

彼女はそのたったひとりの男のために化粧をして着飾り、より美しくなるべく、スポーツクラブやエステティックサロンや、美容室や歯医者やネイルサロンに通った。そして、そのたったひとりの男のために献立を考え、買い物に行き、毎日の食事を作った。

ああっ、どうしてこんなことになってしまったのだろう?

1日に何度も加奈はそんなことを思った。

けれど、そんな暮らしの中で、ふいに素晴らしい出来事が訪れた。

加奈は妊娠したのだ!

予定日が過ぎても生理がなかったので、加奈は胸を高鳴らせながらドラッグストアで買った妊娠判定試薬を使ってみた。

きっとダメだろう。

そう思っていた。最近の加奈は何に対しても期待しないことにしていたのだ。期待は裏切られるものなのだと学習したのだ。

だが、彼女の意に反して結果は『陽性』だった。

加奈は思わず悲鳴を上げかけた。その結果がすぐには信じられなかったのだ。

それで加奈はもう一度、さっきよりさらに激しく胸を高鳴らせながら、妊娠判定試薬を使ってみた。

結果はやはり『陽性』だった。

本当なの?……本当に妊娠したの?

二度も続けて『陽性』になったのだから、それは間違いないことのように思われた。だが、それでも、加奈はそれを誰にも言わず、飛び上がりたいほどの喜びを必死で抑えて、先日も行った不妊治療専門医院に向かった。

「おめでとうございます。妊娠です」

加奈を診察した中年の医師が、にこやかな表情で加奈に告げた。

その瞬間、頭の中が真っ白になった。

医師によれば、出産予定日は3月の中旬、加奈の31歳の誕生日だった。

そこは不妊治療専門医院で、待合室にいるのはみんな不妊に苦しんでいる女たちばかりだった。だから、診察室を出たあとも、医院にいるあいだは周りの患者たちを気遣って、加奈は込み上げる喜びを懸命に抑え続けていた。

けれど、医院を出た瞬間にその喜びが爆発した。

7

医院のすぐ前の街路樹の木陰に立ち、加奈はかつての恋人に電話を入れた。

お腹の子の父親が奥田幸太なのか、夫なのかは加奈にもわからなかった。けれど、この喜びは好きな男にまず知らせたかった。

医院の外は蒸し風呂のような暑さだった。ホルターネックのワンピースから剝き出しになった腕や脚が、たちまちにして汗を噴き出した。けれど、巨大な歓喜の中にいる加奈には、暑さなどまったく気にならなかった。

「幸太くん、聞いて！　わたしね、妊娠したの！」

小さな電話を握り締め、叫ぶかのように加奈は言った。

『えっ、妊娠？　あの……それ……本当なのかい？　間違いはないのかい？』

電話から奥田幸太の低い声がした。その口調は戸惑っているかのようでもあった。

「ええ。たった今、病院で診てもらったから間違いないわ。ああっ！　やったわっ！　ついに妊娠したのよっ！」

加奈はハイヒールを履いた脚を踏み鳴らした。嬉しくて、嬉しくて、じっとしていることができなかったのだ。

『そうか。よかったな。おめでとう……でも、あの……それは誰の子なんだい？』

なおも戸惑ったように奥田幸太が言った。

加奈としては、もっと派手に喜んでもらいたかった。けれど、彼が戸惑うのは当然のことかもしれなかった。今の彼は加奈の恋人ではなく、夫の目を盗んで自宅に忍び込んでいる間男にすぎなかった。

「そんなこと、わからないわよ。今はわかるわけないじゃない？」

満面の笑みを浮かべたまま加奈は言った。「でも、きっと幸太くんの子よ。そんな気がするの。だって、今までは妊娠しなかったのに、幸太くんとするようになってすぐに妊娠したんだもん。わたし、トドかゾウアザラシの子を妊娠したんだわっ！」

『トドかゾウアザラシって……ひどいな』

電話の向こうで奥田幸太が苦笑しているのが加奈にもわかった。『だけど、もし、それが俺の子で、そのことが旦那にバレたら……その時には加奈も俺も間違いなく、大変なことになるぜ』

まるで誰かがそばで聞き耳を立てているかのように、声をひそめて奥田幸太が言った。彼にも今では、岩崎一郎という男の異常さがよくわかっているようだった。

「大丈夫よ。バレないわ……バレる理由なんて、どこにもないもん」

自分自身に言い聞かせるかのように加奈は言った。

『本当に大丈夫なのかなあ』

「ええ。大丈夫。絶対に大丈夫」

力を込めて加奈は繰り返した。いつの間にか、その顔からは笑みが消えていた。

その後、加奈はその場から群馬県の実家に電話をし、祖母と両親に自分が妊娠したことを告げた。

3人は加奈が想像した以上に喜んでくれた。特に父親の喜びは凄まじく、『加奈、よくやったぞっ！』と、電話に押し当てた耳がおかしくなるほどの大声で叫んだ。

父親に褒められるのはとても珍しいことで、加奈の顔にはまた笑みが戻った。

実家への電話を切ると、すぐに空車のタクシーが通りかかった。加奈はそのタクシーに乗り込み、中年の女性運転手に横浜の自宅の場所を告げた。それから、今度は親友の大林玲華と、杉山ゆかりにも電話をし、自分が妊娠したことを告げた。ふたりの親友は加奈の妊娠を、自分のことのように喜んでくれた。

ふたりへの電話を切ると、中年の女性運転手がミラーを通して加奈を見つめた。

「お客さん、妊娠されたんですか？」

「はい。そうなんです。しかも、その赤ちゃん、わたしの誕生日に生まれて来るかもしれないんです」

ミラーに映った運転手の顔を見つめて、加奈は笑顔で答えた。

「そうですか。おめでとうございます」

優しげな笑みを浮かべて運転手が言い、加奈は「ありがとうございます」と言って深く頭を下げた。

世の中のすべての人々が自分を祝福してくれているような気がした。

自宅に戻ると、加奈はお手伝いの上原さんにも、自分が妊娠したことを教えた。ただの使用人にすぎないお手伝いさんより先に、夫にそれを告げるべきだとも思ったが、言わずにはいられなかったのだ。

加奈の言葉を聞いた上原さんは、一瞬、目を丸くした。それから、魔女みたいな皺だらけの顔をさらに皺くちゃにして、「おめでとうございます、奥様っ！　よかったですねっ！」と言って喜んでくれた。

「ありがとうございます、上原さん」

頭を下げて礼を言ったあとで、加奈はお手伝いさんの落ち窪んだ大きな目を見つめた。彼女が加奈の妊娠を本当に喜んでいるのか、そうでないのか……もっとはっきりと言えば、自分の敵なのか、味方なのかを知ろうと思ったのだ。

上原さんは、加奈が来るずっと前から、ここで岩崎一郎の世話をしていた。彼女は夫の3番目の妻のことも、4番目の妻のことも知っているらしかった。つまり、上原さんは夫の飼い犬のようなものだった。

けれど、少なくとも加奈の目には、上原さんが加奈の妊娠を心から喜んでくれているように映った。

8

その晩、加奈はいつにも増して手の込んだ料理の数々をテーブルに並べた。

「ねえ、実は一郎さんに報告があるの」

食事を始める前に、加奈は笑顔で夫を見つめた。彼はいつものように、コルクを抜いたばかりのワインをふたりのグラスに注ぎ入れていた。今夜の1本目はフランスのロワール地方の白ワインのようだった。

「報告？　何だい？」

ワインを注ぐ手を止めて、岩崎一郎が加奈を見つめた。日焼けしたその顔には、いつものように、穏やかな笑みが浮かんでいた。

「驚かないでね」

加奈は言った。そして、夫の顔をさらにまじまじと見つめた。妊娠を聞いた夫が、どんな反応を見せるのか見極めようとしたのだ。

「何だい？　随分ともったいつけるんだな？」

夫が笑った。唇のあいだから、白くて揃った歯がのぞいた。

「うん。実は、わたしね……妊娠したのよ」

夫の顔をうかがうように見つめ続けたまま加奈は言った。

加奈の言葉を耳にした瞬間、夫の顔からすーっと笑みが消えた。夫は少し口を開き、加奈の顔をじっと見つめていた。

夫は妻の妊娠を驚いていた。それは間違いなかった。けれど、その顔からは、彼がそれを喜んでいるのか、疎ましいと感じているのかは読み取れなかった。

「それは……本当かい？」

妻の顔をじっと見つめたまま、小さな声で夫が言った。

「ええ。予定日は来年の3月、わたしの誕生日なの……一郎さん、嬉しい？」

なおも夫の表情をうかがいながら、加奈は訊いた。

「ああ。あの……ちょっと驚いたけど……あの……すごく嬉しいよ」

表情の消えた顔を歪めるようにして夫が笑った。

「本当？　本当に嬉しい？」

「嬉しいさ。嬉しいに決まってるじゃないか。よかったな、加奈……おめでとう」

夫がまた笑った。今度はいつもの無邪気な笑顔だった。

その自然な笑みが、加奈を安堵させた。

「よかった……一郎さんが喜んでくれて、わたしも嬉しいわ」

「よし。今夜はお祝いに、取って置きのシャンパンを開けよう」

「だって、もうワインは開けちゃったじゃない？」

加奈は笑った。目の前に置かれたグラスからはすでに、アンズやカリンを思わせる香りが立ちのぼり始めていた。

「両方とも飲もう。お祝いだよ」

そう言うと、夫は加奈に歩み寄った。そして、細いが逞しい腕で、妻の華奢な体を息が止まるほど強く抱き締めた。

その晩、食事のあいだずっと、加奈は夫の様子をうかがっていた。もしかしたら、夫は喜んでいないのではないかと、いまだに疑っていたのだ。

「出産予定日が加奈の誕生日なのか。偶然だけど、そうなったらすごいな」

高価なシャンパンを飲み、とても楽しげな口調で夫が言った。

「ええ。そうなるかもしれないわね。そうなったら、出産祝いと誕生日のプレゼントを一緒にちょうだいね」

「男の子なのかな？　それとも、女の子かな？　僕には、ほらっ……娘がふたりいるからね。だから、できれば今度は男の子がいいなあ」

にこやかに話している夫の顔を見ていると、自分が木曜日ごとにかつての恋人との情事を重ねているということが……そして、お腹の子の父親は、もしかしたら彼かもしれないのだということが、加奈には少し申し訳なくも思えた。

「生まれて来る子の名前を考えなきゃいけないな」

加奈の目を見つめて夫が笑った。それから、手にしたグラスを唇に寄せ、細かい気泡を立ちのぼらせている黄金色の液体を、とてもおいしそうに飲み干した。

9

いつものように、その晩も夫は寝室で加奈の体を求めて来た。

こんな夜なのだから、今夜ぐらいは少しは優しくしてくれるのではないか。

加奈はそんなことを期待していた。

けれど、その期待は完全に裏切られた。

妊娠しているからという理由で、加奈は女性器への挿入を頑なに拒んだ。激しく子宮を突き上げられることで、流産してしまうことを恐れたのだ。

すると夫は加奈に、口と肛門を使っての奉仕を求めた。しかたなく加奈はそれに応じたが、それはいつもと同じように……いや、いつも以上に荒々しく、いつも以上に長く執拗なものだった。

妻の口を犯しては肛門を犯し、また口を犯しては肛門を犯すということを、その晩の夫は延々と果てしなく繰り返した。

肛門から引き抜かれたばかりの男性器を口に含むということに、かつての加奈は耐えきれないほどの屈辱を覚えたものだった。けれど、今はもう何とも思わなかった。まるで機械のように淡々と、加奈はそれに応じた。それはまるで、調教された女奴隷のようでさえあった。

それでも、その夜の夫の行為の激しさと荒々しさには、さしもの加奈も悲鳴を上げずにはいられなかった。

俯せの姿勢で背後から乱暴に肛門を犯されながら、加奈は両手でシーツを握り締め、脂汗にまみれた顔をベッドマットに擦り付けて悶絶した。

けれど、夫はまったく手加減をしなかった。それどころか、1回ごとに強く、1回ごとに激しく、荒々しく、硬直した男性器を加奈の直腸に突き入れ続けた。

あまりの辛さに、ついに加奈は泣き叫んだ。実際、目からは涙が溢れていた。そんな妻の背に身を重ね、夫はさらに荒々しく腰を振り動かした。それはまるで、憎しみをぶつけているかのようでさえあった。

「ああっ、いやっ……もう、いやっ……あっ……うっ……いやっ……」

大理石に囲まれた静かな寝室に、泣き叫ぶ加奈の声と、ふたりの肉がぶつかり合う音とが果てしなく響いた。

夫から凌辱《りょうじょく》の限りを受けて、その晩も加奈はぐったりと疲れきり、化粧を落とすとたちまちにして眠りに落ちた。

目を覚ましたのは、耐え難い喉の渇きを覚えたからだった。

ふと脇を見ると、そこに夫の姿がなかった。

加奈は裸の上半身をベッドに起こした。サイドテーブルの時計の針は、午前3時をまわっていた。

窓にかかった遮光カーテンの隙間から、外光が細く差し込み、大理石に囲まれた広い寝室を仄かに照らしていた。巨大な観覧車は今も光を放ち続けているらしく、その七色の光も微かに漏れ入って来た。

巨大なベッドを出て、加奈はゆっくりと床に立った。嫌というほどに犯された肛門が、鈍く疼《うず》いていた。だが、今夜は、行為の最後に精液を嚥下していたので、肛門からそれが流れ出て来るようなことはなかった。

裸の体に軽いガウンを羽織り、加奈は寝室のドアへと向かって歩いた。火照った足裏に、磨き上げられた大理石の冷たさが心地よかった。

寝室のドアを開けると、長い廊下の突き当たり、リビングルームのドアの隙間から仄かな明かりが漏れていた。どうやら夫はそこにいるらしかった。

こんな時間に何をしているんだろう？

夫に掻き毟られ、くちゃくちゃに縺《もつ》れてしまった長い髪を両手で軽く整えながら、加奈は足音を忍ばせてリビングルームへと向かった。

リビングルームの戸口に立ち、わずかに開いたドアのあいだから、広々とした室内をそっとのぞき込む。

夫はそこにいた。素肌に茶色のガウンを羽織った夫は、大きなソファにもたれて、巨大な窓の向こうに顔を向けていた。彼の前のローテーブルには、琥珀《こはく》色の液体と大きな氷の入ったグラスがあった。

ソファの脇にはクリーム色のシェードを被った背の高い電気スタンドがあり、そこから放たれるオレンジ色の光が、辺りを柔らかく照らしていた。

今、灯されている照明はそれだけだったけれど、カーテンを開け放った大きな窓から、街の光が入って来たから、暗いという感じはしなかった。

そう。こんな真夜中だというのに、横浜港は今も無数の光に彩られていた。観覧車の光がリビングルームの壁や天井を、さまざまな色に染めていた。

「一郎さん……」

部屋の戸口に立ったまま、加奈は小声で夫を呼んだ。

その声に、夫がゆっくりと加奈のほうに顔を向けた。切れ長の目が潤み、赤くなっていた。頬には涙が伝っていた。

「ああっ、加奈か……」

呟くように夫が言った。そして、右手の甲で頬の涙を無造作に拭った。

「あの……何をしてたの？」

加奈はゆっくりと夫に歩み寄った。加奈が脚を前後させるたびに、ガウンの合わせ目から、ほっそりとした美しい脚がのぞいた。

「いろいろと考えてたら、寝そびれちゃってね……それで、こうして、妻の妊娠をひとりで祝っていたんだ」

ローテーブルの上のグラスを手に取り、それを目の高さに掲げて夫が笑った。

「一郎さん……泣いてたの？」

夫の脇に立つと、加奈はその肩にそっと手を乗せた。その指先では今夜も、鮮やかなマニキュアが光っていた。

妻に手の込んだ料理を求めながらも、岩崎一郎はこんなふうに、妻がいつも爪を伸ばし、美しいマニキュアを施していることを欲した。

「ああ。泣いてたみたいだな」

夫はそう言って笑うと、今度は指先で涙を拭った。

「どうして泣いてたの？」

「嬉し泣きだよ」

やはり呟くように夫が言った。そして、手にしたグラスの中の琥珀色の液体を飲み干した。グラスの中で大きな氷が、硬い音を立てて転がった。

夫の言葉を耳にした加奈の胸に、また強い罪悪感が込み上げて来た。

加奈はそっと腰を屈めた。そして、茶色のガウンに包まれた夫の体を、両腕でしっかりと抱き締めた。トドかゾウアザラシのような奥田幸太の体に比べると、夫のそれはほっそりと骨張っていて、女のように華奢だった。

第三章

1

昔から、岩崎加奈は夏が大好きだった。夏が来ると、何だか開放的な気分になり、意味もなくわくわくしてしまうのだ。

だが、今年の夏のわくわく感は格別だった。

毎朝、加奈は目を覚ますとすぐに、わくわくとした気分でお腹の子のことを考えた。鏡台の前で化粧をしながらお腹の子のことを考え、朝食の支度をしながらお腹の子のことを考え、夫を仕事に送り出しながらお腹の子のことを考えた。そして、その後も、ほとんど5分置きにお腹の子のことを考えた。

男の子かな？　女の子かな？　あの人の子じゃなく、幸太くんの子だったらいいな。

生まれて来る子のことを思うと、自然と笑みが浮かんだ。それで、その夏の加奈はたいていは――寝室で夫に凌辱されている時を除けば、たいていは微笑んでいた。

加奈の腹部はいまだにペタンコのままで、洋服のサイズもまったく変わらなかった。胎児が動くのを感じることもなかったし、つわりのような症状もなかった。それでも、担当の医師によれば胎児は順調な成長を続けているということだった。

すでに娘がふたりいる夫は、妻が男の子を産むことを望んでいるように感じられた。そして、加奈もまたできれば男の子がいいと思っていた。

もし、その赤ん坊がトドかゾウアザラシの子供みたいだったら、いつも幸せな気持ちでいられそうだった。


かつての恋人だった奥田幸太は、今も加奈に依頼された調査を続けていた。けれど、新しく判明した事実はほとんどなかった。それでも、ふたりの写真を1枚ずつ入手し、それを加奈に見せてくれた。

「こんな写真、どこで手に入れたの？」

「どこだっていいだろ？　俺には特別な調査網があるんだよ」

奥田幸太が小鼻を膨らませ、口を結んだまま笑った。それは彼が得意な時に見せる昔からの顔だった。

加奈が予想していた通り、写真に写っていたふたりは、どちらもほっそりとした体つきをした、とても美しい女だった。

夫の3番目の妻だった岸本真由美は、岩崎一郎より3歳年下で、結婚した時は28歳、銚子沖でクルーザーから転落して行方不明になった時は29歳だった。それがいつ撮影された写真なのかはわからなかったが、その写真の岸本真由美はあの真っ白なクルーザーだと思われる船舶の甲板に立っていた。

写真の中の岸本真由美は、尖った両肩が剝き出しになった白いタンクトップをまとい、ぴったりとした黒のショートパンツを穿いていた。骨張った脚は少女のように長くて華奢で、足元はとても踵の高い黒のストラップサンダルだった。

濃く化粧をした岸本真由美は、カメラを向ける人物に向かって微笑んでいた。長く伸ばした栗色の髪が、海風にはためいていた。顔立ちは少し生意気そうで、少し気が強そうで、全体的に少し高飛車な雰囲気を漂わせてはいたが、間違いなく美人だった。豊かな乳房がタンクトップの胸の部分を高々と持ち上げていた。

加奈と同じように、岸本真由美もたくさんのアクセサリーを身につけていた。そして、ひょろりとしたその首では、加奈がしているのとそっくりなチョーカーが光っていた。

どことなく、わたしに似てる……。

夫の2番目の妻だった鮫島楓と会った時にも感じたことを、加奈はまた感じた。

加奈は岸本真由美の写真を脇に置き、今度はもう1枚を手に取った。

夫の4番目の妻だった小林理沙は、岩崎一郎より4歳年下で、バリ島で結婚式を挙げた時は29歳だった。彼女は結婚の翌年に、この家の寝室で首を吊って、30年の生涯を閉じたことになっていた。

写真の中の小林理沙は、真っ白なトライアングル型のビキニ姿だった。それがどこで撮影されたのか、はっきりとはわからなかったが、もしかしたら新婚旅行で行ったというバリ島のビーチなのかもしれない。砂浜に立った女の背後には美しい海が広がっていた。

小林理沙もまた、岸本真由美に劣らぬ美人だった。母親が沖縄出身だという彼女は、目がとても大きく、鼻筋が通っていて、ハーフなのではないかと思うほどエキゾティックな顔立ちをしていた。

鮫島楓や岸本真由美に比べると、小林理沙は少し気が弱そうで、少しお人よしみたいにも見えた。その写真でも、小林理沙はちょっと恥ずかしそうな、だが、とても幸せそうな笑みを浮かべていた。

セクシーな水着姿のその女は、加奈が嫉妬するほどにスタイルがよかった。乳房はお世辞にも豊かとは言えなかったが、ほっそりとした腕と脚が驚くほどに長く、本当に内臓があるのだろうかと思うほどにウェストがくびれていた。女は真っすぐな黒髪を長く伸ばし、耳元で大きなフープ型のピアスを光らせていた。

そう。小林理沙の髪は黒くてとても長かった。だから、もしかしたら、『ラブ・エターナル』と名付けられた船の寝室で加奈が見つけたのは、彼女の髪かもしれなかった。

小林理沙もまた長くて細い首をしていた。そして、その首にはやはり銀色のチョーカーが巻かれていた。

もしかしたら、彼女の胸にもヤモリの刺青があるのではないか。

加奈は写真に顔を近づけ、小さな三角形の布に覆われた小林理沙の乳房をまじまじと見つめた。けれど、その写真からは、刺青の有無を確認することはできなかった。

手にした写真を見つめ、加奈はそっと唇を噛んだ。

こんなにも幸せそうに笑っているというのに……その写真が撮影されてから1年としないうちに、小林理沙はこの家の寝室の通風孔にロープを結び、そこにぶら下がって死ぬことになるのだ。

「ねえ、幸太くん……この小林理沙っていう女の人の遺書にどんなことが書いてあったか、わかった？」

写真から視線を上げ、加奈はすぐ脇にいた奥田幸太に訊いた。

「実物は見てないけど……『疲れました。みんな、さようなら』って、それだけだったらしいよ」

奥田幸太が言った。加奈を見つめる彼の目は、いつものようにとても優しげだった。

「その遺書……自筆だったのよね？」

「家族や警察も確認してるから、間違いないよ」

「疲れたって……何に疲れたのかしら？」

「さあ？　何なんだろうな。わからないよ」

「警察は本当に自殺だと思っているのかしら？　幸太くんはどう思っているの？　他殺の疑いは絶対にないの？」

加奈はまた訊いた。どうしてもそれが知りたかった。

「警察は自殺だと判断してる。他殺の疑いはないらしい。小林理沙が自殺したと思われる時刻には、岩崎一郎にはアリバイがあるんだ。その時、彼は都内の取引先で商談をしていた。だから、少なくとも、彼が自分で手を下したとは考えられないよ」

「そうなの？　あの人が殺したんじゃないの？」

「ああ。いろいろと調べてみたんだけど……実は俺も今では、小林理沙は自殺なんじゃないかと思ってる。彼女ね、自殺する何週間か前から、眠れないし気分が落ち込むと言って、心療内科に通っていたらしい」

加奈はまた手にした写真の中の、幸せそうな女を見つめた。

4番目の妻は、僕のそばにいると怖いって言いました――。

ふたりが初めて会った晩に、のちに夫となる男が言ったことを思い出し、加奈は奥歯を強く嚙み締めた。

2

奥田幸太がやって来るたびに、加奈は彼を寝室へと誘った。

加奈の妊娠が発覚してからは、彼は自分からは彼女の体を求めなかった。けれど、加奈のほうではそうではなかった。

セックスをする、しないは別にして、加奈は彼とふたりで裸になり、ベッドで抱き締め合っていたかったのだ。トドやゾウアザラシを思わせる巨体に寄り添っていると、深い安堵感を覚えたのだ。

いつも夫がしているように、加奈は彼にも肛門での性交を許すつもりだった。だが、彼は「俺にはそういう趣味はないんだ」と苦笑いをしただけだった。

性交の代わりに、加奈はいつも彼の性器を口で愛撫した。そして、最後にはいつも、口の中に放出された体液を自分から進んで嚥下した。

夫に強要されているオーラルセックスは、いつだって拷問のようなものだった。だが、奥田幸太にそれをしている時、加奈は苦しみも屈辱も感じなかった。硬直した男性器を口に深く含みながら彼女が感じていたのは、その男へのいとおしさだけだった。

その後はベッドに横たわり、汗ばんだ脚を絡ませ合い、お互いの体に触れ合いながら、加奈は男といろいろな話をした。

今の加奈にとって、それは至福の一時だった。

「ねえ、幸太くん……わたしが離婚したら……もし、そうしたら、幸太くん、またわたしと付き合ってくれる？」

汗が光る男の顔を見つめて加奈は言った。

その男は昔から暑がりで、冷房が大好きだった。加奈は冷房が苦手なほうだったから、かつて同じ部屋にいた時には、夏には冷房の設定温度で何度となく揉めたものだった。

今になると、そんな日々がとてつもなく懐かしく感じられた。

そう。あの時、加奈は幸せだったのだ。間違いなく幸せだったのだ。それなのに加奈は、そのことにまったく気づいていなかったのだ。

「離婚したらって……加奈、旦那と別れるつもりなのかい？」

男が訊いた。けれど、その口調は意外そうではなかった。

「ええ。そのつもりよ。あんな人とは、もう一緒にいられないもん。そうしたら、幸太くん、わたしと結婚してくれる？　わたし、幸太くんと結婚したいの」

「俺はいいけど……そんなことをしたら、養育費を受け取れなくなっちまうぞ」

「わかってる。でも、いいの……もうお金なんてどうでもいいの」

いとしい男を見つめて加奈は言った。

少し前まで、加奈は何とか有利な条件で離婚をしようと必死で画策していた。離婚後も暮らしに困らないように、養育費もたっぷりともらうつもりでいた。けれど、木曜日ごとに奥田幸太と会うようになって、その考えが少しずつ、少しずつ変わっていった。

「俺と結婚したら、また貧乏暮らしだぜ。加奈、金の苦労をするのは大嫌いだろ？」

おどけたような口調で男が言った。

「貧乏でも平気よ。幸太くんがそばにいてくれれば、それだけでいいの」

男の目を真っすぐに見つめて加奈は言った。

大切なのは金ではなかった。少なくとも、人生においていちばん大切なのは金ではなかった。加奈は今、それをつくづく実感していた。

「そうか……それじゃあ、加奈、次は俺の女房になれよ」

男がまた笑った。そして、腕枕をしていないほうの手で、加奈の髪を静かに梳いた。

「バツイチで、子連れだけど……幸太くん、いいの？」

加奈は言った。込み上げた涙で、男の顔が霞んで見えた。

「ああ。でも、俺ひとりの収入じゃ子供を育てるのは難しそうだから、加奈にも働いてもらうことになるぞ」

「ええ。いいわ。わたし、頑張る」

泣きながら、加奈は笑った。そして、「幸太くん、好きよ」と言って、男の巨体を強く抱き締め、汗で湿った分厚い胸に顔を埋めた。

3

鉄格子のない牢獄での加奈の毎日が続いた。

そんなある晩、夕食のあとで、食器を洗浄機に入れていた加奈に、夫が「今夜は寝室でビデオでも見ないか」と言った。

「ビデオ？　いいわね。何を見るの？　映画？」

タオルで手を拭いながら、加奈は夫に笑顔を向けた。

奥田幸太は映画がとても好きだったから、彼と付き合っていた頃はしばしば映画館に足を運んだ。レンタルしたＤＶＤを、駒沢にあった加奈のアパートや、彼の高円寺のアパートの部屋で見たこともあった。

けれど、夫とふたりで映画を見たことは一度もなかった。

本当は今も、加奈はそんなことがしたかった。だが、寝室に入ると夫はすぐに加奈の体を求めて来るのが常だったし、そんな行為のあとでは加奈はいつも疲れきり、化粧を落とすとすぐに眠りに落ちてしまったから、映画を見るどころではなかったのだ。

「いや、映画じゃないんだけどね……加奈にぜひ見てもらいたいものがあるんだ」

にこやかに微笑みながら夫が言った。最近の夫はいつも機嫌がよかった。少なくとも、加奈にはそんなふうに感じられた。

とても蒸し暑い晩だった。時刻はすでに午後10時をまわっていたが、外の気温はいまだに30度近くあるようだった。ついさっき、加奈がキッチンの窓を少し開けたら、街の喧噪《けんそう》と一緒に生温かい空気が室内にむわっと流れ込んで来た。

「いったい何を見るの？」

なおも微笑みながら、加奈は訊いた。今夜は体を求められなくて済みそうなので、そのことも嬉しかった。

「見てのお楽しみだよ」

夫がまた微笑んだ。いつものように無邪気で、茶目っ気がたっぷりの笑みだった。

ベッドの足元のほうに置かれていたレコーダーに、夫がＤＶＤをセットし、巨大なテレビのスイッチを入れた。

加奈がここにやって来た時から、その寝室には畳ほどもある大きなテレビと、最新式らしいＤＶＤレコーダーが置かれていた。けれど、加奈の夫はほとんどテレビを見なかったから、そのテレビが点けられたことは、彼女の知る限りでは一度もなかった。

夫と加奈はベッドに並び、大きな背もたれに寄りかかった。加奈はいつものように、白い木綿のナイトドレスだった。夫のほうは、白と青のストライプのパジャマだった。

夫のサイドテーブルにはスコッチウィスキーの水割りが入ったグラスが置かれていたが、加奈の側のそれは冷たい麦茶だった。妊娠が判明してからは、アルコールを摂りすぎないように気をつけていたのだ。

「さっ、それじゃあ、見てみよう」

楽しげな口調でそう言うと、夫が手にしたリモコンを操作した。

加奈たちの正面に据え付けられた巨大なテレビの画面に、すぐに映像が映し出された。意外なことに、それは見覚えのある映像だった。

「この部屋じゃない？」

足元のテレビとすぐ横にある夫の顔を、交互に見つめて加奈は言った。

そう。巨大なテレビに映し出されていたのは、右手にある窓のほうから、この寝室を撮影した映像に違いなかった。

「そうだよ。これはね、ほらっ……あそこに置いた隠しカメラで、この部屋を撮影したものなんだ」

嬉しそうに微笑みながら、夫が窓のほうを指さした。

隠しカメラ——。

その言葉を耳にした瞬間、これからそのテレビに何が映し出されるのかを加奈は理解した。同時に、叫び出したいほどの恐怖が全身に広がった。

反射的に加奈は立ち上がろうとした。そこから逃げ出すつもりだったのだ。けれど、それはできなかった。剝き出しになった加奈の両肩を、夫ががっちりと押さえ付けたからだ。

「加奈が主人公のノンフィクションなんだから、ちゃんと見なさい」

夫が言った。その口調は本当に楽しげだった。

加奈が主人公のノンフィクション——テレビの画面には誰もいない寝室が映されていた。だが、すぐにそこにふたりの人間が姿を現した。

そのひとりは、黒くて光沢のあるベアトップのワンピースをまとったスタイルのいい女で、もうひとりは……トドかゾウアザラシのように大きな体をした男だった。

「ああっ……」

加奈は思わず呻いた。

テレビに映った女は、痩せた体にぴったりと張り付くようなワンピースをまとっていた。極端に短いその裾から、細い2本の脚がすらりと美しく伸びていた。

加奈がそのワンピースを最後に着たのは、2週間以上も前のことだった。ということは……岩崎一郎は妻の浮気にずっと前から気づいていたということだった。

そう。彼はとうに気づいていたのだ。それにもかかわらず、2週間以上にもわたって何も知らないフリをして、妻との生活を続けていたのだ。

普通の男だったら、不倫に気づいた瞬間に、激しく妻をなじり、口から唾《つば》を飛ばして責めるだろう。

だが、岩崎一郎は普通の男ではなかった。それが恐ろしかった。

「一郎さん……もう、消して……お願い……もう見たくない……」

呻くように言いながら、加奈は夫の腕から逃れようとして身を悶えさせた。けれど、加奈を押さえ付ける力は、ほっそりとした腕からは想像もできないほどに強かった。

「いいから、見なさい」

夫が命じた。そして、片方の手で加奈の後頭部の髪を鷲摑みにした。

夫の命令に背き、加奈は固く目を閉じ、両手で耳を押さえた。そんなものは絶対に見たくなかった。もう何も聞きたくなかった。

「お願い……一郎さん……テレビを消して……お願い……」

髪を鷲摑みにされたまま、加奈は哀願した。

けれど、夫には妻の願いを聞き入れる気はまったくないようだった。加奈の後頭部の髪を抜けるほど強く握り締めたまま、彼はテレビを見つめ続けているらしかった。

『幸太くん……好きよ……すごく好き……』

両手で塞いでいたにもかかわらず、加奈の耳にテレビのスピーカーから出た女の声が届いた。直後に、ふたりが唇を合わせているような音もした。

「僕以外の男には、加奈は随分と甘えた声を出すんだなあ。このビデオ、これから先がすごいんだよ。ちょっと早送りしてみよう」

夫が言った。相変わらず、とても楽しげな口調だった。妻の髪を摑んでいないほうの手では、きっとリモコンを操作しているのだろう。

けれど、目を閉じたままの加奈には、それを確かめることはできなかった。

「さあ、見てみなさい。すごくエロチックだ。モザイクなしのアダルトビデオだよ」

「いやよ……見たくない……お願いだから……テレビを消して……」

「いいから目を開けなさい」

夫が言った。もう笑ってはいないようだった。

「いや……見たくない……」

加奈は言った。閉じたままの目から、ついに涙が溢れ出た。

「目を開けろっ！　目を開けろと言ってるんだっ！」

両手で押さえた耳がおかしくなるほどの大声で夫が怒鳴った。彼がそんなふうに怒鳴るのを聞くのは初めてだった。

その声に、反射的に加奈は目を開いてしまった。

そして、加奈は見た。このベッドに全裸で仰向けになった奥田幸太の股間に、やはり全裸の自分が土下座でもしているような姿勢で顔を伏せているのを見た。

奥田幸太が首をもたげ、目を閉じて男性器を咥えている加奈の顔をいとおしげに見つめていた。顔をリズミカルに上下させている加奈の体には、バリ島でついたビキニの水着の跡がくっきりと残っていた。

それは背筋が冷たくなるほどに恐ろしい映像だった。

「ああっ……」

加奈は再び低く呻き、またしっかりと目を閉じた。涙が頬を流れ落ちた。

「やってくれたな、加奈」

落ち着いた声で男が言った。「このお仕置きはしなくちゃならないな」

「やめて……一郎さん……もう何もしないで……何も言わないで……許さなくていいから……だから、わたしと別れて……」

「別れる?」

意外そうに言う夫の声が、加奈の耳に届いた。

「ええ。わたしと離婚して……お願い……わたし、もう一郎さんが好きじゃないの……わたし、もう別れたいの……」

髪を鷲掴みにされたまま、両手で頭を抱え、絞り出すように加奈は声を出した。閉じた目からは、さらに多量の涙が溢れ出ていた。

「夫婦の寝室にほかの男を引っ張り込んでおいて、その言い草はないだろう？」

夫の声がした。それは相変わらず、落ち着いた口調だった。

次の瞬間、濡れた布のようなものが加奈の鼻や口に押し当てられた。

いったい、どこから取り出したのだろう？　ひんやりとしたその布からは、刺激の強い揮発性のにおいが立ちのぼっていた。

「うっ……むっ……ぐぶっ……」

反射的に目を開き、低く呻きながら、加奈は必死で夫の手を払いのけようとした。

だが、それはできなかった。夫はそれほどに力が強かった。

加奈は息を止め、その刺激臭を吸い込まないようにした。その布に染み込んだ液体が何なのかはわからなかったけれど、きっと麻酔薬のようなものだろうと思ったのだ。

それにもかかわらず、すぐに意識が薄れていった。

ダメだ……眠っちゃダメだ……眠ったら、ひどいことをされる……もしかしたら……殺されるかもしれない。

そう思いながら、加奈は意識を失った。

4

加奈は本当に殺されるかもしれないと思っていた。だが、ありがたいことに、その予想は外れた。

気がついた時、加奈は相変わらず寝室のベッドにいた。巨大なベッドを抱きかかえるようにして、そこに俯せに横たわっていた。

意識を取り戻したばかりの加奈の耳に、淫らに喘ぐ女の声が届いた。それは2週間以上も前に、加奈自身の口から発せられた声だった。

『あっ……幸太くんっ……あっ……感じる……ああっ、好きっ……好きっ……』

加奈は反射的に立ち上がろうとした。だが、それはできなかった。腕も脚もまったく自由にならなかったのだ。

頭がズキズキと割れるように痛んだ。胃の内容物が喉元まで込み上げて来るような、強い吐き気もあった。

心の中で小さな悲鳴を上げると、加奈は首をいっぱいにもたげ、自分の体がどうなっているのかを知ろうとした。

加奈の両手首と両足首は今、ベッドの四隅の木製の柱に白いロープでがっちりと縛り付けられていた。

いつの間にか、加奈はナイトドレスを脱がされ、ブラジャーも外されていた。だが、全裸というわけではなく、下半身は大きくて白い紙オムツで覆われていた。

それはバリ島で『お仕置き』をされた時とよく似た状況だった。違っていたのは、あの時は仰向けだったのが今は俯せに縛られているということと、あの時は全裸だったのが今は紙オムツを穿かされていること、そして、あの時は口に下着を詰め込まれていたのが、今は口枷《くちかせ》はされていないということだった。

激しい頭痛と吐き気に耐えて、加奈はベッドの脇に目をやった。

そこに岩崎一郎がいた。夫はひとり用のソファに腰を下ろし、琥珀色の液体の入ったグラスを傾けながら、部屋の一点を凝視していた。

いつものように、寝室のカーテンはいっぱいに開け放たれていた。加奈の夫はカーテンを開けたまま性行為をするのが好きだったから、その窓のカーテンはいつも深夜まで開けたままにしてあったのだ。その大きな窓から差し込む観覧車の光が、照明の消された寝室をさまざまな色に照らしていた。

『あっ、幸太くんっ……ダメっ……感じるっ……好きっ……幸太くん、好きっ……』

広々とした寝室には、淫らに喘ぐ加奈の声が、大きな音量で響き続けていた。

どうやら岩崎一郎はいまだに、隠しカメラで撮影した極めて悪趣味な映像を眺め続けているらしかった。テレビは加奈の足元のほうにあったから、首をよじって振り向けば、彼女にもその映像が見えるはずだった。

けれど、そんな忌まわしいものは見たくなかった。

振り向く代わりに、加奈は激しく身を悶えさせた。ロープが繋《つな》がれたベッドの柱が、ギシギシと鈍く軋んだ。

その音に、男がゆっくりと加奈のほうに顔を向けた。妻を見つめるその目は、ヘビかトカゲのように冷たかった。

「やあ、奥様、お目覚めかい？　おはよう。気分はどうだい？」

妻を見つめて夫が微笑んだ。だが、その目は笑っていなかった。「いやあ、それにしてもすごい映像だな。妻を寝取られたっていうのに、これを見てると発情するよ」

「ごめんなさい、一郎さん……そのことでは、わたしが悪かったわ。ごめんなさい……あの……わたし、これからのことを話し合いたいの……だから、これを解いて……」

亀のように首をもたげて加奈は夫に訴えた。また頭がズキズキと痛んだ。

「加奈、ちょっと訊きたいんだけど……もしかしたら、そのお腹の子の父親はこの男なのかな？」

ヘビやトカゲのような目で、夫が加奈をじっと見つめた。

「違うわ……それは違うの……お腹の子の父親は一郎さんよ……その人とはセックスはしていないの……ペッティングだけ……本当よ……信じて……」

夫の目を見つめ、加奈は必死で言った。もし、胎児の父親が自分ではないかもしれないと知ったら、男が何をするかわからなかった。

「こんなことまでしておいて、それを信じろっていうのかい？　ほらっ、この幸太くんっていうやつ、僕たちの愛の証しのヤモリを、無我夢中で揉みしだいているよ。僕にしか見せない約束だったのに、こんなやつにまで見せてひどいなあ」

歯を見せずに男が笑った。「幸太くんにこんなことまでさせておいて、セックスだけはしていないなんて……そんなことが信じられるわけないだろう？」

男がリモコンを手に取り、テレビのヴォリュームをさらに上げた。そのことにより、部屋に響き渡る加奈の喘ぎ声がさらに大きくなった。

『ああっ……エッチっ……すごいっ……そこ、ダメっ……あっ、感じるっ……』

耳を塞ぎたかった。けれど、いっぱいに広げられた加奈の両腕は、まったく自由にならなかった。

「本当なの……信じて……わたし、その人とはセックスはしてないわ。フェラチオをしてあげて、そうやって体を触らせているだけよ。本当よ。本当にそれだけなの」

そんな言葉にどれほどの効果があるかはわからなかったけれど、加奈は必死になって言葉を繋いだ。堕胎を強要されることを恐れていたのだ。

やがて夫がリモコンを操作し、テレビのスイッチを切った。そのことによって、淫らな女の喘ぎ声は消え去り、部屋には再び静寂が戻った。

「加奈……僕は加奈をちょっと甘やかしすぎたみたいだよ……加奈は人間だと思ったから優しくしていたけど、それは失敗だった……だから、これからは、犬みたいにビシビシと厳しく躾けることに決めたよ……」

「躾けるって……」

「つまり……飴と鞭だよ」

夫がゆっくりとソファから立ち上がった。それから、少し腰を屈めて、床にあった何かを拾い上げた。

手にしたものを目にした瞬間、加奈の肉体を強い恐怖が走り抜けた。それは競馬の騎手が使うような鞭だったのだ。

手にした鞭を、夫が軽く打ち振った。鞭が風を鋭く切る音が、ヒュン、ヒュンと、加奈の耳に届いた。

「ああっ……一郎さん……それでどうするつもりなの？」

加奈は再び激しく身を悶えさせた。無駄だとわかっていても、悶えずにはいられなかった。きつく巻き付けられたロープが食い込み、手首と足首が強い痛みを発した。

「加奈が想像している通りのことをするんだよ。気絶するほど強く打ち据えて、加奈が気を失ったら、今度は目を覚ますまで打ち据えるんだ。それを何回も繰り返すんだ」

夫がまた鞭を打ち振った。その音を聞くたびに、加奈の中で恐怖が膨れ上がった。

「これは犯罪よ。ドメスティックバイオレンスよ。もし、その鞭で叩いたら、わたし、警察に駆け込むわ。そうしたら、一郎さん、逮捕されるわよ。一郎さんの人生は目茶苦茶になって、これまで築いて来たものをすべて失うことになるのよ」

加奈は必死で言った。

「加奈がそうしたいなら警察に駆け込んでもいいし、裁判所に訴えてもいいよ」

男が笑った。「昔の恋人とベッドでいちゃついているところを夫に見つかり、ベッドに裸で縛り付けられて鞭で打たれましたって……警察や裁判所でそう言うといいよ。ついでに、このビデオも証拠として提出するといい。これを見たら、警察官や裁判官も、きっと大喜びするだろうよ」

加奈は驚いて夫を見つめた。彼の口から『昔の恋人』という言葉が出たからだ。

「一郎さん……あの……あの人のこと、知ってるの?」

「そりゃあ、知ってるよ。幸太くんの名字は奥田っていうんだよ」

嬉しそうに笑いながら、鞭を握った右腕を夫が頭上に振り上げた。「さて、加奈、ものすごく痛いはずだから、しっかりと歯を食いしばりなさい」

「ああっ、いやっ！　お願いっ！　許してっ！　それだけはやめてーっ！」

凄まじい恐怖に駆られ、加奈は夢中で哀願した。

頭上に振り上げていた腕を降ろし、夫が加奈の顔の近くに歩み寄った。そして、無造作に腕を伸ばし、その髪をぐっと鷲摑みにして顔を上げさせた。

その瞬間、凄まじい頭痛が襲いかかり、加奈は低く呻いた。

「僕は加奈を信じていた。すごく愛していた。1日中、加奈のことばかり考えていた。それにもかかわらず、加奈は僕を裏切った。だから、罰を受けなきゃならないんだ」

強い口調でそう言うと、夫は加奈の髪から手を離し、彼女が磔にされているベッドの足元のほうにまわった。

「ああっ！　やめてっ！　許してっ！　お願いっ！　お願いっ！」

首をいっぱいにもたげて、加奈はなおも哀願した。四肢の自由を奪われた彼女にできることは、ほかに何もなかった。

「さあ、いくよ。歯を食いしばりなさい」

加奈の耳に夫の声が届いた。

「やめてっ！　やめてーっ！」

加奈は声の限りに叫んだ。恐怖のあまり、尿が漏れてしまいそうだった。

岩崎一郎は、やると言ったら、絶対にやる男だった。加奈は覚悟を決め、襲いかかって来るはずの激痛に備えてシーツに顔を押し付けた。

鞭がヒュンと風を切る音がした。

「ああっ」

加奈は思わず呻きを漏らした。

けれど、いつまでたっても加奈の背に鞭が振り下ろされることはなかった。その代わり、小さく笑う夫の声が聞こえた。それから、手にした鞭を床に落としたらしい音がした。

加奈は再び顔を上げ、細い首を右側によじった。そして、自分の足元に立っている夫を見つめた。

「僕はやっぱり、暴力に手を汚すのが好きじゃないみたいだよ。だから、鞭で打つのはやめた。その代わり、加奈が心から反省するまでそこに縛り付けておくことにするよ。いいね。そこでゆっくりと、僕を裏切ったことの反省をしなさい」

それだけ言うと、夫は寝室を出て行った。

5

自分の夫が普通ではないということは、すでに充分にわかっているつもりだった。けれど、これほどまでとは思いもしなかった。

そう。岩崎一郎という男は、妻に揮発性の薬物を無理やり吸わせて気を失わせたのだ。そして、気絶している妻から着ているものを剝ぎ取り、紙オムツまで穿かせ、ロープでベッドに縛り付けたのだ。

妻に暴力を振るう男は少なくないのだろう。だが、そこまでする男は、そうはいないはずだった。

いったいいつまで、ここに縛り付けておくつもりでいるのだろう?

水面に浮かんだアメンボウのような姿勢でベッドに磔にされたまま、加奈はぼんやりと思った。紙オムツを穿かされているということは、夫はかなり長い時間にわたって拘束しておくつもりなのかもしれなかった。

バリ島で加奈を全裸でベッドに仰向けに縛り付けた時は、ハウスキーパーの女や執事やルームサービスの男に妻の屈辱的な姿を見せたあと、妻の口に尿を注ぎ込み、それを嚥下するように命じた。

あの時は加奈が禁煙の約束を破ったことの罰だった。だが、今回、加奈がしたことは、あの時より遥かに重罪だった。ということは……これから与えられる罰は、想像を絶するほど恐ろしいものになるのかもしれなかった。

すぐに夫が戻って来るだろうと加奈は予想していた。そして、何らかの『お仕置き』をするつもりなのだろう、と。

けれど、いつまで経っても夫は戻って来なかった。

どうするつもりなのだろう?　いったい、何をするつもりでいるのだろう?

夫の心を想像することは難しかった。岩崎一郎はいつだって、普通の人間だったら想像もできないことをする男なのだ。

　カーテンを開け放った窓から差し込んだ観覧車の光が、相変わらず室内を七色に染めていた。二重になったその窓はとても静粛性が高かったから、外の喧噪が室内に漏れ入って来ることはめったになかった。それでも、ほんの少し前、船の汽笛が低く響くのが加奈の耳に届いた。

　首をもたげてサイドテーブルの時計を見ると、時刻は間もなく午前2時を指そうとしていた。バリ島の時と同じように、長時間にわたってベッドマットに押し付けられている胸や腹部が、ひどく痺れて麻痺《まひ》したようになっていた。ロープできつく縛られたために血の通わなくなった手や足先も冷たくなっているようだった。

　頭痛は相変わらず続いていたし、吐き気も続いていた。それはきっと、無理やり吸わされたあの揮発性の薬物のせいなのだろう。

　部屋を出る前に夫が、エアコンのスイッチを切ったのかもしれない。加奈は裸だったが、寒さは感じなかった。それどころか、体の下になっている胸や腹部はじっとりと汗ばんでいるようだった。

　幸太くんはどうしているんだろう？

　ふと加奈は思った。そして、その瞬間、強い恐れが全身を走り抜けた。

　再会を果たしてからの奥田幸太は、ほとんど毎日のように加奈の携帯電話にメールを送って来ていた。加奈もまた、毎日のように彼にメールを送っていた。けれど、ここ数日、彼からのメールが来ていなかった。加奈が送ったメールへの返信もなかった。

きっと忙しいのだろう。

ついさっきまでの加奈はそう思っていた。けれど、もしかしたら……。さらに強い恐れが加奈に襲いかかって来た。

「一郎さーんっ！　一郎さーんっ！」

首をいっぱいにもたげ、加奈は夫を呼んだ。

自分がこんな目に遇っているのは自業自得の部分もあった。加奈は自ら望んで岩崎一郎という男の妻になったのだ。

だが、奥田幸太はまったくの部外者だった。

「一郎さーんっ！　返事をしてーっ！　一郎さーんっ！」

その家はとても広かったけれど、加奈の声が夫の耳に届いていないはずはなかった。それにもかかわらず、彼からの返事はなかった。

加奈は最悪の事態を想像しようとした。そうすることで、最悪の事態を避けようとしたのだ。

世の中はいつだって、加奈の思い通りにはいかなかった。だが、加奈が想像した最悪の事態になることもなかった。

そうなのだ。加奈が想像すれば、そうはならないのだ。加奈が予想したことは起こらないのだ。少なくとも、これまではいつもそうだった。

加奈は想像した。夫が奥田幸太を殺すことを想像した。そして、その想像の恐ろしさに身を震わせた。

もし、幸太くんが殺されたら……それはわたしのせいだ。

加奈は唇を噛み締め、奥田幸太を巻き込んでしまったことを心から後悔した。


きっと無理に吸わせられた薬物のせいなのだろう。加奈は何度も浅い微睡《まどろ》みを繰り返した。そして、目を覚ますたびに、自分が置かれている状況の異常さに愕然《がくぜん》とした。

何度目かに目を覚ますと、大きな窓ガラスを通して朝の太陽が部屋の深くまで差し込んでいた。その真夏の朝の強い光が、加奈の背や肩をじりじりと焼いていた。

長く俯せになっているために、胸が腹部や太腿がひどく痺れていた。喉も渇いていたし、尿意もあった。腕や脚を不自然な形に広げているせいで、股関節や腕の付け根が痛かった。手首や足首も疼いていたし、吐き気も続いていた。

加奈は首をもたげてサイドテーブルの時計を見た。

その針は午前6時を指していた。ということは、彼はまだ出勤前のはずだった。

「一郎さーんっ！　お願いだから、来てーっ！　一郎さーんっ！　一郎さーんっ！」

加奈は再び大声で夫を呼んだ。そのたびに頭がズキズキと痛んだ。

だが、やはり夫からの返答はなかった。


午前7時になると、どこからかコーヒーの香りが漏れ入って来た。廊下を歩く人の足音も微かにした。

「一郎さーんっ！　一郎さーんっ！」

その足音が寝室のドアの向こうに近づいて来た時に、加奈はまた夫を呼んだ。「許して、一郎さんっ！　お願いっ！　このロープを解いてっ！　わたし、反省したわっ！　もう絶対にあんなことはしないっ！　約束するっ！　だから、許してーっ！」

けれど、夫が寝室のドアを開けることはなかった。

しばらくすると、玄関のドアが開くような音が聞こえた。

時計を見ると7時半だった。たぶん、夫が出勤したのだろう。

あの人は異常だ……どうかしてるんだ……。

俯せのまま、加奈は思った。

自分を縛り付けたまま出勤したということは、夫はお手伝いさんの上原さんに、こんな加奈の姿を見せるつもりだということだった。

6

再びドアの開く音がしたのは、午前8時半のことだった。

午前8時半。それは上原さんのいつもの出勤の時刻だった。

こんな惨めで屈辱的な姿をほかの人に——ましてや、毎日のように顔を合わせている使用人に見られたくはなかった。そんなことになったら、明日からどんな顔をして彼女に接していいのかわからなかった。

けれど、もう覚悟するしかなかった。遅かれ早かれ、上原さんは掃除やベッドメイクのために、この寝室に入って来るはずだった。

「上原さーんっ！　わたし、寝室にいるのっ！　ちょっと来てーっ！」

恥を忍んで、加奈は大声でお手伝いさんを呼んだ。とにかく、この拘束を解いてもらうつもりだった。

すぐにスリッパの足音が近づいて来た。直後に、寝室のドアが静かに開けられた。

思っていた通り、ドアを開けたのは上原さんだった。いつものように上原さんは、半袖の木綿のTシャツと、膝までの丈の木綿のパンツというラフな恰好だった。

寝室の戸口に立った上原さんは、その落ち窪んだ目で、ベッドに縛り付けられた加奈を無言で見つめていた。

ひどくばつの悪い思いを抱きながらも、加奈は首をもたげて上原さんを見つめ返した。こうして明るい場所でまじまじと見ると、上原さんの顔にはさらに皺が目立った。鷲鼻のその顔は、まさに、おとぎ噺の魔女のようだった。

上原さんがひどく驚くだろうと加奈は予想していた。加奈は彼女の雇い主であり、この家の奥様だった。そんな加奈が裸でベッドに磔にされているのだ。

だが、意外なことに、彼女はそれほど驚いているふうではなかった。

「上原さん、ロープを解いて。もう苦しくてたまらないの」

さらに首をもたげて加奈は言った。あまりの恥ずかしさに顔が赤らむのがわかった。

けれど、彼女は動かなかった。寝室の戸口で加奈を見つめ続けているだけだった。

「上原さん、何をしているの？　早くこれを解いてちょうだい」

苛立ちを覚えながら、加奈は繰り返した。

「それはできません」

使用人の口から出た言葉は加奈を驚かせた。上原さんは今までに一度だって、加奈の言い付けに背いたことはなかったから。

「できない？　どうして？」

「今朝、岩崎さんから電話をいただいて、絶対に解くなと言われていますから」

落ち窪んだ目で加奈を見つめ、無表情に上原さんが言った。

その言葉が加奈をさらに苛立たせた。同時に、夫への怒りが激しく込み上げて来た。

「そんなこと言わずに解いて。お願いよ。苦しくてたまらないの」

苛立つ気持ちを懸命に抑えて加奈は言った。使用人の前でヒステリックな声を上げたくなかったのだ。

「ダメです。できません」

融通の利かない公務員のような口調で上原さんが言った。

「いいから、解きなさい」

挑むように上原さんを見上げ、強い口調で加奈は命じた。もう我慢の限界だった。「これは主人の命令です。わたしの手足を縛っているロープを、さっさと解きなさい」

「わたしの主人は岩崎さんだけです。アバズレの命令に従う義務はありません」

「使用人の分際で……口を慎みなさいっ！」

込み上げる怒りに、加奈は身を震わせた。

「アバズレにアバズレって言って、何が悪いんだ？　お前はとんでもないアバズレなんだよっ！」

吐き捨てるような口調で言うと、女は寝室に歩み入って来た。そして、ベッドの足元のほうに立ち、身を屈め、床に落ちていたものを——細くてしなやかな鞭を拾い上げた。

鞭を手にした女は、前夜、加奈の夫がしたように、それを宙で何度か打ち振った。

「上原さん……あの……何をするつもりなの？」

細い首をいっぱいによじって、加奈は背後の女を見つめた。怒りがすーっと引いていき、代わりに、どす黒い恐怖が下腹部に広がっていった。

「これでお前を打つんだよ。岩崎さんは暴力がお嫌いだから、その代わりに、わたしがお前にお仕置きをしてやるんだよ」

女が言った。魔女のような顔が狂気に歪んでいた。

「バカなことを言わないでっ！」

思わず身悶えしながら、加奈は叫んだ。また頭がズキンと痛んだ。

「わたしは本気だよ。さあ、アバズレ、歯を食いしばりな」

不気味な笑みを浮かべて言うと、女が鞭を握り締めた右腕を頭上に高く振り上げた。

7

加奈の背後に立った女が右腕を振り下ろした。鞭が風を引き裂くヒュンという音が加奈の耳に届いた。続いて、それが皮膚を打ち据えるバチッという音がした。

その瞬間、息が止まった。同時に、肉体を激痛が走り抜けた。それはかつて経験したことがないほどの凄まじい痛みだった。

「あっ！　いやーっ！」

イモムシのように身をよじって加奈は絶叫した。全身の皮膚が一瞬にして脂汗を噴き出し、膀胱《ぼうこう》が痙攣して尿が漏れた。

「ああっ……痛い……やめて……お願い……死んじゃう……」

シーツに顔を擦り付けて加奈は悶絶した。たちまちにして溢れ出た涙で視界が曇った。身をよじるたびに尿が漏れ続けた。

「夫婦の寝室に男を引っ張り込むなんてことが、よくもできたものだね」

吐き捨てるかのように言う女の声が、なおも悶絶を続けている加奈の耳に届いた。「そういうアバズレはね、こうされるのが当たり前なんだよっ！」

その瞬間、2発目の鞭が唸《うな》りとともに加奈に襲いかかった。左の肩から右の尻に向かって振り下ろされたそれは、最初の一撃に勝るとも劣らない激痛を加奈に与えた。

「ひっ！　ああっ、いやーっ！」

加奈は再び身をよじって絶叫した。また尿が漏れ、手首と足首に巻き付けられたロープが、さらに強く皮膚に食い込んだ。

背後に立った女が、また腕を振り上げた。見たわけではなかったが、加奈にはそれがわかった。

「やめてっ！　もう、やめてっ！　お願いっ、上原さんっ！　やめてーっ！」

自尊心をかなぐり捨てて、声の限りに加奈は叫んだ。

だが、泣き叫ぶ加奈を無視して、女が腕を振り下ろした。

ヒュン……ビシッ。

3発目の鞭は、加奈の背の中央部分を縦にしたたかに打ち据えた。

「あっ！　いっ！」

尿を漏らし続けながら、加奈はガクガクと身を震わせた。目の前が真っ暗になり、意識がすーっと薄れていった。

そう。あまりの痛みに加奈は失神したのだ。

けれど、気を失い続けていることはできなかった。失神している加奈の背に――今度はくびれたウェストを分断するかのように、4発目の鞭が振り下ろされたのだ。

「うっ！　ああっ！」

その激痛に加奈は朦朧としながらも意識を取り戻し、またイモムシのように身をよじった。さらに尿が漏れ、加奈の意志とは無関係にまた全身が痙攣した。

ほんの少しのあいだ、加奈はまた気を失っていたのかもしれない。いつの間にかすぐ脇に立っていた女が、加奈の髪を乱暴に鷲掴みにし、シーツに押し付けられていた顔を無理やり上げさせた。

「ああっ……やめて……お願い……もう、やめて……」

魔女のような女の顔を朦朧となって見つめながら、息も絶え絶えに加奈は哀願した。4度にわたって与えられた激痛が、今では自我や自尊心を完全に打ち砕いていた。

「謝るぐらいなら、最初からあんなこと、しなけりゃいいんだよっ！」

筋肉質な左腕で加奈の髪を鷲摑みにしたまま、叫ぶように女が言った。そして、加奈に顔を近づけ、右目に向かってペッと唾を吐きかけた。続いて右手を振り上げ、加奈の左の頰を、顔が真横を向くほど強く張った。

「ひっ……」

その瞬間、頭がズキンと痛み、またしても尿が漏れた。左の耳がキーンとなって、音がよく聞こえなくなった。直後に、口の中に鉄のような血の味が広がっていった。

続けて女が、加奈の右の頰を力まかせに張った。

「あうっ……」

今度は顔が左側を向き、右の耳からキーンという音が発せられた。新たな血が口の中に広がった。

けれど、今度は尿は漏れなかった。もしかしたら、加奈の膀胱はすでに空っぽになっていたのかもしれない。

「きょうはこれだけで勘弁してやる。だけど、次はないからね。覚えておきなっ、このア

「バズレっ！」

加奈の髪を鷲摑みにしたまま言うと、女はもう一度、加奈の左の頰をさらに力を込めて張った。

「いっ……」

再び顔が右を向き、口から血の混じった唾液が飛び散った。

髪を摑んでいた手が離され、加奈は再びシーツに顔を伏せた。その直後に意識が薄れ、加奈は完全に気を失った。

8

どのくらいのあいだ、気を失っていたのだろう？　加奈は自分を呼ぶ男の声に意識を取り戻した。

朦朧となって開いた加奈の目に、自分の顔をのぞき込んでいる夫の顔が映った。

「ようやく目が覚めたみたいだな」

切れ長の目で加奈を見つめ、夫が爽やかに笑った。妻にこれほどのことをしておきながら、彼はいつものように、とても爽やかで清々しかった。

きっと仕事から戻ったのだろう。薄いグレイのスーツをまとった夫の姿は、いつものように颯爽《さっそう》としていた。

「それにしても、ひどい顔だなあ。ほっぺたが腫れ上がっちゃって、別人みたいだ。上原さんは怒ると怖いんだよ。だから、僕も彼女には逆らわないことにしてるんだ」

夫が言った。そして、また爽やかに、楽しげに笑った。

加奈は何か言おうとした。けれど、その口から言葉はでなかった。意識して目を見開いていないと、また気が遠くなってしまいそうだった。

鞭で打たれた肩や背中やウェストが、ズキズキと激しく痛んでいた。腫れ上がっているに違いない左右の頰は熱を発していた。左右の耳の中では相変わらず、キーンという音が続いていたし、口の中には今も血の味が広がっていた。たっぷりと尿を吸い込んでいるらしい紙オムツが、蒸れたみたいになっていてひどく不快だった。

「どうだい、加奈？　あんなことをして悪かったと、心から思ったかい？」

顔をさらに近づけ、優しい口調で夫が言った。「もし反省ができたなら、そのロープを解いてあげる。だけど……そうでないなら、いつまでもそのままだよ」

もちろん、加奈は反省などしていなかった。それどころか、心の中は怒りと憎しみでいっぱいだった。けれど、いつまでも意地を張り続けているのは得策ではなかった。加奈を襲う肉体的・精神的な苦しみは、すでに限度を遥かに越えていた。

「反省したわ……」

呻くように加奈は言った。悲鳴を上げ続けたその声が、老女のようにかすれていた。

「本当かい？　本当に悪いと思っているのかい？」

疑わしげな顔で夫が加奈を見つめた。けれど、その目は微笑んでいた。

「ええ。本当よ……わたし、本当に反省したの……一郎さん、ごめんなさい……もう絶対にあんなことはしないわ」

たとえようもないほどの屈辱を覚えながらも、加奈は精一杯の謝罪の言葉を述べた。

「そうか。反省したんだね。だったら、それを証明してもらわなきゃならないな」

「証明？」

「ああ。加奈が本当に反省しているっていう証明だよ」

そう言うと、夫が上着を脱ぎ、ズボンのベルトを外した。

その瞬間、加奈は夫が自分に何をさせようとしているのかを悟った。そして、『ただそれだけのことなのか』と思って、安堵さえした。

加奈が予想していた通り、ベルトを外すと、夫はズボンを脱いだ。それに続いて、下半身を覆っていた黒い木綿のボクサーショーツを脱ぎ捨てた。

夫の股間ではすでに、青黒くて巨大な男性器が荒々しくそそり立っていた。

夫はそのままベッドに上がって来ると、俯せに拘束されている加奈の顔の前にあぐらをかいた。そして、そそり立った男性器の先端を加奈の顔に近づけた。

一瞬もためらうことなしに、加奈はそれを口に含んだ。そして、もう何も考えず、ゆっくりと顔を上下に打ち振り始めた。こんなふうに拘束されることや、使用人に鞭打たれることに比べれば、そんなことは取るに足らないことだった。

9

血の混じった精液を妻が嚥下したのを確かめてから、夫はその拘束を解いた。

だが、加奈はすぐに起き上がることができなかった。体がそれほどのショックを受けていたのだ。

長時間にわたって俯せになっていたために、体の下側になっていた胸と腹部と腿が痺れて感覚がなくなっていた。手と足は氷のように冷たかったし、手首と足首にはひどい内出血と擦り剝き傷ができていた。肩と背の傷は強い痛みを発し続けていたし、使用人に張られた頰もズキズキと痛んでいた。腕の付け根や股関節も痛かった。

「背中の傷にはこの薬を塗るといい。よく効くよ」

ボクサーショーツとズボンを穿いた夫が、どこからか小さなチューブを取り出してサイドテーブルに置いた。「加奈は疲れているだろうから、今夜の食事の支度はしなくていいよ。上原さんにやってもらうからね」

夫の口調はとても優しげだった。

いつものように、そのことに加奈は強い違和感を覚えた。そこに立っている優しげな男は、たった今まで、これでもかというほど激しく加奈の口を犯していた悪魔のような男とは、まるで違う人物のようだった。

ようやくベッドに上半身を起こすと、加奈は朦朧となって夫を見上げた。尿をたっぷりと吸い込んだ紙オムツから、嫌なにおいが立ちのぼっていた。

「僕は仕事に戻るけど、加奈はしばらく安静にしていなさい。きょうは玄関まで見送りに来なくていいからね。じゃあ、行って来るよ」

そう言うと、夫は上着を羽織り、軽やかな足取りで寝室を出て行った。

広々とした寝室にひとり残された加奈は、呆然としながら大理石の壁を見つめた。磨き上げられた壁に、上半身裸でベッドにうずくまっている加奈の姿が映っていた。

泣きたかったけれど、涙は出なかった。もしかしたら、すべての涙が尽きてしまったのかもしれなかった。


裸体にガウンを羽織り、加奈は寝室を出て浴室に向かった。そして、ガウンを脱ぎ捨て、尿を吸い込んでずっしりと重くなった紙オムツをゴミ箱に放り込んで全裸になった。

脱衣場の大きな鏡に背を向ける。長い髪を体の前方に垂らし、細い首をよじって痩せた背中を見る。

小麦色に焼けた滑らかな皮膚に、くっきりとした赤い4本の傷ができていた。くびれたウェストを真横に分断した傷と、左の肩にできた傷は特にひどくて、いまだに血が噴き出ていた。

家政婦への怒りと憎しみが——主人である自分をアバズレ呼ばわりし、鞭でしたたかに打ち据え、頬を3度も張った上に、顔に唾まで吐きかけた女に対する怒りと憎しみが加奈の中に甦った。今ではその怒りと憎しみは、夫に対するそれより強いほどだった。

随分と長いあいだ背中を見つめていたあとで、加奈は浴室に入ってシャワーのレバーを倒した。

熱い湯が背中の傷にかかった瞬間、思わず「あっ」という声が出た。それは飛び上がるほどの痛みだった。湯は背の傷にだけでなく、手首や足首の傷にもひどく染みた。

痛みに耐えながらシャワーを浴びていると、浴室の外から掃除機の音が聞こえた。家政婦の鼻歌も聞こえた。

そう。主人に手を上げておきながら、あの女はいまだにこの家の中にいるのだ。

シャワーが済むと、加奈は素肌に白いタオル地のバスローブを羽織り、脚をふらつかせながら寝室に向かった。少しベッドで横になるつもりだった。

寝室のドアを開けた時、廊下の曲がり角から割烹着《かっぽうぎ》をまとった家政婦が姿を現した。

「奥様、先ほどは失礼いたしました」

加奈を見つめ、平然とした口調で家政婦が言った。

その女に殴り掛かりたいという衝動を、加奈は必死で抑えた。

家政婦は加奈よりずっと年だったが、がっちりとしていて、とても力がありそうだった。もし、殴り合いになったら、加奈に勝ち目はなさそうだった。

「今夜はわたしがお料理をするんですけど……奥様、何か召し上がりたいものはありますか？　あったら、遠慮なくおっしゃってください」

冷たく加奈を見つめながらも、皺だらけの顔に笑みを浮かべて家政婦が言った。

加奈は怒りと憎しみを込めて、女の顔を睨みつけた。それから、返事をせずに寝室に入ると、バタンという大きな音を立ててドアを閉めた。

10

ベッドの中で横向きになり、加奈は大理石の壁を見つめ続けていた。

横向きになっていたのは、背中が痛くて仰向けになることができなかったからだった。同じ理由から、寝返りを打つのも簡単なことではなかった。

もう限界だ。今度、家を出る時にカノンの鳥籠を持って行こう。そして、もう、ここに戻って来るのはやめよう。

加奈はそう心を決めていた。

わたしが家出して来たと言ったら、幸太くんは受け入れてくれるかな？　高円寺のアパートに住ませてくれるかな？

加奈はかつての恋人のことを思い出した。そして、その瞬間、強い不安が甦った。

昨夜からずっとサイドテーブルの上に置いたままの携帯電話に手を伸ばすと、加奈はオフになっていたその電源を入れた。そして、震える指をぎこちなく動かし、奥田幸太の携帯に電話をかけた。

けれど、呼び出し音は鳴らなかった。何度かけても、この電話は電波の届かないところにあるか、電源が入っていないというアナウンスが繰り返されるだけだった。

電源が入っていない？

そんなことは考えられなかった。奥田幸太は眠る時にも携帯電話の電源を切ることのない男だった。

加奈は高円寺の彼のアパートの部屋にも電話をかけてみた。けれど、電話には誰も出なかった。留守番電話に切り替わることもなかった。

心臓が激しく高鳴った。噴き出した汗で掌がひどくべたついた。不安のあまり、吐き気も込み上げて来た。

さらに何度か奥田幸太の携帯と自宅に電話をしたあとで、加奈はふと思いつき、新聞社の社会部で奥田幸太の後輩だった平松英次に電話をしてみた。

平松英次は加奈の大学の同級生で、奥田幸太を彼女に紹介したのは彼だった。彼らは今も親しくしているらしく、奥田幸太の口からはしばしば平松英次の名前が出た。

ありがたいことに、その電話は通じた。

『はい。平松です』

耳に押し当てた電話から、平松英次の爽やかな声が聞こえた。彼は昔から明るくて、歯切れがよくて、頭の回転の早い男だった。新聞社のオフィスにいるらしく、電話の向こうはかなり騒がしかった。

「平松くん？　わたしよ。三浦加奈よ」

加奈は旧姓を名乗った。口にした瞬間、その名字が妙に懐かしく感じられた。

『やあ、加奈！　久しぶりだね。元気にしてたかい？』

平松英次が嬉しそうに言った。

加奈の恋人だったことは一度もなかったけれど、平松英次とはなぜか気が合って、大学生だった頃にはふたりでよく映画を見に行ったり、カフェで無駄話をしたり、居酒屋などで一緒に酒を飲んだりしたものだった。

「ええ。元気よ。平松くんはどう？　元気にしてる？」

『ああ。僕は元気だよ。忙しくて寝る間もないけどね』

平松英次が屈託なく言った。その感じは大学生の頃と変わっていなかった。『そういえば、加奈、結婚したんだってな。ゆかりや玲華から聞いたよ。有閑マダムになった気分はどうだい？』

「うん。あの……まあまあね」

加奈は曖昧に言葉を濁した。「それより、奥田幸太さんのことなんだけど……」

『ああ。奥田さんな……僕もショックだよ』

平松英次が言い、加奈は電話を強く握り締めた。

「あの……奥田さん、どうかしたの？　彼に何かあったの？」

加奈は訊いた。その声が震えていた。

『加奈……知らないのかい？』

平松英次が沈痛な声を出した。『奥田さん、死んだんだ。一昨日の未明だったかな？　車に轢《ひ》かれたんだよ』

その瞬間、頭の中が真っ白になった。同時に、全身から力が抜けて、加奈は手にしていた電話をベッドマットの上にぽとりと落とした。

11

平松英次との電話を切ったあとも、加奈は長いあいだ、ベッドに呆然とうずくまっていた。顔は窓の外に向けられていたが、何も見ていなかった。

わたしのせいだ……わたしが幸太くんを殺したようなものだ……。

色が変わるほど強く唇を嚙み締め、加奈は思った。寒いわけではないのに、細かく体が震え続けていた。

平松英次によると、3日前の晩、奥田幸太は都内で出版社の編集者たちと打ち合わせをしたあと、出版社の近くの居酒屋で深夜まで酒を飲んでいたようだった。その後、電車で高円寺に戻り、自宅アパートまで歩いていたらしい。そして、あとほんの数分でアパートに着くというところで、背後から走って来た車に轢かれたということだった。

「あんなところで……」

平松英次の話を聞いた加奈は、小さな電話を握り締めて泣いた。

加奈は歩道のないその道についてよく知っていた。かつて何度となく、彼と手を繫いでその道を歩いたことがあったのだ。

『奥田さん、即死だったんだよ』

平松英次が無念そうに言った。『とんでもない災難だったよ』

ベッドにうずくまったまま、加奈は平松英次の言葉を思い出していた。

警察に通報をしたのは、加藤雄哉という45歳の無職の男だった。その男が奥田幸太を轢いたのだ。男は駆けつけた警察官に、その場で逮捕された。業務上過失致死というのが、その男の罪状だった。その男の息からアルコールは検出されなかった。

警察の取り調べに対して、加藤雄哉という男は、『ぼんやりとしていて、人が歩いていることに気づくのが遅れた』と、泣きながら言ったらしかった。

平松英次によると、加藤雄哉というその男は、人を殺してしまったことにひどく動揺して、警察官の前では泣いてばかりいたらしかった。

警察はそれを前方不注意による事故として処理した。平松英次もまた、それを微塵《みじん》も疑ってもいないようだった。

けれど、加奈は知っていた。

奥田幸太を轢き殺したのは、確かにその45歳の無職の男なのだろう。だが、それは事故などではないのだ。その車を運転していた男は、決してぼんやりとなどしていなかったのだ。それどころか、その男は奥田幸太がやって来るのを待ち構えていたのだ。

その男に奥田幸太を殺させたのは、加奈の夫だった。自分の手を汚すのが嫌いな岩崎一郎は、その男に多額の金を摑ませ、妻の不倫相手を轢き殺すように依頼したのだ。

加藤雄哉というその無職の男は、きっと金に困っていたのだろう。岩崎一郎がちらつかせた金が、喉から手が出るほど欲しかったのだろう。

業務上過失致死なら、たぶんすぐに刑務所から出て来られるはずだった。その男はそのあいだの時間を、岩崎一郎に売り渡したのだ。

もちろん、証拠はどこにもなかった。岩崎一郎という男は、証拠を残すようなヘマはやらないのだ。だが、加奈は今、それを確信していた。

男に轢き逃げをさせず、警察に通報させたのは、警察が不審な思いを抱かないようにするために違いなかった。少しでも事件性があると警察が考えれば、彼らは当然、奥田幸太の通信記録を調べるはずだったし、もし、そうなれば自分の妻と奥田幸太の不倫も発覚し、岩崎一郎にも何らかの事情聴取が行われるはずだった。

けれど、今回も、岩崎一郎に火の粉は降りかからなかった。彼はとてつもなくずる賢い人間だった。

幸太くん、ごめんなさい……ごめんなさい……。

ベッドの上で肩を震わせて加奈は呟いた。大きな目から、大粒の涙が流れ落ちた。

第四章

1

横浜市中区の本社家屋の2階にある社長室で、男はメタルフレームの眼鏡越しにぼんやりと壁を見つめていた。

いったい自分のどこがいけなかったのだろう?

この1カ月ほど、彼はいつもそう考えていた。ほとんどそのことばかり考えていた。

そのせいで、最近の彼は仕事に集中できなかった。仕事は生き甲斐であるだけでなく、彼の存在理由でもあったから、それに集中できないことが、自分自身でもひどく腹立たしかった。

けれど、こんな経験は初めてではなかった。

そう。これまでも結婚生活の末期には、いつもこんな状態になったものだった。

「畜生……加奈のやつ……」

この1カ月、しばしばそうしているように、彼はまた無意識のうちにそう呟いていた。

同時に、整った妻の顔や、すらりとした美しい体を思い浮かべた。

ずっと昔から、彼は自分のことを、自分自身をコントロールできる人間なのだと考えていた。そして、自分自身については、たいていのことはわかっていると思っていた。

それでも、今、彼にはわからなかった。自分のどこが、どんなふうに悪かったのか、それがまったくわからなかった。


男の名は岩崎一郎。この秋に36歳の誕生日を迎える。

現在の彼は、東京都内、東京多摩地区、横浜市内、そして、湘南地区に合わせて13もの店舗を有する輸入中古車販売会社のオーナー社長だった。今から10年前に彼が始めたこの会社の経営はきわめて順調で、来月には埼玉県と千葉県にも1店舗ずつの新店舗をオープンさせることになっていた。再来月には初めての高級輸入家具店を、東京都内でオープンさせる予定だった。

この本社家屋の1階にある応接室は、どれもとても広々としていて、そこに置かれた家具類もとても豪華なものだった。もちろん、高級輸入車を並べたショールームも、とてもきらびやかだった。

けれど、今、彼がいる社長室は狭苦しく、眺望もなく、デスクも椅子も書類棚も、すべてがとても質素だった。

彼のように一代で財を成した経営者たちの多くは、豪勢できらびやかな社長室を持ちたがるものだった。若くて美しい秘書をそばに座らせ、運転手付きの高級車で通勤しているような男たちも少なくなかった。

だが、岩崎一郎はそういう男ではなかった。彼には秘書もいなかったし、運転手もいなかった。そういうことは無駄だと考えていたのだ。

岩崎一郎は決してケチではなかった。だが、事業に関してはとてもシビアで、無駄というものをひどく嫌った。儲《もう》けになると思うことには惜し気もなく金をつぎ込んだが、そうでないものにはいっさい金を使わなかった。

彼は有能な社員には多額の報酬を与えていた。だが、有能だと感じられない社員は情容赦なく切り捨てた。働きの悪い社員に同情することはなかった。ここは自由主義経済の国だった。弱肉強食の国だった。敗北者にラブソングを歌ってやる必要はなかった。

人は誰でも、なりたい自分になるべきだ。そういう自分になれないことを、社会や時代や、生まれ育った境遇のせいにするのは間違っている――。

それが彼の信条だった。

彼にとって、力のある者は正義であり、無力なものは悪だった。もっとはっきり言えば、自分の力で金を稼ぐことのできる者は正しい人間であり、他人の情けをあてにしている者は人間のクズだった。

岩崎一郎は父親の顔も名前も知らずに育った。彼の母にもたぶん、自分の息子の父親が誰なのかが、よくわからなかったのだろう。

水商売をしていた母には、母性本能というものが生まれつき欠如していたのか、彼に愛情を注ぐこともなかった。それどころか、彼の母親は息子を虐待し、食事も満足に与えなかった。もちろん、息子の教育には無関心だった。

そう。彼は社会の底辺のような場所で生まれ、そこで育ったのだ。

人生にとって、それは大きなハンディキャップだった。彼は人生という競走において、普通の人々より遥かに後方からスタートをしたようなものだった。

実際、彼は大きく出遅れた。そして、25歳になるまで、職を転々としながら社会の底辺を這いまわるようにして生きて来た。だが、自暴自棄になったことは一度もなかった。彼はいつか人生を逆転できると信じていたのだ。

社会の底辺を這いまわるように生きているあいだに、彼は周りの人々をじっと観察していた。そして、成功する者は成功するべくして成功し、失敗する者は失敗するべくして失敗するのだということを知った。

成功者の法則――。

つまり、そういうことなのだ。成功する者は成功する方法をよく知っているし、敗れ去る者は敗れ去る方法をよく知っているのだ。

社会の底辺を這いまわりながら、彼は成功者の法則がどんなものであるのかを必死で盗み取り、それを身につけようとした。

そして、やがて彼は成功者となった。

古くから彼を知る者たちは、彼のことを『運がよかった』と言った。『うまく時代に乗った』と言う者たちもいたし、『奇跡が起きた』と言う者たちもいた。『いつかしっぺ返しを食うだろう』と言って、冷ややかに彼を見つめている者たちもいた。

だが、成功者の法則を身につけた彼にしてみれば、その成功は決して奇跡などではなく、ごく自然な成り行きだった。

そう。彼は成功すべくして成功したのだ。

たとえ何度、生まれ変わったとしても、僕は必ず成功する。僕は自分自身と、自分の人生をコントロールすることができる。

今の彼はそれを確信していた。

だが、そんな彼にもうまくいかないことがあった。結婚である。

彼は昔からとても一途で、ひとりの女を愛したら、ほかの女には目もくれなかった。最初の妻だった茜という女を、彼は深く愛した。彼女には金の苦労をさせた。けれど、裕福になってからは、その穴埋めとして、彼女のためにいくらでも金を使った。

ふたり目の妻となった楓という女も、最初の妻に負けないほどに深く愛した。3人目の妻の真由美も、4番目の妻となった理沙も、彼は全身全霊を傾けて愛した。

だが、彼がそれほどまでに愛したというのに……決して脇目を振らず、妻だけをとことん愛したというのに……彼女たちの心は、いずれも彼から離れていった。

彼女たちは彼にさまざまなことを言った。

『自由がない』『いつも見張られているような気がする』『干渉しすぎる』『自分の好みの女に変えようとする』『調教されているような気になる』『真綿で首を絞められているようだ』『鉄格子のない牢獄にいるみたいな気分がする』

彼女たちが言うことは彼にもわかった。けれど、本当の意味では、彼には彼女たちの言うことが理解できていなかった。

そう。彼はとても聡明《そうめい》で、とても勘の鋭い男だったというのに……妻の心が自分から離れてしまう理由が、まったくと言っていいほどわからなかったのだ。

そんなふうにして、彼は4度の結婚に失敗した。そして、結婚してからまだ3カ月と少しか経っていないというのに、この5度目の結婚にも早くも暗雲が立ち込めていた。

冷たく光るメタルフレームの眼鏡越しに、彼は壁を見つめ続けていた。そして、心の中で何度も繰り返し思っていた。

いったい自分のどこがいけなかったのだろう？


デスクの上の電話が鳴り、彼は受話器を持ち上げた。

『松村です。社長、今、手が空いてますか？』

電話をして来た松村晴美という女はこの本店の店長で、彼がもっとも信頼を寄せている取締役のひとりだった。

「うーん。今、ちょっと手が離せないんだけど……急ぐ話なのかい？」

なおも壁を見つめたまま彼は訊いた。人と話す時はいつもそうであるように、その口元には優しげな笑みが浮かんでいた。

『いいえ。そんなに急ぐ話じゃないんで、あとでけっこうです』

耳に押し当てた電話から、歯切れのいい女の声がした。

「そうか。すまないな。仕事が済んだらすぐに降りて行くよ」

『はい。お待ちしています』

岩崎一郎は電話の上に受話器を戻し、ふーっと長く息を吐いた。そして、また低く「畜生……」と呟いた。自分自身に腹が立ったのだ。

松村晴美は用事がない限り、電話などして来ないはずだった。つまり彼女は今、彼と仕事の話をしたかったのだ。

それなのに、彼はそれに応じなかった。彼は大切な仕事を脇にうっちゃり、私生活のことで『ああでもない』『こうでもない』と思い煩っているのだ。

そんな自分が彼には許せなかった。

華奢な眼鏡を外すと、岩崎一郎は両手で顔をゴシゴシと擦った。それから、再び眼鏡をかけて、壁をじっと見つめた。

そして……彼はまた、5人目の妻となった女の姿を思い浮かべた。そんなことは頭から振り払い、目の前の仕事に集中しようと思っているというのに、気がつくと、その女のことを思い浮かべているのだ。

彼は美しく整った女の顔や、すらりとした魅惑的な肉体を思い浮かべた。性行為の時に彼女の口から漏れる淫靡な声や、悩ましげに歪められた顔を思い浮かべた。

2

岩崎加奈がかつての恋人の死を知ってから1週間が過ぎた。それは毎日、気温が35度に達すような特別に蒸し暑い1週間だった。

その1週間を、加奈は表面上、それまでと同じように過ごした。

本当は今すぐにでも、この家から逃げ出したかった。けれど、加奈には自由になる金がほとんどなかったから、奥田幸太がいなくなった今となっては、逃げ込む場所はどこにもなかった。

警察に駆け込むことも考えないわけではなかった。だが、警察が自分の言うことを信じてくれないだろうことはわかっていた。また、たとえ警察がそれを信じてくれたとしても、行き場所がなくなるのは同じことだった。

それでも、少し前までの加奈だったら逃げ出していただろう。これからの暮らしのことなど考えず、さっさと家を飛び出していただろう。

けれど、今の加奈の体は、彼女ひとりのものではなかった。

そう。その体は、これから生まれて来る子の母体となる大切なものだった。何があっても、危険にさらすわけにはいかなかった。

大学の同級生で、新聞社で奥田幸太の後輩だった平松英次に相談することも頭をよぎった。もしかしたら、彼なら力になってくれるかもしれなかった。

けれど、加奈は、彼に相談したいという気持ちを懸命に抑えた。平松英次を、かつての恋人と同じ目に遇わせるわけにはいかなかった。

その1週間、加奈はそれまでと同じように、毎日のようにタクシーで買い物に行き、夫のために手の込んだ食事の数々を作り続けた。美容室にも行ったし、ネイルサロンにも行った。スポーツクラブにも3日ほど行った。

背中の傷を見られることを恐れて、エステティックサロンには行かなかった。スポーツクラブでも水着にはならなかった。だが、ほかはすべて、それまで通りの生活だった。加奈さえ耐えていれば、平穏な暮らしが乱されることはないのだから、彼女がそうしたのは当たり前のことだった。

その1週間も、夫は毎夜、妻の肉体を求めた。そのことに加奈は吐き気を催すほどの嫌悪を覚えたけれど、拒否することはなかった。もう『お仕置き』は懲り懲りだった。

加奈に対する家政婦の態度は、以前と何も変わることはなかった。それでも加奈は、自分を見つめる女の目の中に、いつも強い蔑みがあるのを感じていた。

四面楚歌《そか》——その1週間、そんな言葉が何度となく頭に浮かんだ。それは本当に、心細くて、やる瀬のない毎日だった。奥田幸太のことを思い出し、涙に暮れていることも少なくなかった。

「ねえ、カノン。わたしを本当に好いてくれるのはお前だけよ。わたしが本当に好きなのもお前だけよ」

加奈は1日に何度もオカメインコに話しかけた。その時だけは、張り詰めていた心が緩むのが感じられた。

けれど、希望がまったくないというわけではなかった。

最大の希望はお腹の子だった。

そう。数日前から、加奈は胎児が微かに動いているのを感じるようになっていた。気のせいかもしれないけれど、つわりのような症状も出始めたように感じた。

その胎児の父親が誰なのか……それは今もまったくわからなかった。

けれど、奥田幸太の死を知ってからの加奈は、その子の父親が彼であることを願うような気持ちになっていた。

トドかゾウアザラシの子供みたいな赤ちゃんが生まれて来ますように……。

まだ、わずかにも膨らんでいない腹部を撫でながら、岩崎加奈は1日に何度も、そんなことを祈った。


この1週間、夫はいつにも増して機嫌がよかった。仕事の帰りに加奈にケーキを買って来てくれたり、高価なアクセサリーやバッグを買って来てくれた。

けれど、加奈にはそれがかえって不気味に感じられた。

嵐の前の静けさ——そんな感じだった。

幸太くんを殺してすっきりし、わたしのことも許したのだろうか？　お腹の子の父親が幸太くんだと疑っていないのだろうか？

もしかしたら、そうなのかもしれない。けれど、加奈にはそうは思えなかった。

夫は自分の妻がかつての恋人とベッドで睦《むつ》み合っているのを、隠しカメラで撮影するような男なのだ。妻の不倫相手を殺害してしまうような男なのだ。

そんな男が、胎児のＤＮＡ鑑定をしようと言い出さないことも不思議だった。

きっと許していないはずだ。きっと何か、わたしにもっとひどい『お仕置き』をしようと企んでいるはずだ。

加奈はそう感じ、そのことに怯《おび》えていた。


その晩、仕事から戻った夫は、やはりとても上機嫌に見えた。

「今度の日曜日に、久しぶりにクルージングに行かないか？」

夕食の席で白ワインを飲みながら、夫がそう言って笑った。

「クルージング？　いいけど……あの……どこに行くつもりなの？」

夫の向かいで食事を続けながら、加奈はにっこりと微笑んだ。

けれど、彼女の下腹部には強い恐怖が広がっていた。

そう。夫の３番目の妻だった岸本真由美という女は、あの白いクルーザーのデッキから銚子沖の海に転落したのだ。

転落した？

いや、今の加奈は、夫がその女を深い海に突き落としたのだと確信していた。

「そうだな……また伊豆沖をクルージングしてみようか」

妻の心とは裏腹に、夫は相変わらず上機嫌だった。「途中でどこかに錨《いかり》を降ろして、誰もいない海を泳ぐんだ。きっと、ものすごく気持ちがいいぞ」

「脚が立たないところで泳ぐのは嫌よ……怖いわ」

心の内を見透かされないように、加奈は必死で微笑んだ。

「そうだった。加奈は海が怖いんだったな……だったら、泳ぐのはやめて、クルージングだけしよう。海を眺めながら食事をしたら、きっとすごくおいしいぞ」

うまそうにワインを飲みながら夫が言い、加奈はまた必死で微笑んだ。

誰もいない海の上で、夫とふたりきりになる——。

想像するだけで、強い恐怖が込み上げて来た。

3

その晩も岩崎一郎は妻の口と肛門を交互に何度も犯したあとで、最後は体液を妻の口に注ぎ入れた。妊娠が判明してからの妻は流産することを異常なまでに恐れ、女性器への挿入を頑なに拒んだから、口と肛門を使うしかなかったのだ。

きっと、学生の時に恋人だった男から堕胎を強要されたことが、彼女の心に暗い影を落としているのだろう。

そう。妻との結婚前に、そして、結婚後にも、彼はその女の過去について入念な調査を行っていた。奥田幸太というフリーライターが、妻のかつての恋人だということも、とうの昔に知っていた。

だが、過去についてはどうでもよかった。大事なのは今、現在だった。

その妻は今、彼の隣で静かな寝息を立てていた。

彼は枕からそっと首を持ち上げ、眠っている妻の顔をじっと見つめた。

窓の下にある観覧車の七色の光が、ほんの少し開いたカーテンの隙間から細く差し込んでいた。その弱々しい光が、整った妻の顔をぼんやりと照らしていた。

綺麗だな。

初めて会った時から数え切れないほど思ったように、今、妻の寝顔を見つめて彼はまたそう思った。

何か夢を見ているのだろうか？　閉じられた妻の瞼の下で、眼球がせわしなく動いていた。マスカラを落とした今も、その睫毛は驚くほどに濃く長かった。

随分と長いあいだ、眠り続けている妻の顔を見つめていたあとで、彼はそっとベッドから降りた。そして、素肌にガウンを羽織り、足音を忍ばせて寝室を出ると、ひんやりとした大理石の廊下を歩いてリビングルームへと向かった。

広々としたリビングルームは真っ暗で、ほとんど何も見えなかった。けれど、ほかのすべての部屋と同じように、その部屋もきちんと片付いていたから、何かにつまずいたり、ぶつかってしまうようなことはなかった。

窓辺まで行くと、彼はそこに掛かっていたカーテンをいっぱいに開けた。そのことによって、夜の街の放つ光が部屋の中を明るく照らした。

もう真夜中だというのに、眼下に広がる街は発光するビーズをばら蒔《ま》いたかのように、あるいは、地上に銀河が広がっているかのように、鮮やかに、美しく光り輝いていた。

窓を開ければ、きっと熱くて湿った空気と一緒に、街の騒音が流れ込んで来るのだろう。けれど、今、室内はとても静かだった。自分の呼吸音が聞こえるほどだった。

大きな窓辺に佇んで、彼は長いあいだ、眼下に果てしなく広がる夜景を眺めていた。それから、窓辺に置かれた革製のソファに腰を下ろし、長くて細い剝き出しの脚をゆっくりと組んだ。

いつものように、ソファの前のローテーブルにはオカメインコの鳥籠が置かれていた。

きっと、彼がカーテンを開いたことで目を覚ましたのだろう。オカメインコはその真っ黒な目で、彼をじっと見つめていた。

「カノン……起こしちゃったみたいだな」

彼は鳥籠の中のオカメインコにそう声をかけた。彼がその鳥に声をかけるのは、たぶん、それが初めてだった。

彼の言葉を聞いたオカメインコが、不思議がっているかのように首を傾げた。

「お前はいいなあ」

彼は呟くように言うと、男にしては華奢なその両腕を胸の前でゆっくりと組んだ。

男にはそのオカメインコが羨ましかった。妬ましくさえあった。

そう。彼とは違い、その鳥は妻に愛されているのだ。

その鳥は、ただ鳥籠の中にいるだけで、主人である女のために何をしたというわけでもないのに……彼女に高価な洋服やアクセサリーや靴やバッグを買い与えたわけでもなく、彼女に高級レストランで食事をさせたわけでもなく、飛行機のファーストクラスに乗せたわけでも最高級リゾートホテルの最高の部屋に宿泊させたわけでもなく、彼女を最高級のスポーツクラブやエステティックサロンやネイルサロンに通わせているわけでもないのに……その鳥籠の中の鳥は、ただそこにいるだけで彼の妻である女に愛されていた。

ソファから立ち上がると、彼は鳥籠の前にひざまずき、右手でその扉を開けた。そして、その腕を鳥籠の中に深く突っ込み、目が覚めたばかりでぼんやりとしていた鳥の体を素早く鷲摑みにした。

驚いたオカメインコが彼の親指に嚙み付いた。先の曲がった嘴が薄い皮膚を引き裂き、彼に鋭い痛みを与えた。

その痛みに耐えながら、彼はオカメインコを鳥籠から引っ張り出し、つややかな羽毛に包まれた体をまじまじと見つめた。生きている鳥をそれほど間近に見るのも、その体に触れるのも、たぶんそれが初めてのことだった。

彼の手の中の生き物は、驚くほどに軽かった。そして、驚くほどに華奢で、とても脆《もろ》そうで……とても温かかった。

鷲摑みにされたオカメインコは苦しげに身を悶えさせ、甲高い声を上げながら彼の指に何度も嚙み付いた。鋭い嘴に引き裂かれた傷のいくつかから、うっすらと血が滲んだ。

けれど、彼はその手を広げなかった。

「乱暴なやつだなあ」

握り締めた鳥に顔を近づけ、彼はそっと笑った。そして、キーキーという声を上げてもがき続けている鳥を、なおもまじまじと見つめた。

もし、彼がほんの少し手に力を入れれば、その温かな鳥はきっと呆気なく命を失い、たちまちにして冷たい物体へと変化してしまうのだろう。その死体を見た妻は、きっととてつもなく取り乱し、泣きわめくのだろう。

「なあ、カノン、これからは僕と仲良くしような」

笑顔で言うと、彼は右手を鳥籠の中に戻して鳥を解放した。それから、革製のソファに再び深くもたれ、血が滲み出ている右手の指をじっと見つめた。

4

その日曜日、まだ眠っている夫をベッドに残し、加奈は日の出の前に寝室を出た。そして、慌ただしくシャワーを済ませると、彼女に衣装室として与えられている部屋に全裸のまま向かい、鏡台の前でいつにも増して入念に化粧をし、栗色の長い髪をドライヤーとヘアアイロンで丁寧に整えた。

岩崎一郎はいつも妻に完璧であってほしいと望んだ。それで、夫とふたりで一緒に外出する時には、いつも以上に身支度に時間がかかるのが常だった。

海の上で遮るものなく照りつける日差しにさらされることを考慮して、きょうのファンデーションは特に日焼け止めの効果が高いものを選んだ。腕や脚にも日焼け止めクリームを入念に塗り込んだ。

クリームを塗りながら、ほとんど毎朝そうしているように、加奈は大きな鏡に映った全裸の自分を見つめた。

かつてより5キロ以上痩せた加奈の体には、いまだに新婚旅行の時のビキニの水着の跡がうっすらと残っていた。もちろん、細くて長い首には外すことのできない鋼鉄製のチョーカーが巻かれていたし、右の乳房の脇では小さなヤモリが、今まさに首のほうに這い上がろうとしていた。

愛の証し——。

かつて夫が、その鋼鉄製のチョーカーやヤモリの刺青についてそう言ったことを、加奈は怒りや憎しみとともに思い出した。

自分の全裸をしばらく無言で見つめていたあとで、加奈は鏡台から離れて部屋の片隅のクロゼットに向かった。そして、随分と思案した末に、そこからピンクのヨットパーカーと真っ白なタンクトップ、それに擦り切れたデニムのショートパンツを取り出した。

結婚してからの加奈は長いスカートを穿いたことは一度もなかった。ハイヒール以外の靴を履いたこともなかった。それが夫の好みだったからだ。

そういえば、夏が来る前に、加奈は夫に髪を短くしたいと言ったことがあった。前回、美容室に行った時、担当の美容師に『岩崎さまはお顔が小さいから、ショートカットもよく似合いそうですね』と言われたからだ。けれど、夫はそれを認めなかった。彼は長い髪の女が好きだったからだ。

そう。結婚してからの加奈は、いつも夫の好む服をまとい、夫が好むヘアスタイルにしていた。つまり、彼女は夫の着せ替え人形のようなものだったのだ。いや、着せ替え人形兼用のダッチワイフみたいなものだったのだ。

着替えが済むと、加奈は再び鏡台の前に戻り、全身にたくさんのアクセサリーをつけた。どれも超一流ブランドの最高級品だったが、それらもまた、加奈の好みではなく、夫の好みのものだった。

けれど、今となっては、そういうことはどうでもよかった。今、問題なのは、きょう、これからのことだった。

わたしはまた、ここに戻って来られるのだろうか？

アキレス腱《けん》の浮き出た足首に華奢なアンクレットを巻きながら、加奈はそう考えた。

これから大金持ちの夫とふたりでヨットハーバーに行き、自分たちが所有している豪華なクルーザーで海に出る。海と空のほかには何も見えないところで、ふたりきりで冷えたシャンパンを飲みながら食事をする。

かつての加奈だったら、そんな暮らしを送るためになら、何を犠牲にしてもいいと思ったに違いなかった。けれど、今、彼女の胸は込み上げて来る不安と恐怖に押し潰されてしまいそうだった。

アクセサリーをつけ終えた加奈が、再び鏡を見つめているとドアがノックされた。

「はい……」

反射的に笑顔を作って加奈は振り向いた。

「おはよう、加奈」

妻の衣装室のドアを開けた夫が、満面の笑みを浮かべて元気よく言った。はだけたバスローブの胸元から、肋骨の浮き出た胸がのぞいていた。

「おはよう、一郎さん」

加奈もまた、できるだけ明るい声で答えた。

「ちょっと寝過ごしちゃったよ。大急ぎでシャワーを浴びて来るから、少しだけ待っててておくれ」

大きなあくびをしたあとで、夫が笑った。切れ長の目に涙が滲んでいた。

「急がなくていいわよ。ゆっくりシャワーを浴びて来て」

「そうはいかないよ。天気もいいし、一刻も早く船に乗りたいからね」

男がまた笑った。その無邪気な笑顔は今も、加奈の目にとても魅力的に映った。

夫が出て行ってから数分のあいだ、加奈は鏡台の前で目を閉じていた。それから、ゆっくりと立ち上がり、小さなブランド物のバッグを持って廊下に出た。

念のために浴室に近づき、耳をそばだてた。浴室から夫が使っているらしいシャワーの水音が微かに聞こえた。

加奈はそのままダイニングキッチンへと向かった。

もう太陽は上っているはずだったが、遮光カーテンが閉められているせいで、広々としたダイニングキッチンは真っ暗だった。けれど、そこはいつもきちんと整頓されていたから、明かりを灯さなくても何がどこにあるかはよくわかっていた。

シンクの下の扉を開けると、そこにはたくさんのナイフや包丁が並んでいた。家政婦が毎日のように研いでいるため、それらはどれも恐ろしいほどに切れ味がよかった。

加奈はそこから刃渡りが15センチほどのナイフの1本を選び、それをバッグにそっと忍ばせた。

ナイフをバッグに入れたあとで、加奈はダイニングキッチンと隣り合ったリビングルームへと向かった。そして、すべての窓のカーテンを勢いよく、次々と開け放った。

カーテンを開けられたことによって、強い光が広々とした部屋の奥まで差し込んだ。そのあまりの眩しさに、加奈は思わず目を瞬かせた。

手でひさしを作り、目を細めて窓ガラスの向こうを見つめる。ほとんど雲のない東の空が、鮮やかな茜色に染まっていた。上ったばかりの太陽が、窓の下に広がるすべてのものを美しく輝かせていた。きっと湿度がかなり高いのだろう。すべてのものが少し霞《かす》んで見えた。港の上をたくさんのカモメが舞っているのが見えた。

わたしはまた、ここからの景色を見ることができるのだろうか？

しばらく外の景色を眺めていたあとで、加奈はソファの前のローテーブルに歩み寄った。その上に置かれた鳥籠の中では、目を覚ましたばかりのオカメインコが眩しそうな顔をしていた。

「おはよう、カノン」

加奈はローテーブルの脇にひざまずいた。いつものように、オカメインコがピッピキピーッと元気に返事をした。

「カノン……ちょっと出かけて来るから、いい子でお留守番をしててね」

羽繕いを始めたオカメインコに加奈は言った。

そんな加奈の言葉に応えるかのように、オカメインコが顔を上げ、またピッピキピーッと甲高く鳴いた。


その朝、前夜に加奈が作っておいたサンドイッチとコーヒーで簡単な食事を済ませたあとで、加奈は夫とふたりでマンションの38階の部屋を出た。そして、地下の駐車場から夫が運転する赤いポルシェに乗って葉山のヨットハーバーに向かった。加奈が生まれた頃に製造されたという古い車だった。

ふたりの荷物は数本のワインと氷を詰めたクーラーボックスだけだった。葉山にあるフランス料理店にランチボックスを注文してあったから、昼食は船の上で冷たいシャンパンやワインを飲みながらそれを食べることになっていた。

「暑くなりそうだなあ」

ハンドルを握った夫が無邪気な口調で言った。きょうの彼は白いTシャツにカーキ色をした木綿のショートパンツという恰好で、足元は素足に白いデッキシューズだった。

「そうね。暑くなりそうね」

サングラスをかけた夫の横顔を見つめて加奈は答えた。彼女もまた、黒いサングラスをかけていた。夫がペタンコの靴を嫌がるので、クルージングに行くというのに、加奈はきょうも、とてつもなく踵の高い銀色のストラップサンダルを履いていた。

無事に横浜に戻って来られますように……。

信じてもいない神に加奈は祈った。そして、ショートパンツから剝き出しになった太腿の上で、あでやかなマニキュアに彩られた両手を強く握り合わせた。

5

ヨットハーバーにはきょうもたくさんのカモメが舞い、潮の香りが立ち込めていた。

彼らが暮らしているマンションは横浜港に隣接していたから、加奈も毎日、潮の香りを嗅いでいた。けれど、そこに濃厚に漂っている香りは、加奈がいつも嗅いでいるそれとは微妙に違っているような気がした。

きょうも港には数え切れないほどたくさんの船舶が停泊していた。その多くは大きくて、なかなか美しかった。だが、加奈の夫が所有する『ラブ・エターナル号』は、それらの船舶の中でも一際美しくて大きかった。それはまさに海に浮かんだ白亜の大邸宅だった。

「綺麗な船ね」

目の前に停泊しているモータークルーザーを見上げて加奈は言った。加奈がその真っ白な船を目にするのは二度目だった。

「確かに綺麗だね。見るたびにうっとりとなるよ。まるで僕の妻みたいだ」

加奈のほうにサングラスの顔を向けて夫が笑った。その額が汗で光っていた。

「ありがとう、一郎さん。お世辞でも嬉しいわ」

夫の顔を見つめて加奈は微笑んだ。彼女の皮膚にも汗が滲み始めていた。

「お世辞なんかじゃない。僕はお世辞は言わないんだ。知ってるだろ？　僕は加奈を見るたびに、今もうっとりとなるよ」

真面目な口調で夫が言い、加奈はまた「ありがとう」と繰り返した。

「さっ、乗ろうか」

夫の言葉に加奈は静かに頷いた。それから、そっと視線を上げ、また目の前の船を見つめた。そして、その瞬間、その船のデッキに立ち、長い髪を海風になびかせていた岸本真由美の写真を思い出した。

ヨットハーバーを出港した船は、左方向に大島、右方向に伊豆半島を見ながら、伊豆の沖合に向けて一直線の進路を取った。

風がなく、海はとても穏やかだった。照りつける真夏の太陽を受けて、海面は暴力的なまでに輝いていた。その輝く海面を、大小さまざまな船舶がいくつも航行しているのが見えた。貨物船、大型客船、漁船、釣り舟、タンカー……加奈たちが乗っているような大型クルーザーの姿も見えた。

「ねえ、きょうは船のスピードが速くない？」

舵を取る夫の隣で、サングラス越しに海を見つめて、加奈は夫に訊いた。その船には前にも一度、乗船したけれど、あの時はこんなに速く進んでいなかったような気がしたのだ。微かに聞こえるエンジンの音も、きょうは前の時より大きいように感じられた。

「そうだね。少し速いかもしれないね」

前方に顔を向けたまま夫が言った。

「何か急ぐことでもあるの？」

顔にぎこちない笑みを浮かべながら、加奈はまた夫に訊いた。

「うん。少しでも早くほかの船や陸地の見えないところに行って、加奈とふたりきりになりたいからね」

夫が加奈のほうに顔を向けた。サングラスのせいで目は見えなかったけれど、その口元にはいつものように無邪気な笑みが浮かんでいた。

無言で頷きながら、加奈はまたぎこちなく微笑んだ。もちろん、ほかの船舶や陸地の見えないところになど行きたくなかった。どんなに大声で叫んでも誰も来てくれないようなところで、夫とふたりにはなりたくなかった。

けれど、もはやどうすることもできなかった。


最後に見えた陸地は、伊豆半島の先端の石廊崎《いろうざき》だった。だが、やがてその最後の陸地は姿を消し、海と空と雲のほかには何も見えなくなった。時折、遥か彼方を航行する船舶の姿や、上空を飛ぶ飛行機の機体が小さく見えたが、それだけだった。

「ようやく誰もいなくなったよ。これでふたりきりだ」

航行速度を落としながら夫が笑った。

「ええ。そうね……ロマンティックで素敵ね」

思ってもいない言葉を加奈は口にした。

「ねえ、加奈……実は、僕からひとつお願いがあるんだ」

サングラスの顔を加奈のほうに向け、ほっそりとした長い指で尖った顎を撫でながら夫が言った。

「お願い？　何なの？」

加奈は笑った。その顔が引きつるのがわかった。

「うん。実は……写真を撮らせてほしいんだ」

夫が言った瞬間、加奈の背筋が冷たくなった。彼の3人目の妻となった女の写真を、また思い出したのだ。

「写真？　あの……どんな写真を撮りたいの？」

「うん。ヌード写真だよ。デッキに出て君のヌードを撮りたいんだ。いいだろう？　きっと、ものすごくいい写真が撮れるよ」

加奈は夫の表情をうかがった。なぜ、彼がそんなことを言い出したのか、その理由を知ろうとしたのだ。だが、サングラスのせいで、それを読み取ることはできなかった。

「あの……一郎さんがどうしてもそうしたいなら……撮ってもいいわよ」

ためらいがちに加奈は答えた。今さら、それを拒む理由が見つからなかった。かつて所属していた芸能プロダクションでヌードを撮られたことはなかったが、昔の恋人のひとりにはそれを撮らせたことがあった。

加奈の返事を聞いた夫が「ありがとう」と言って、とても嬉しそうに笑った。

そんな夫の顔を見ながら、この人は前の奥さんたちのヌードも撮ったのだろうか、その写真を今も見ることがあるのだろうか、と思った。

6

主寝室ではなく副寝室のほうで、加奈は白いタンクトップと擦り切れたデニムのショートパンツを脱ぎ捨てた。そして、壁に張り付けられた大きな鏡に、パステルブルーのブラジャーとショーツをまとった自分の体を写してみた。

今、加奈がまとっているのは、本当にセクシーなデザインの下着で、薄いショーツ生地の向こうに、縮こまった性毛がくっきりと透けて見えた。ブラジャーのカップも小さくて、右の乳房のカップの下からはヤモリの尻尾がちらりとのぞいていた。夫がそれを望むので、結婚してからの加奈はいつも、そんな下着ばかりを身につけていた。

これがわたし？

鏡に映っているのが自分なのだとはわかっていた。それにもかかわらず、加奈は鏡に全身を映してみるたびに、軽い驚きを覚えずにはいられなかった。

スポーツクラブで定期的に鍛えているせいか、加奈の体からは贅肉というものがほぼ完全に消滅していた。ほっそりとした腕や脚には柔らかな筋肉が張り詰め、腹部にも筋肉が透けて見えた。筋肉がついたおかげで、胸はさらに持ち上がり、小さな尻もさらに引き締まっていた。

加えなければならないところも、削らなければならないところもまったくない──それは加奈には理想的な肉体に思われた。

鏡に映った女の美しい顔を見つめて、加奈はできるだけ魅惑的に微笑んだ。微笑んだつもりだった。

けれど、鏡の中の女は魅惑的な笑みを返してくれなかった。ただ、その顔を歪めるようにしただけだった。

「おーい、加奈！　まだかーい？」

すでに甲板にいるらしい夫の声が響いた。

「はーい！　今行くわーっ！」

大きな声で返事をすると、加奈は肩甲骨の浮き出た背を鏡のほうに向けた。そして、再びサングラスをかけ、銀色のサンダルの高い踵を微かにぐらつかせながら、夫の待つ甲板へと向かった。

一瞬、バッグを持って行こうかと思った。けれど、結局、そうしなかった。

救命胴衣を着けずに甲板に出るのは、それが初めてだった。

甲板には強烈な太陽が、これでもかというほどに照りつけていた。サングラスをかけていたにもかかわらず、そのあまりの明るさに加奈は目が眩みそうになった。気温もとても高く、涼しかった船内から出て来ると、サウナのようにさえ感じられた。

どちらに顔を向けても、陸地のようなものはまったく見えなかった。海の色は深いコバルトブルーで、時折、穏やかな海面に小さくて白い波が立っていた。

夫は甲板にいた。照りつける太陽にさらされながら、手にした一眼レフのカメラをいじっていた。彼の足元には短い影が、くっきりと刻み付けられていた。

「お待たせ……」

加奈は夫に声をかけた。

船室の入り口に立った妻に顔を向けた瞬間、夫の動きがピタリと止まった。

夫の喉仏がゆっくりと上下に動いた。音はよく聞こえなかったけれど、きっと唾液を嚥下したのだろう。

「どうしたの、一郎さん？」

微笑みながら加奈は尋ねた。早くも皮膚がベタつき始めたのがわかった。

「すごいな、加奈……完璧だ……こんなにスタイルのいい女を見たのは、もしかしたら初めてかもしれない……完璧だ……完璧で、完全だ……神々しいほどだ……」

首を左右に振りながら、呻くように夫が言った。

そこにいるのは憎くてしかたのない男ではあったけれど、その口から出た言葉は加奈を喜ばせた。

「ありがとう」

そっと微笑むと、加奈は片方の脚を軽く踏み出し、ヴォリュームのある長い髪を両手で頭上に掻き上げ、ほっそりとした体をS字型にくねらせた。手首に嵌めた太い金のバングルが、肘の辺りまで滑り落ちた。

かつて芸能プロダクションで何十回も練習したから、カメラの前でそんなポーズを取るのは慣れたものだった。

だが、夫はカメラを構えなかった。その場に立ち尽くし、首を左右に振り続けているだけだった。

そんな夫の様子が、加奈をますます嬉しがらせた。

「どうしたの、一郎さん？　撮らないの？」

同じポーズを取り続けながら加奈は笑った。いつの間にか、その笑みからはぎこちなさが消えていた。

「ああ、ごめん。撮るよ」

そう言うと、夫は甲板に片膝を突き、カメラのレンズを妻に向けた。そして、何度か唇をなめたあとで、続けざまにシャッターを切った。

カシャン……カシャン……カシャン……カシャン……。

芸能プロダクションにいた頃のことを思い出しながら、加奈は次々にポーズを取った。夫に背を向けて小さな尻を突き出したり、引き締まった両脚を大きく広げたり、甲板にひざまずいて体を反らしたり、透き通ったショーツの中に指先を入れてみたり、甲板に肘と膝を突いて四つん這いになったり、火傷するほど熱いそこに仰向けになって体を弓なりに反らしてみたり、背筋を伸ばして正座してみたり、あぐらをかいてみたり……本当にたくさんのポーズを取った。

加奈が新しいポーズを作るたびに全身のアクセサリーがきらめき、汗を噴き出した皮膚がきらめいた。波の音だけしか聞こえない甲板に、シャッター音が続けざまに響いた。

下着姿をカメラの前にしばらくさらしていたあとで、加奈は汗でぬめる背に腕をまわし、ブラジャーのホックを外した。夫に命じられたわけではなく、自分からそうした。

夫にはもうひとかけらの愛情さえ抱いていないというのに……その男が憎くて恐ろしくてしかたないというのに……ふと気づくと、どういうわけか股間が潤み始めていた。シャッター音を聞いているうちに妙に気分が高ぶって来たのだ。

ブラジャーを外すと同時に、加奈はその細い腕で素早く乳房を押さえた。そして、乳房を隠したまま、またいくつものポーズを作った。

そんな加奈の姿を、夫は夢中でカメラに収め続けていた。

カシャン……カシャン……カシャン……カシャン……。

その音は耳にとても心地よかった。

やがて加奈は、乳房を押さえていた腕をゆっくりと下ろした。ヤモリの這う乳房が照りつける太陽にさらされた瞬間、夫が「ああっ、加奈……」と低く呻いた。

今度は乳房をあらわにしたまま、加奈は灼熱の甲板で、またさまざまなポーズを取った。真上から照りつける太陽が、骨張ったその体に濃い陰影を作った。小ぶりな乳房の谷間を、汗がすーっと流れ落ちた。

夫はそんな妻の姿を、さらに夢中になって撮影していた。加奈の体と同じように、夫の顔も噴き出した汗で光っていた。汗染みのできたTシャツが、痩せた体にぴったりと張り付いていた。

少女のような乳房を剝き出しにして、しばらくポーズを取ったあとで、加奈はゆっくりと腰を屈めた。そして、汗ばんだ皮膚に張り付いた小さなショーツを足首までゆっくりと引き下ろし、細くて高いサンダルの踵をぐらつかせながら、そこからその細い脚を1本ずつ引き抜いた。

全裸になった加奈は、背筋を真っすぐに伸ばして夫のほうに体を向けた。わずかばかりの黒い性毛が、湿った海風になびいていた。

「ああっ、加奈……」

さっきと同じように、夫が低く呻いた。

全裸のまま加奈は骨張った腰を左右に振り、サンダルの踵を打ち鳴らし、全身のアクセサリーを光らせながら、ファッションショーのモデルのように堂々と甲板を歩きまわった。ビキニの水着の跡が残る皮膚が、サンオイルを塗り込めたかのように輝いた。

夫はカメラのレンズを妻に向け、まるでプロのカメラマンのように黙々とシャッターを切り続けていた。

カシャン……カシャン……カシャン……カシャン……。

響き続けるシャッター音が、加奈のナルシスティックな気分をさらに高揚させた。

ああっ、撮られている……こんな屋外の太陽の下で、一糸まとわぬ肉体を撮影されている……。

途中で脚を止めると、加奈は甲板の周りに張り巡らされた真っ白な柵にもたれ、大きなサングラスを片手で外した。そして、もう片方の手で栗色の髪を静かに掻き上げ、尖った顎を引き……挑むような、同時に誘うような視線を夫に向けた。

「ああっ、加奈……」

夫がカメラを足元に置き、また低く呻いた。

「あらっ、もう撮影は終わりなの？」

白い鉄柵にもたれたまま、加奈は夫に笑いかけた。いつの間にか、とてもリラックスした気分になっていた。

加奈の問いかけに、夫は返事をしなかった。彼は無言で立ち上がり、体に張り付いたTシャツを脱ぎ捨てながら、妻に向かって真っすぐに歩み寄った。

海に突き落とすつもり？

一瞬、加奈の脳裏に恐怖が甦った。

けれど、夫がしたのは、汗ばんだ両腕で汗ばんだ妻の体を抱き締めることだった。

抱き締められた瞬間、ふたりの体のあいだで小ぶりな乳房が押し潰された。そして、その瞬間、強烈な快楽が肉体を走り抜け、加奈は思わず体をよじって声を漏らした。

夫に触れられて快楽を覚えるのは、実に久しぶりのことだった。

7

慌ただしく全裸になると、夫は加奈を甲板に押し倒した。

ついさっき、そこに身を横たえた時にも感じたことだったが、強烈な太陽に焼かれた甲板は、背や尻を火傷をしてしまうのではないかと思うほどに熱くなっていた。

「背中が熱いわ……するなら、船の中でしましょう……せめて、バスタオルかマットを敷いて……」

甲板に後頭部を押し付け、込み上げる欲望に声を喘がせて加奈は訴えた。カラカラに乾いた木製の床に、背中の汗がどんどん吸い込まれていくのがわかった。

だが、夫は妻の訴えを無視して、彼女の唇に自分の唇を重ね合わせた。そして、汗にまみれた妻の左乳房を、骨張った右手で荒々しく揉みしだいた。

「うっ……むっ……むうっ……」

夫の口の中にくぐもった声を漏らしながら、加奈はサンダルの踵で床を蹴り、体を弓なりに反らせた。そのことによって、彼女に身を重ねた夫の体が高く浮き上がった。

「加奈……加奈……」

妻の唇から口を離すと、夫は喘ぐように妻の名を繰り返した。ぴったりと触れ合ったふたりの胸や腹部が、噴き出した汗でぬるぬると滑った。

そんな夫の痩せた背中を加奈は強く抱き締め、汗にまみれた皮膚に長く鋭い爪を立てた。石のように硬直した男性器が腿の付け根にぶつかるのがわかった。

妊娠が判明してからの加奈は流産することを恐れて、女性器への挿入を頑なに拒んでいた。夫も妻に口や肛門を使わせることで満足していたようで、あえて女性器に挿入しようとしたことはなかった。

けれど、その日の夫は女性器の入り口に男性器の先端を宛てがい、腰を突き出すようにして挿入を始めた。

「あっ、ダメっ！　そこはダメっ！」

加奈は懸命に身を悶えさせ、両腕で夫の体を突き放そうとした。

けれど、男である夫に比べると、加奈はあまりに非力だった。

抵抗する妻を、夫は焼けた甲板に難なく押さえ付け、自分の両脚で妻のそれを力まかせに押し広げた。そして、体液で潤った女性器に、男性器を深々と突き入れた。

硬直した男性器の先端が子宮に——成長を続ける胎児が漂っているはずの子宮に、ずんっと勢いよく激突した。

「ああっ、ダメっ！　ダメーっ！」

加奈は身をのけ反らせ、声の限りに絶叫した。

けれど、夫はやはり、その訴えに耳を貸そうとはしなかった。甲板に加奈を押さえ付け、夫はかつてないほど激しく、かつてないほど荒々しく、腰を前後に打ち振り始めた。

そう。彼の性行為は、ほとんどいつも激しくて荒々しかった。けれど、その日の挿入の激しさと荒々しさは、これまでの比ではなかった。それはまさにレイプだった。

叫び声を上げる妻をがっちりと押さえ付けたまま、まるで怒りと憎しみをぶつけるかのように、夫は腰を激しく打ち振り、硬直した男性器で子宮を荒々しく突き上げ続けた。

「あっ！　いやっ……うっ！　ダメっ……流産しちゃう……あっ！　いやーっ！」

子宮に強い衝撃を受けるたびに、加奈は絶叫した。そして、サンダルで無茶苦茶に床を蹴飛ばし、汗にまみれた痩せた体を必死でよじった。

けれど、どうすることもできなかった。非力な彼女にできたのは、夫に押さえ付けられたまま、乱暴に身を貫かれ続けていることだけだった。

いつの間にか、加奈の目からは大粒の涙が流れ落ちていた。途中で目を開くと、暴力的なまでの激しさで真上から照りつける太陽が見えた。空に浮かんだ雲も見えた。

やがて加奈は叫ぶのをやめた。抵抗するのもやめた。そんなことをしても、何の意味もないと悟ったのだ。今はもう、快楽などどこにもなかった。彼女の中にあるのは、怒りと憎しみだけだった。

加奈は目を閉じ、奥歯を強く嚙み締めた。そして、その後は呻きさえ漏らさず、死体のように横たわって夫のなすがままになっていた。

ズン……ズン……ズン……ズン……ズン……ズン……。

いったい何十回、男性器が突き入れられたのだろう？　そして、いったい何十回、胎児を宿した子宮にそれが激突したのだろう？

やがて夫が動くのをやめた。

加奈は再び目を開き、滲み出た涙を通して照りつける太陽を見つめた。

明るかった。辺りのすべてが、眩しいまでに明るかった。クルーザーの揺れに併せて、太陽がゆっくりと揺れていた。雲も同じように揺れていた。

次の瞬間、夫が加奈の髪を抜けるほど強く鷲摑みにした。それから、細かく身を震わせ、低く呻きながら彼女の中に体液を注ぎ入れた。

夫が自分から降りると同時に、加奈は甲板に身を起こした。木製の床には、加奈の汗の染みが、体の形にくっきりと残っていた。

手の甲で涙を拭うと、加奈は脚をふらつかせながら立ち上がった。

そんな妻を、夫は甲板に横たわったまま見上げていた。彼の股間では、いまだに膨張したままの男性器がギラギラと光っていた。

「ひどいわ……ひどいわ……」

足元に寝転んだままの夫を見下ろし、呻くように加奈は言った。そして、その場に夫を残し、サンダルの踵をひどくぐらつかせながら、クルーザーの中に全裸で駆け込んだ。

船内に戻った加奈は浴室でシャワーを浴びてから、化粧を直した。化粧直しには少し時間がかかった。ひどく泣いたせいで、瞼が少し腫れていた。叫び続けていたせいで、声も嗄れているようだった。

目茶苦茶に犯されたため、股間がひどく疼いていた。けれど、加奈の心配はお腹の子だけだった。

「大丈夫？　生きてる？　苦しかった？」

胎児の無事を祈りながら、加奈は何度も腹部を撫でた。

もし、今のショックで死んでしまったら……そう考えると、頭がどうにかなってしまいそうだった。

下着は甲板に脱ぎ捨てたままだったし、船内のクロゼットには加奈の衣類はなかった。しかたなく、下着はあとで身につけることにし、加奈は素肌にタンクトップをまとい、ショートパンツを直に穿いた。オレンジ色の救命胴衣も着用した。

もう一度、鏡に顔を映したあとで、加奈はナイフを忍ばせたバッグを持った。そして、下着を取るために甲板に戻った。

歩くたびに女性器が擦れ、ずきんずきんと疼くように痛んだ。流れ出た夫の体液が、ショートパンツに染み込むのがわかった。

8

加奈の夫は甲板にいた。さっきと同じように、白いTシャツと木綿のショートパンツ姿だった。彼はテーブルの上に白くて大きな布製のパラソルを広げ、鼻歌を口ずさみながら昼食の用意をしていた。筋肉質なその腕が噴き出した汗に光っていた。

テーブルにはすでに、いくつものワイングラスや、葉山のフランス料理店のランチボックスの中身が並べられていた。テーブルの下には、氷とワインを詰め込んだ大きなクーラーボックスも置かれていた。

船室の出口に立って、加奈は甲板を見まわした。けれど、そこには加奈のブラジャーもショーツもサングラスもなかった。床にできた加奈の汗の染みも消えていた。

きっと足音が聞こえたのだろう。鼻歌をやめた夫がサングラスの顔を上げ、それを加奈のほうに向けた。真っ黒なサングラスに、ほっそりとした彼女の姿が映っていた。

「さあ、加奈、そこにお座り。食事の用意ができたよ」

クーラーボックスの蓋《ふた》を開きながら、夫が笑った。その口調はいつもと同じ、とても無邪気なものだった。

加奈は口を開きかけた。けれど、結局は何もいわず、テーブルの脇の椅子に腰を下ろした。ゴワゴワとしたデニムの生地と擦れた女性器が、また微かに疼いた。

頭上には大きなパラソルが広げられていた。それにもかかわらず、立ち込めた熱気で、加奈の皮膚は再び汗を噴き出していた。

夫もまたとても暑そうだった。だが、妻とは対照的に、気分はよさそうだった。彼は再び鼻歌を口ずさみながら、クーラーボックスからずんぐりとしたシャンパンのボトルを取り出し、その栓を勢いよく抜いた。ポンという乾いた音がし、宙高く飛び出したコルクが甲板を転がった。

「加奈の生まれた年の葡萄《ぶどう》で作ったドン・ペリニオンのロゼだよ」

白い歯を見せて笑うと、夫は少しオレンジがかった桃色の液体を、加奈の前にあった細長いグラスにゆっくりと注ぎ入れた。真っ白な泡がグラスの縁から溢れ、細い脚を伝ってテーブルの上に広がった。

妻のグラスに続いて、夫は自分のグラスにもシャンパンを注ぎ入れた。そして、ボトルをクーラーボックスに戻すと、「乾杯しよう」と言ってグラスを高く掲げた。

「乾杯」

上機嫌で夫が言ったが、加奈は乾杯とは言わなかった。ただ、目の前のグラスを持ち上げ、それを夫のそれに軽く触れ合わせただけだった。

加奈はグラスの縁に唇をつけた。よく冷えた桃色の液体を口に含んだ瞬間、口の中で無数の泡がはじけ、頬の内側や舌や喉を心地よく刺激した。直後に、強い酸味と仄かな苦み、それに豊かな果実味と微かな甘みをもった芳醇《ほうじゅん》な液体が、口の中いっぱいに広がった。

その高価な発泡性ワインを口にするたびに、加奈はいつも幸せな気分になった。けれど、きょうはそうではなかった。彼女の胸の中には怒りと憎しみが渦巻いていた。

夫はその桃色の液体をビールのように一息に飲み干した。それから、クーラーボックスのボトルを取り出し、自分のグラスにまたそれを注いだ。

「うまいなあ。加奈ももっといるかい？」

夫が尋ね、加奈は無言で首を左右に振った。喉がカラカラだったし、そのシャンパンは本当においしかった。けれど今は、シャンパンを楽しむような気分ではなかった。

「さっきはどうしてあんなことをしたの？」

グラスをテーブルに置くと、加奈は向かい側に座っている夫の顔を睨みつけた。

「さっきって？　何のことだい？」

白い歯を見せて夫が笑った。彼はいまだにサングラスをかけていた。

「とぼけないで……」

込み上げる怒りに、加奈は身を震わせた。「あんなことして……流産したらどうするつもりなの？　もしかしたら……もう流産しちゃったかもしれないのよ」

シャンパンを飲み干した夫が、また自分のグラスにそれを注いだ。それから、サングラスを外し、少し眩しげに加奈の目を見つめた。

「あのくらいじゃ、流産なんかしないよ。まあ、流産してもかまわないけどね」

平然とした口調で夫が言った。

流産してもかまわない——加奈にとって、それは聞き捨てならない言葉だった。

「何ですって？　本気で言ってるの？」

加奈は夫をさらに強く睨みつけた。興奮のために、声までが震えていた。

「ああ。本気さ。そこにいるのは僕の子じゃなく、幸太くんの子なんだからね」

サングラスの代わりにメタルフレームの眼鏡をかけながら夫が言った。そして、今度は歯を見せずに笑った。

その言葉は加奈を驚かせた。加奈でさえその子の父親がどちらの男だかわからないというのに、夫がなぜ、そんなことを断言できるのかがわからなかった。

「どうして……どうして、そんなことを言うの？　まだ疑っているの？　あのことは、もう許してくれたんじゃなかったの？　この子は一郎さんの子よ。わたし、あの人とはセックスはしていないわ」

夫を見つめ、加奈は必死で言った。堕胎を強要されるのが怖かったのだ。「確かに……フェラチオはしたし、ペッティングもさせたわ。そのことは本当に悪かったけど……でも、それだけよ。本当よ。信じてほしいの。あの人とはセックスはしていないわ」

「相変わらず、加奈は嘘つきだなあ」

夫が静かな口調で言った。「あのビデオには映っていなかったけれど、加奈は幸太くんとやったんだよ。避妊もせずにセックスをしたんだよ」

「やってないわ……本当よ。信じてほしいの。この子は一郎さんの赤ちゃんなのよ」

加奈はさらに必死で言った。

「いや、違うね。その赤ん坊の父親は幸太くんだよ。少なくとも……僕じゃないよ」

メタルフレームの眼鏡の奥から、夫が加奈を冷たく見つめた。

「どうして……そんなことが断言できるの？」

汗ばんだ背筋が冷たくなるのを覚えながら、加奈は小声で尋ねた。

「それが断言できるんだ」

「どうして？」

加奈は同じ言葉を繰り返した。いつの間にか、息苦しいほどに心臓が高鳴っていた。

「僕はね……パイプカットをしているんだ」

「パイプカット？」

加奈は訊き返した。一瞬、夫が何を言ったのかが理解できなかったのだ。

「うん。ふたり目の妻が娘を産んだあとで、もう子供はいらないと思って、パイプカットをしてもらったんだ。だから、僕の精液には、今では精子は1匹もいないんだよ」

爬虫類のように冷たく加奈を見つめ、夫が静かな口調で言った。

「それ……本当なの？」

加奈は夫の顔を呆然と見つめた。頬を鳥肌が覆うのがわかった。

「ああ。だから、加奈が僕の子を妊娠するはずがないんだよ」

加奈は口をつぐみ、裏切り者の顔をじっと見つめ続けた。

そう。加奈は裏切られたのだ。

夫と付き合い始めた直後から加奈は妊娠を強く望んでいた。夫もそれを知っていて、彼もまた妻の妊娠を望んでいるように振る舞っていた。

けれど、そうではなかったのだ。夫はずっと、妻が妊娠することはないと知っていたのだ。不妊治療の専門クリニックに通っている妻を、冷ややかな目で見つめていたのだ。

加奈は自分が彼に、精液検査をしてほしいと頼んだ時のことを思い出した。あの時、夫が自分にはふたりの娘がいるのだから、その必要はないと言ったことを思い出した。

裏切られたんだ。わたしは裏切られたんだ。

加奈は拳を強く握り締めた。いつの間にか鳥肌は消え、代わりに凄まじい怒りが湧き上がって来た。

「騙《だま》したのね……わたしをずっと騙し続けていたのね」

加奈は言った。怒りのために声が上ずっていた。

「うん。まあ、ある意味ではそういうことになるのかな？」

夫が汗ばんだ顔に薄ら笑いを浮かべた。「でも……加奈も僕の目を盗んで幸太くんとセックスした上に、たった今まで嘘をつき続けていたわけだし……僕はカッコウの雛《ひな》を育てるモズやホオジロみたいに、自分のでもない子を育てさせられそうになっていたんだから……まあ、これでおあいこということだな」

そう言うと、夫は手にしたグラスの中の液体を、また一息に飲み干した。

最終章

1

パラソルの白い生地を通した太陽光が、化粧を直したばかりの加奈の顔に淡い陰影を作っていた。生温かな潮風が、栗色の長い髪を絶え間なくそよがせていった。

桃色をしたシャンパンを無言で飲み続けている夫を、加奈は強い後悔とともに見つめていた。

加奈の人生は後悔の連続だった。けれど、これほどまでの後悔を感じるのは初めてのことだった。

その男と結婚しようとしたこと自体が誤りだったのだ。今までに4回も結婚に失敗している男と、喜々として結婚したことが、そもそもの間違いだったのだ。

僕の最大の欠点はね、たぶん……妻を愛しすぎることなんですよ――。

初めて会った日にその男の口から出た言葉を、加奈は苦々しい気持ちで思い出した。

ああっ、わたしは何てバカだったのだろう！

奥歯を強く嚙み締めて、加奈は心からそう思った。

「訊きたいことがあるの。答えて」

やがて加奈は口を開いた。「幸太くんを殺したのは……あなたなのね？　あなたが……幸太くんを車で轢き殺させたのね？」

その言葉を耳にした岩崎一郎が、眼鏡のレンズを光らせながらゆっくりと妻のほうに顔を向けた。彼はしばらく加奈の顔を、じっと見つめていた。

きっと否定するだろう。きっと、しらばっくれるだろう。

加奈は思った。そして、夫が笑いながら、『何のことだい？』と言うのを待った。あるいは、『言い掛かりはやめてくれ』と言うのを待った。

案の定、夫はその顔に笑みを浮かべた。けれど、その薄い唇から出たのは、加奈が予想していたのとはまったく違う言葉だった。

「ああ。そうだよ。その通りだよ」

眼鏡の奥の目を細めるようにして、夫がそっと微笑んだ。

奥田幸太を殺させたのは夫に違いない。彼の死を知った直後から、加奈はそれを確信していた。それにもかかわらず、こうして今、夫の口から『そうだ』と告げられると、改めてゾッとせずにはいられなかった。

もう間違いはなかった。目の前にいるのは、正真正銘の人殺しだった。自分に都合の悪い人間を、いとも簡単に殺してしまう殺人鬼だった。

凄まじい恐怖が加奈の中に湧き上がって来た。もう何も聞きたくなかった。もう何も知りたくなかった。それにもかかわらず……加奈はまた夫への質問を口にしていた。

「3人目の奥さんと、4人目の奥さんも……あなたが殺したのね？　そうなのね？」

眼鏡のレンズを光らせている夫を見つめたまま、加奈は小声で尋ねた。声が震えていた。心臓が息苦しくなるほど高鳴っていた。

否定してほしい。違うと言ってほしい。

加奈はそれを切望した。

けれど、またしても、その願いは裏切られた。

「加奈は物知り博士だな。驚いたよ」

おどけたような口調で言うと、夫がまた微笑んだ。

またしても、夫は否定しなかった。

そう。彼は否定しなかったのだ。彼の3人目の妻と4人目の妻は、やはり目の前にいる男に殺害されたのだ。

愛しすぎる男——。

加奈は夫の顔をじっと見つめた。もはや彼女の中に憎しみはなかった。怒りもなかった。今では、ついさっきまでの後悔さえ忘れていた。

今、彼女の中にあるのは、冷たい恐怖だった。それだけだった。

彼女の目の前にいるのは人殺しだった。殺人鬼だった。そして……そして、自分は今、その恐ろしい殺人鬼とふたりきりで船上にいるのだ。逃げ場もなく、助けを呼んでも誰も来てくれない海の上に、ふたりきりでいるのだ。

「正確に言うと、4人目の妻は僕が殺したんじゃない。彼女は本当に自殺したんだよ。僕の留守中に、あの寝室で首を吊って死んだんだ。でも……自殺するまで追い詰めたのは僕だから、やっぱり彼女も僕が殺したことになるのかもしれないね。ついでに言うと、3人目の妻も殺すつもりはなかったんだ。ただのお仕置きのつもりだったんだ。だけど、海に突き落としたら、あっという間に沈んで消えてしまった……あれには僕も驚いたよ」

夫が言った。そして、また優しげに微笑んだ。

できるだけさりげないフリを装いながら、加奈はすぐ脇の椅子の上に腕を伸ばし、そこにあった小さなバッグを膝に乗せた。そして、バッグの口をそっと開き、その中に震える手を差し込み、そこにあったナイフの木製の柄を強く握り締めた。

噴き出した脂汗で、掌がひどくぬめっていた。胃が硬直し、強い吐き気が込み上げて来た。ついさっきトイレは済ませたばかりだというのに、強い尿意が膀胱を刺激した。

「3人もの人を殺しただなんて……信じられないわ」

声を絞り出すようにして加奈は言った。緊張のために口の中が乾ききり、顔がひどく強ばっているのがわかった。

「うん。確かに、これまでに僕は3人を殺したことになるのかもしれない」

整った顔に、無邪気で爽やかな笑みを浮かべ、さりげない口調で夫が言った。「でも、すぐにそれは4人に増えるんだよ」

その言葉を耳にした瞬間、加奈の中で凄まじい恐怖が爆発した。

2

夫が椅子から腰を浮かせた。

その瞬間、加奈は「ひーっ」という小さな悲鳴を漏らしながら、弾かれたように立ち上がった。ひどく高いサンダルの踵がぐらつき、背後に倒れ込みそうになった。けれど、何とか転ばずに甲板に立ち、真上から照りつける日差しの中を何歩か後ずさった。

後ずさったことによって、加奈のすぐ背後に1メートルほどの高さの白い鉄製の柵が迫った。その柵の向こう側は果てしない海だった。

そんな加奈に、夫は真っすぐに歩み寄って来た。整った顔には相変わらず、無邪気で爽やかな笑みが浮かんでいた。

「いやっ……来ないでっ……こっちに来ないでっ……」

わななきながら、加奈は呻くように言った。

一瞬、船室に逃げ込もうと思った。けれど、すぐにその考えを捨てた。たとえどれほど懸命に走ったとしても、こんなハイヒールを履いていたのでは、船室の入り口にたどり着く前に追いつかれてしまうに決まっていた。それに、もし船室に逃げ込めたとしても、状況が好転する要因はどこにもなかった。

逃げ出す代わりに、加奈はバッグの中でナイフの柄をさらに強く握り締めた。

夫は加奈から少し離れたところで足を止めた。そして、メタルフレームの眼鏡越しに、加奈をじっと見つめた。いつの間にか、夫の顔からは笑みが消え、代わりに、悲しげにも苦しげにも見える表情が浮かんでいた。

「僕は加奈が本当に好きだった。これは本当なんだ。僕は加奈を誰よりも幸せにしたかったし、今度こそ、僕自身も誰よりも幸せになりたかった」

汗の光る顔を苦しげに歪めて夫が言った。眼鏡の奥の切れ長の目が、涙でわずかに滲んでいた。「でも、ダメだった……今度もやっぱりダメだった」

「わたしを……殺すつもりなの？」

なおもわななきながら、加奈は夫を見上げて言った。声はひどく震えていたけれど、もはや体は震えてはいなかった。こんな時に震えているわけにはいかなかった。

加奈の言葉に、夫が無言で頷いた。

そう。夫は加奈を殺すつもりだった。彼の3人目の妻だった岸本真由美という女にしたと同じように、彼女を海に投げ込むつもりだった。

細いけれど筋肉の浮き出た逞しい両腕を、夫が前方にゆっくりと伸ばした。そして、加奈に向かって静かに足を踏み出した。

殺されるっ！

加奈はさらに後ずさった。だが、鉄製の柵が腰に触れ、もうそれ以上は後ずさることができなかった。

意を決した加奈は、バッグからナイフを取り出した。そして、その柄を両手で握り締め、その鋭利な先端を夫の腹部に向けた。

妻の手の中のナイフを目にした夫の目に、一瞬、驚きが浮かんだ。直後に、そのナイフを妻から取り上げるために、夫が素早く腕を伸ばした。

そのナイフは加奈にとって命綱のようなものだった。絶対に奪い取られるわけにはいかなかった。

その瞬間、ナイフの柄を強く握り締めたまま、加奈は前方に強く踏み出した。そして、すぐ目の前にある夫の体に力まかせに体当たりをした。

夫は身をかわそうとした。だが、それはうまくいかなかった。

次の瞬間、引き締まった夫の腹部に、鋭利なナイフがずぶりと沈み込んでいく感触が加奈の手に生々しく伝わって来た。

「ふほっ……」

夫の口から奇妙な声が漏れた。それは笑いを堪えている時の声にも聞こえた。

3

夫は反射的に加奈の体を抱き抱えようとした。けれど、次の瞬間、加奈はナイフの柄から両手を放し、悲鳴を上げながら真横に飛びのいた。脚がもつれ、今度は本当に甲板に尻《しり》餅《もち》をついた。

「いやーっ！　いやーっ！」

無我夢中で叫びながら、加奈はサンダルの細い踵で焼けた甲板を目茶苦茶に蹴飛ばし、そこにショートパンツの尻を擦り付けるようにして必死で後ずさった。後ずさりながらも、いっぱいに目を見開いて夫を見上げた。

自分が突き入れたナイフが、その男にどのくらいのダメージを与えたのかを確かめたかったのだ。もし、それが少ししか刺さっていなくて、ごく軽い傷しか与えられていなかったとしたら、今度こそ加奈は殺されてしまうはずだった。

夫は両膝をわずかに曲げ、お辞儀をする時のように腰を屈め、自分の腹部を抱くような姿勢で下を向いて立っていた。そんな恰好でいると、その顔も見えなかったし、腹部に突き刺さっているはずのナイフも見えなかった。

「あわわわわわっ……あわわわわわわっ……」

意味をなさない声を漏らしながら、加奈はなおも甲板に尻を擦り付けて後ずさった。立ち上がろうとしたが、脚に力が入らなかった。

夫は体を前方に折り曲げた同じ姿勢のままで、ほとんど動かなかった。だが、やがて、その足元の甲板に、ぽたり、ぽたり、ぽたりと、何か色の濃い液体が滴り落ち始めた。

何なの？　血なの？

どうやら、そのようだった。

腹部を抱くような姿勢のまま、夫がゆっくりと顔を上げた。汗にまみれたその顔は苦痛に歪んでいた。

苦しげに顔を歪めたまま、夫が加奈を見つめた。口を動かして、何かを言いかけた。けれど、その口から言葉は出なかった。その代わり、真っ赤な血液がドロリと溢れ出て、焼けた甲板に滴り落ちた。

「あわわわわわわっ……あわわわわわわっ……」

加奈の口からはいまだに、意味をなさない声が漏れ続けていた。悲しいわけではないのに、アイラインに縁取られた目からは涙が溢れていた。

口から血を流しながら、夫はメタルフレームの眼鏡越しに、長いあいだ加奈を無言で見つめていた。

いや、もしかしたら、それはほんの数秒だったのかもしれない。けれど、加奈にはとても長い時間に感じられた。

加奈を見つめる夫の目には、怒りもなければ、憎しみもなかった。そこにあったのは、驚きと怯えだけだった。

そう。あの岩崎一郎が怯えているのだ。常に自分の人生をコントロールし続けて来たその男が、死ぬことを怖がっているのだ。

やがて夫の口から低い声が漏れた。直後に、腹部を両手で抱えたまま、夫が甲板にがっくりと両膝を突いた。その瞬間、加奈には彼の腹部が見えた。

白いTシャツの腹の部分が、絞れるほどの血で赤く染まっていた。腹部の中央からはナイフの木製の柄が、まるでピノキオの鼻のように突き出していた。

そうなのだ。家政婦が毎日のように研いでいる鋭利なナイフは、その雇い主の腹部に根元まで突き刺さっていたのだ。

「痛いよ、加奈……痛い……痛い……」

縋るように夫が言った。その口からまた多量の血が溢れ出た。「助けてくれ……加奈……お願いだ……助けてくれ……」

甲板に尻をつけたまま、加奈はそんな夫をじっと見つめていた。

そこにいるのは、加奈にとって憎くてしかたのない男だった。その男は自分の妻や加奈のかつての恋人を殺害し、たった今、加奈を殺そうとした残忍で残虐で、とてつもなくずる賢い人間だった。

けれど……それでも……命にかかわるような深い傷を負い、目の前で助けを求めている人間を放っておくことはできなかった。

「一郎さん……」

小声で夫の名を呼ぶと、加奈は立ち上がり、彼の元に歩み寄ろうとした。だが、脚がひどく震えていて、どうしても立つことができなかった。しかたなく、加奈は四つん這いの姿勢になって、恐る恐る夫に近づいた。

とにかく夫を船内に運び入れて応急処置を施し、彼から船の操縦方法を聞き、自分で舵を取ってヨットハーバーに戻るつもりだった。あるいは、無線か携帯電話を使って助けを呼ぶつもりだった。その後のことは、警察や裁判所が決めてくれるはずだった。

「ああっ、加奈……加奈……助けてくれ……」

四つん這いで近づいて来る妻を、夫は腹部を抱いたまま、甲板にひざまずいた姿勢で見つめていた。脂汗にまみれた顔は苦痛に歪み、今にも泣き出しそうにも見えた。口の端からは、真っ赤な泡が絶え間なく溢れていた。

「一郎さん……」

夫から1メートルほどのところまで近づくと、加奈は再び彼の名を呼んだ。それから、夫に向かって右腕を恐る恐る差し出した。

その瞬間、夫が血まみれになった手を素早く伸ばした。そして、何重にもブレスレットが巻かれた妻の骨張った手首を、がっちりと鷲掴みにした。

「何をするのっ！」

思わず加奈は夫の手を払いのけようとした。だが、それはできなかった。加奈の手首を握り締めた手の力は、それほどまでに強かったのだ。

4

「手を放してっ！　一郎さん、助けてあげるから、その手を放してっ！」

込み上げる恐怖に耐えて加奈は叫んだ。

口から血の泡を流し、腹部を真っ赤に染めながら、夫が加奈を見つめた。その目には怒りと憎しみが甦っていた。

「この傷じゃ、もう助からない。間違いなく死ぬよ。だから……だから、加奈を地獄に道連れにするんだよ」

苦しげに顔を歪めて夫が言った。白かった歯が真っ赤に染まっていた。

「いやっ！　放してっ！」

凄まじい恐怖に駆られて加奈は叫んだ。

次の瞬間、ものすごい力で夫が加奈を自分のほうに引き寄せた。そして、妻の体を羽交い締めにすると、「畜生っ！」という叫び声を上げながら立ち上がった。そのことによって、ほっそりとした加奈の体は宙に高く浮き上がった。

加奈を抱き上げた夫は、なおも大声で叫び続けながら、すぐ脇にあった白い柵に歩み寄った。夫の口から飛び散った血が、加奈の顔や腕に降りかかった。

「いやーっ！」

加奈は凄まじい悲鳴を上げて身をよじり、腕と脚を猛烈にばたつかせた。

だが、どうすることもできなかった。瀕死《ひんし》の傷を負った人間とは思えないほどに、加奈を抱き締めた夫の力は強かったのだ。

すぐに夫が加奈の体を柵の向こう側に突き出した。その瞬間、加奈は自分の真下に広がる海を見た。

「死ねっ、このアマっ！」

血の混じった唾液を飛び散らせて叫ぶと、夫が加奈を海に向かって投げ出した。

だが、加奈は転落しなかった。無我夢中で夫の首や上半身にしがみついたのだ。長く鋭い爪が、夫の首の皮膚や、Tシャツに覆われた背中に突き刺さった。

瀕死の傷を負った体では加奈の体重を支え切れなかったのだろうか？　あるいは、最初からそうするつもりだったのだろうか？

次の瞬間、夫は加奈を抱いたまま、甲板から海へと転落した。もしくは、自らの意志で飛び込んだ。

「いやーっ！」

加奈は再び大声で叫んだ。あっと言う間に海面が近づいて来た。そして、そのまま、加奈は夫とともに海中に深々と沈み込んだ。

真っ白く泡立った冷たい水が、火照った加奈の全身を一瞬にして包み込んだ。鼓膜が水圧でギュッと押され、ボコボコというくぐもった音が耳に届いた。長い髪が頭上でゆらぐのがわかった。

加奈は反射的に息を止め、目をいっぱいに見開いた。白い泡と黒っぽい水のほかにはほとんど何も見えなかったが、クルーザーの白い船底がすぐそこにあるのは見えた。

加奈は無我夢中で夫の体を突き放した。そして、パニックに陥りながらも、腕と脚をがむしゃらに動かして海面に浮き上がろうとした。

加奈は救命胴衣をつけていたから、それは難しいことではなかった。腕や脚をばたつかせるたびに、遥か上にあった水面がどんどん近づいて来た。白く泡立った海水を通して、真上から照りつける太陽が見えた。

水面に顔を出すと、加奈はまず顔の周りにある空気をいっぱいに吸い込んだ。それから、手で顔を拭い、脚をばたつかせ続けながら夢中で辺りを見まわした。

加奈から5メートルほど離れたところに、真っ白な壁が高くそびえていた。『ラブ・エターナル号』の船体だった。

加奈の夫は船とは反対側、彼女から2メートルほど離れたところにいた。眼鏡が外れてしまった顔を苦しげに歪め、何とか海面に浮いていた。救命胴衣を着用していない上、腹部に致命傷を負った夫は今にも溺れてしまいそうだった。

「終わりだ……加奈も僕も、これで終わりだ……」

ずぶ濡れの顔を水面上に必死で出しながら、夫が絞り出すように言った。口からまた真っ赤な泡が溢れ出た。

左右の耳に水が入ってしまったようで、夫の声は加奈にははっきりとは聞こえなかった。だが、その意味はよくわかった。

「一郎さん、船に上がる方法を教えてっ！　お願いよっ！　お願いだから教えてっ！　どうしたら船に上がれるの？　一刻も早く船に上がって、傷の手当をしましょう！」

水面にようやく浮いているという感じの夫に、加奈は必死になって訊いた。

けれど、夫は答えなかった。ずぶ濡れの顔を歪めるようにして笑っただけだった。

「どうして黙ってるのっ！　このままじゃ、ふたりとも死んじゃうわっ！」

水を掻いて夫のそばに泳ぎ寄りながら、加奈は再び大声で叫んだ。

夫の口がわずかに動いた。けれど、そこから言葉は出なかった。

やがて……夫が腕を動かすのを止め、顔を真上に向けた。整ったその顔が、照りつける太陽に光っていた。

それから数秒のあいだ、夫の顔は水面に浮かんでいた。だが、そのままゆっくりと水の中に沈んでいった。夫の口から吐き出されたらしい気体が、水面にいくつかの泡となって浮き上がって来た。

加奈は夢中で左右を見まわした。すぐそばに浮き上がって来た夫が、自分を殺そうとするのではないかと思ったのだ。

けれど、岩崎一郎は浮かんで来なかった。二度と浮かんで来なかった。

エピローグ

夫が海中に消えた直後に、加奈の全身にまた強い恐怖が甦った。

夫に殺されるという恐怖はひとまず去った。体重が軽いためか、腕や脚を動かさなくても、救命胴衣の浮力だけで容易に浮かんでいることもできた。けれど、このまま海面に浮いていたら、いずれは冷えきって死ぬことになるはずだった。あるいは餓死するか、サメの餌食《えじき》になるはずだった。

肩にいまだに小さなバッグが掛かっていることに気づいた加奈は、すぐにそこに手を突っ込み、小さな携帯電話を取り出した。

神様、お願い。電話を使わせて。そうしたら、わたしはもう何も望みません。

そう祈りながら、ふたつ折りになっていたそれを開く。

だが、またしても神は彼女の祈りを聞いてはくれなかった。電話には防水加工が施されていないらしく、まったく使い物にならなかったのだ。

いや、たとえその電話が防水だったとしても、陸地から遠く離れたそんな場所では電波が届かず、やはり使い物にならなかったかもしれない。

けれど、加奈には今、濡れた手の中にあるその電話が、とてつもなく忌まわしく、とてつもなくおぞましいものに感じられた。

その小さな電話は、まるでスパイのように、夫だった男に常に彼女の居場所を教え続けていたのだ。それなのに、いちばん大切なこの時に、何の力にもなってくれないのだ。

「畜生……役立たず……」

低く呟くと、加奈はその電話を海の中に投げ捨てた。

もはや助けを呼ぶ方法はなかった。残された道は、甲板によじ登ることだけだった。

加奈には船の操縦方法も、自分がいる場所を知る方法もわからなかった。それでも、こんなふうに海の上に漂っているよりは、船室にいたほうが何千倍も……いや、何万倍もいいに決まっていた。

その巨大なクルーザーは、海に浮かんだ大邸宅だった。そこには水や食料もあったし、熱い湯を満たすことのできる浴槽もあった。乾いたタオルやバスローブもあったし、大きくて寝心地のいいベッドもあった。無線機もあるに違いなかったし、発煙筒のようなものもあるかもしれなかった。

船に上がることができれば助かる。

そう確信した加奈は、腕と脚をばたつかせ、巨大な船の周りをぐるりと泳いでみた。

船のいちばん低いところだと、海面から甲板までの高さは2メートルちょっとみたいに見えた。それはすぐそこにあるようにも思えたが、船体には足場のようなものはまったくない上に、船の側面はすべて外側に向かって湾曲していたから、加奈ひとりの力ではどうやったって船上によじ登ることはできそうもなかった。

どうしたらいいのだろう？　どうしたら甲板に這い上がることができるのだろう？

白い船体の周りをぐるぐると泳ぎ続けながら、加奈は必死で考えた。

けれど、いい考えは何ひとつ思い浮かばなかった。ただ、時間だけが空しくすぎていった。

やがて加奈は泳ぐのをやめた。そんなことをしても、いたずらに体力を消耗するだけだと悟ったのだ。

怖い……。

海に落ちてからずっと、加奈はそう感じ続けていた。

これまでにも加奈は何度も怖い思いをして来た。ついさっき、夫に殺されそうになった時にも強烈な恐怖を覚えた。

けれど、今、加奈が感じている恐怖は、かつて覚えたことがないほどに深く、絶望的で、逃げ場も解決策もない圧倒的なものだった。

死んで終わりになる恐怖――それは、そういうことだった。

痩せた体から温もりが急速に失われていくのを感じながら、加奈は救命胴衣の浮力を頼りに海面に浮かんでいた。

ああっ、どうしてあの人に近づいたりしたんだろう?

夫に情けをかけたことを、加奈は悔やんでも悔やみきれないほど悔やんでいた。

そう。あの時、夫に近寄らなければ、こんなことにはならなかったのだ。あのまま放っておけば、夫はあの甲板で絶命し、加奈は今頃、高級リゾートホテルに勝るとも劣らない豪華な船内で、陸地に戻ることや外部と交信することを考えていたはずなのだ。

それはそれで不安だったかもしれない。だが、今のように、今夜中にも死んでしまうことを恐れなくてもよかったのだ。

けれど、後悔には何の意味もないのだということを、今の彼女は嫌というほど思い知っていた。

相変わらず、陸の姿はどこにも見えなかった。何度か魚らしきものが脚をつつき、そのたびに加奈はパニックに陥って凄まじい悲鳴を上げた。一度だけ、何かヌルリとしたものがふくら脛《はぎ》に触れたような気もした。

水面に顔をつけて海中をのぞき込むことも考えた。だが、そんなことをして、もしサメの姿が見えたらと思うと、怖くてどうしてもできなかった。

ずっとこうしていたら、凍えて死ぬのだろうか? サメに食い殺されるのだろうか?

甲板でシャンパンを飲んでいた時に比べるとかなり西に傾いた太陽に目をやりながら、加奈はぼんやりと思った。

遥か上空を旅客機らしきものが飛んで行くのが見えた。

もしかしたら、あの飛行機から誰かが今、この真っ白なクルーザーを見下ろしているかもしれない。

もし、その人と入れ替わることができたなら……。

そう思った瞬間、目から涙が溢れた。

そして、加奈は泣いた。大粒の涙を流し、声を上げて泣いた。

海に転落してから、すでに5時間以上が経過していた。そのあいだずっと、加奈は巨大なモータークルーザーの脇で海面に浮いていた。

相変わらず、陸地はまったく見えなかったが、その5時間のあいだに、遠くに何度か船の姿が見えた。遥かかなたに小さく船が見えるたびに、加奈は頭上に両腕を振りかざし、声が嗄れるほどに叫んだ。

一度、加奈のほうに近づいて来るかに見えた船があった。『ラブ・エターナル号』と同じような白くて大きなクルーザーのようだった。

「助けてーっ！　助けてーっ！」

加奈は両腕を振りまわし、狂ったように叫び続けた。

けれど、結局、その船は加奈には気づかずに走り去ってしまった。その船の作った波が、彼女の体を上下させただけだった。

何度かパニックがやって来て、そのたびに加奈は意味のない悲鳴を上げた。けれど、少し前からは悲鳴を上げる気力もなくなっていた。

ずっと水に浸かっているために、今では全身が冷えきっていて、手の指先や爪先は痺れたようになっていた。体が震え、歯がカチカチと鳴った。

いまだに空は明るかったが、いつの間にか、太陽は水平線のすぐ近くまで降りて来ていた。気温もかなり下がって来たようだった。

昼のあいだはあれほど暴力的に輝いていた太陽は、今では優しいオレンジ色に変わり、じっと見つめていても眩しくないほどになっていた。そのオレンジ色の光が、穏やかな海面を鮮やかに照らしていた。

それはひとりで見ているのがもったいなくなるほどに美しい光景だった。

きっとこれが、わたしが見る最後の夕日になるのだ。きっとわたしはもう、明日の朝は迎えられないのだ。

加奈は思った。だが、もう新たな涙は流れなかった。

ついさっき、また太腿を魚らしきものがつついたが、加奈はもう叫ばなかった。恐怖も感じなかった。

加奈は諦めてしまったのだ。生きる希望を完全になくしてしまったのだ。

少し前から加奈は、体が寒さを感じなくなることだけを願っていた。きっと、間もなくそうなるはずだった。そして、そのまま加奈は低体温症で、眠るように死んでいくことになるはずだった。

ふとオカメインコのことを考えた。ずっと加奈に寄り添うようにして生きて来た、その小さな鳥のこと——。

けれど、もはや、その小鳥が彼女の心に力を与えることはなかった。

ごめんね、カノン……さようなら……。

心の中で呟いたが、もう悲しくはならなかった。

このクルーザーが漂流しているのを見つけた人たちは、この船内で何があったと思うのだろう？　甲板に染み付いた血を見て、何を想像するのだろう？　あのカメラに写っている自分のヌード写真を、誰かが見ることもあるのだろうか？

だが、もう、どうでもよかった。何もかもが、どうでもよかった。

全身からすべての力を抜いて、加奈は呆然と夕日を見つめていた。

その時だった。

その時、加奈は下腹部を何かが刺激するのを感じた。確かに感じた。

魚？　いや、そうではなかった。

それは体の外側からではなく、内側からの刺激だった。

そう。その刺激は胎児のものに違いなかった。加奈と奥田幸太の息子か娘になるはずの赤ん坊が、母親である加奈に『死ぬな』と訴えているのだった。

その刺激に、加奈ははっと我に返った。

お腹の子は生きているのだ。あれほど激しく子宮を突き上げられたにもかかわらず、ちゃんと生きているのだ。母体がこんなにも冷えきっているというのに、ちゃんと生きているのだ。

だとしたら……母親である自分がこのまま死ぬわけにはいかなかった。

もはや加奈は死ぬことを怖いとは思わなかった。これは彼女が犯した罪の報いなのだ。自分が罰を受けるのはしかたなかった。

だが、お腹の中の胎児には何の罪もなかった。こんなところで、バカな母親と一緒に死ななければならない理由はひとつもなかった。

この子だけは産む。絶対に産む。

加奈は決意した。

ふと見ると、遥かかなたに、さっきまでは見えなかった小さな島影のようなものがぽんやりと見えた。確かに見えた。

きっと潮の流れに乗って、クルーザーの位置が移動したのだろう。

よし、あそこまで泳ごう。何が何でも泳ごう。

寒さに色を失った唇をなめながら、加奈は思った。その小さな島影まで10キロなのか、20キロなのか、それよりもっと離れているのかはわからなかった。だが、どんなことをしてでも泳ぎ切るつもりだった。

「大丈夫よ。絶対に産んであげる。心配しないで。ママにまかせて」

加奈はお腹の中の赤ん坊に言った。そして、ゆっくりと腹部を撫でたあとで、腕と脚を力強く動かし、夕日に照らされた海面を遥かな島影に向かって泳ぎ始めた。

しばらくして振り返ると、夕日に照らされた海面に『永遠の愛』と名付けられた白い船が、寂しげに浮かんでいるのが見えた。

けれど、加奈はもうその船のことは考えなかった。

迷いはなかった。恐怖も打算もなかった。彼女の中にあるのは、燃え立つような希望だけだった。

腕と脚を夢中で動かしながら、加奈はトドかゾウアザラシみたいに太った赤ん坊の姿を思い浮かべた。

無意識のうちに笑みが浮かんだ。

あとがき

雨が降っている。真冬の夕暮れ時の冷たい雨だ。

こうして机に向かっている僕のすぐ脇、窓の向こうでは十数羽のスズメたちが、その冷たい雨に濡れながら、ついさっき、僕が庭に撒いてやった餌を食べている。小さな体を寄せ合うようにして、夢中で地面を啄《ついば》んでいる。

今のうちにたっぷりと食べておけよ。今夜は雪だぞ。

スズメたちをガラス越しに見つめて僕は呟く。

そう。天気予報によれば、この雨は夜更けには雪に変わるらしい。きっと明日の朝、窓の外は一面の銀世界になっているのだろう。

雪景色は綺麗ではあるけれど、もし雪が地面のすべてを覆い隠してしまったら、スズメたちはきっと餌を探すのに難儀するだろう。体脂肪のほとんどないスズメは餌が見つけられないと、あっと言う間に餓死してしまうと聞くから、この十数羽のうちの何羽かは、明日の今頃はもう生きてはいないのかもしれない。

自分が感傷的になりすぎていることはわかっている。野鳥はみんな、大昔からそうやって生きてきたのだから。

けれど、健気《けなげ》に餌を啄んでいるスズメたちの姿を目にすると……そして、そんな彼らが飢えて死ぬことを思うと……やはり、胸が締め付けられるような気分になる。

人は何のために生きているんですか？　生きるということには、いったい、どんな意味があるんですか？

若い読者たちから、そんなメールが僕に届く。実にしばしば届く。もしかしたら、とても多くの若者たちが、そういう悩みを抱えながら暮らしているのかもしれない。

そんな読者たちに、僕はいつも『生きることに意味なんてありませんよ』と返信している。少し冷たいようではあるけれど、僕自身も10代の頃からそれを考え続け、今では本当にそう思っているからだ。

生きることに意味なんてない——だとしたら、人はなぜ生きるのか。何のために生き続けるのか。

昔は僕にも、それがわからなかった。まったく見当もつかなかった。そんなことは誰も教えてくれなかったから。

けれど、50歳になった今では、こんなふうに思っている。

動物も植物も、生きる意味など考えない。それでも、彼らは生きようとしている。生き続け、生き延びようとしている。つまり、生きるということ自体が、すべての生命体の目的なのだ。生き物たちはみんな、生きるために生きているのだ。

夢中で餌を啄むスズメたちの姿や、冷たい土の上で風に揺れる草を見るたびに、僕はその思いを強くする。

たとえば、戦場の兵士を思い浮かべてほしい。弾丸が絶えず飛び交い、毎日、何人もの兵士たちが命を失っているような、苛酷な戦場の最前線で戦っている者たちの姿を。おそらく、彼らは生きる意味など考えないだろう。『なぜ生きるのか』など、考えることもないだろう。

兵士たちが考えているのは、きっと、『生き延びよう』『殺されないようにしよう』ということだけだ。

たとえば、今、僕が窓を開けたら、庭のスズメたちは一斉に飛び立つだろう。それは彼らが僕を怖がっているからだ。『殺されまい』『生き延びよう』としているからだ。

生きること。生き続けること。

それはとても大切なことだ。人生において、もっとも重要なことだ。1日を生き延び、夜、無事にベッドに入ることができたなら、それだけでその1日には充分な価値があったのだ。そんな1日を繰り返すことが、生きる意味なのだ。

少なくとも、僕は今、そんなふうに考えている。

だから、若いみなさんも、生き続けてほしい。たとえ毎日が辛いことの連続だったとしても……何のために生きるのかが、わからなくても……それでも生き延びてほしい。

僕は異端の作家にすぎないし、偉そうなことが言える立場ではないのだけれど、そう心から願っている。


日が暮れた。スズメたちもねぐらに戻った。

冷たい雨は降り続いている。ついさっきからは、霙交《みぞれ》じりの雨に変わった。やはり、これから雪になるのだろう。

ねぐらに戻ったスズメたちは、明日を思い煩《わずら》っているだろうか？　濡れた木の枝にしがみつき、明日は餓死するかもしれないと心配しているだろうか？

いや……決してそんなことはないだろう。

たとえ明日、飢えて死ぬとしても、スズメたちは思い煩わない。ただ、この雪の夜を生きようとしているだけだ。

生き延びろよ。

僕は思う。それから、窓にかかったカーテンを閉める。


35年前、高校に入学した15歳の時に、僕の隣の席に木村仁くんが座っていた。彼はその後、徳間書店に入社した。今は僕の飲み友達である彼の尽力によって、今回、初めて徳間書店から本を出すことができた。木村くんに感謝する。

その徳間書店で僕の担当をしてくれたのが加地真紀男氏である。加地氏には構想の段階から貴重なアドバイスの数々をいただいた。もし、彼がいなかったら、この『愛されすぎた女』は完成しなかっただろう。

加地さん、ありがとうございました。これからもよろしくお願いいたします。『愛されすぎた女』は、僕のちょうど40冊目の本になりました。

二〇一二年一月　　　　　　　　　　　　　　大石　圭

この作品は徳間文庫のために書下されました。

なお、本作品はフィクションであり、実在の個人・団体などとは一切関係がありません。

徳間文庫

愛《あい》されすぎた女《おんな》

2012年3月15日 初刷
2019年4月10日 7刷

著者 大《おお》石《いし》圭《けい》

発行者 平野健一

発行所 株式会社徳間書店
東京都品川区上大崎三―一―一 〒141―8202
目黒セントラルスクエア

電話 編集〇三(五四〇三)四三四九
販売〇四九(二九三)五五二一

振替 〇〇一四〇―〇―四四三九二

印刷 本郷印刷株式会社

製本 ナショナル製本協同組合

ISBN978-4-19-893513-9 (乱丁、落丁本はお取りかえいたします)